치유의
인문학

치유의
인문학

진중권 서경식 박노자 박상훈   조 국
고혜경 정희진 이강서 황대권 문요한

대한민국 대표 인문학자 10인의 광주트라우마센터 강의

위즈덤하우스

인문학에서 '치유'의 힘을!

트라우마⋯. 상처 많은 시대, 유행어가 되기에 충분한 '트라우마'를 조직의 이름으로 내건 기관이 있습니다. 2012년 개소한 광주트라우마센터는 5·18민주화운동을 비롯하여 국가로부터 고문과 폭력을 당한 분들과 그 가족을 치유하는 곳입니다. 국가폭력에 의한 치유기관이 국내에서는 처음으로 '광주'에서 문을 연 것입니다.

빛고을 광주는 이름과는 달리 슬픈 역사, 아픈 과거를 지닌 곳입니다. 사건은 역사가 되고 과거가 되었지만, 그날의 고통과 상처는 지금까지 현재 진행형입니다. 36년 전 광주에서 발생한 일은 그것을 보지 않거나 듣지 않을 수 없는, 이곳에 있던 사람 모두에게 크나큰 상흔을 남긴 트라우마였으니까요. 광주는 트라우마 공동체였습니다.

센터는 '치유의 인문학'을 통해 트라우마 공동체 광주를 '치유의 공동체'로 만들고 싶었습니다. 아픔을 겪어 보았기에, 고통을 겪어 보았기에 다른 모든 고통 받는 것들을 보듬고 쓰다듬는 광주가 되기를 바랐습니다. 우리가 꿈꾸는 치유 공동체는 작고 여린 것이 환대받는 사회, 나와 다른 것이 따뜻하게 받아들여지는 사회, 타인에 의한 수용을 통해 치유의 싹이 꽃을 틔우는 그런 사회입니다. 삶의 의미를 찾고 성찰의 힘을 키우는 인문학이 그 꽃을 피우는 따뜻한 훈풍이 될 것이라 기대했습니다.

'치유의 인문학'은 2013년 7월 박노자 교수의 '타자에 대한 폭력, 우리 안의 폭력' 강의를 시작으로 지금까지 매달 이어져 오고 있습니다. 크게 '폭력'과 '치유'라는 주제로 각계 전문가를 모시고 여러 이야기를 다양한 관객들과 나누며 인문학의 의미를 새롭게 찾아가고 있습니다. 분야도, 세부 주제도 다양합니다만, 그래도 결국 나와 사회를 돌아본다는 점에서 모든 강좌가 하나로 통하고 있음을 느낍니다.

'치유의 인문학'은 횟수를 거듭할수록 뜨거운 관심을 받으며 광주의 대표 인문학 강좌로 자리 잡았습니다. 강연 내용을 책으로 엮어달라는 요구를 자주 접하면서 감히 대중서 발간을 기획하게 되었는데, 위즈덤하우스의 연준혁 사장님께서 흔쾌히 이를 수락해 주셨습니다. 광주의 경험을 전국의 많은 분들과 나누게 해 주셔서

고맙습니다. 위즈덤하우스의 박지수 팀장님과 센터 신원경 씨, 오랜 기간 두 분의 수고 덕분에 이렇게 책이 발간될 수 있었습니다. 또한 강연 내용을 책으로 엮을 수 있도록 허락하고, 이후 계속된 수정 작업을 기꺼이 함께해 주신 고혜경, 문요한, 박노자, 박상훈, 서경식, 이강서, 정희진, 조국, 진중권, 황대권 선생님께 이 자리를 빌어 다시 한 번 감사의 말씀 드립니다. '치유의 인문학'은 지난 10월 30회를 맞았습니다. 기회가 된다면 이후 강연도 전국의 많은 분과 함께 나눌 수 있으면 좋겠습니다.

아무래도 치유의 힘은 우리 각자의 내면에, 그리고 우리를 연결하는 공동체에 있다는 것을 말하지 않을 수 없겠습니다. 인문학은 나와 공동체를 성찰하게 한다는 점에서 '인문학 공부는 곧 치유의 여정'이라고 할 수 있습니다. 광주트라우마센터는 '치유의 인문학'을 통해 앞으로도 우리 사회의 이야기, 나의 이야기, 관계의 이야기를 나누겠습니다. 부디 수많은 나무의 죽음을 통해 나오는 이 책이 삶의 가치에 대해 의문을 던지는, 우리 시대의 고통과 상흔을 들여다보며 치유의 의미를 찾는 시간이 되기를 바랍니다. 고맙습니다.

2016년 11월 어느 날,
강용주 광주트라우마센터장

차례

상처를 잊게 하는 게 힐링인가

내가 내 인생의 주체가 되는 때를 기다리며

진중권

'힐링'을 인문학적인 관점으로 풀어 달라는 이야기를 듣고 왔습니다. 지난 10여 년 동안 '힐링'이라는 말을 참 많이도 듣고, 그와 관련해 인터뷰도 많이 했습니다. 그러다 강신주 씨가 모 방송국 〈힐링캠프〉라는 프로그램에서 힐링을 주제로 강연하는 것을 보았습니다. 강신주 씨는 멘토적인 사람이라고 할 수 있지요. 그 프로그램을 보면서 '아, 멘토가 힐링에 나왔네!' 하고 생각했습니다. 그래서 이번 강연 주제도 '힐링과 멘토링의 시대'로 정했습니다.

방송 뒤에 강신주 씨에 대해 여러 말들이 있었습니다. 대중에게는 환영을 받았지만, 철학을 전공한 일부 사람들에게는 비판을 받기도 했습니다. 그가 새로운 분야에 몰두해 있기 때문입니다. 사실 우리가 알아왔던 전통철학, 고전철학과는 좀 떨어진 분야지요. 옛날에는 '철학'이라고 하면 존재론이니, 인식론이니 뭐니 하여 꽤 어려웠습니다. 하지만 최근에는 철학적 상담이라고 해서, 정신분석과는 다른 종류의 분석으로 사람들을 도와주는 것이 철학의 새로운 영역으로 떠오르고 있습니다. 한 사람의 인생을 철학적으로 해석해서 그 사람이 삶에서 올바른 길을 찾도록 도와주는 거지요. 이런 상황을 보고 전통적인 철학을 전공하신 분들은 강신주 씨가 대중을 상대로 지적 사기를 치고 있다며 비판적인 목소리를 내기도 합니다. 일반인에게 도움을 주는 철학은 과거에도 있었습니다. 우리가 일상에서 가장 쉽게 접하는 철학은 실은 길바닥에 널려 있지요. 이른바 '철학관'이라는 곳입니다. 그걸 보며 우리 철학도들은 우리는 이론철학을 전공하고 저분들은 응용철학을 전공하신 분들이라고 농담을 하기도 했었지요. 그런데 그 농담이 오늘날 현실이 되면서 아주 진지한 맥락에서 철학적 상담이라는 이름의 분야로 변했습니다.

철학은
해결이 아닌 해소다

철학을 '치유'라는 개념으로 생각한 사람이 있었습니다. 루드비히 비트겐슈타인Ludwig wittgenstein이라고, 오스트리아 출신의 언어철학자이지요. 이 분은 '철학의 문제라는 것은 모두 사이비 문제다, 가짜 문제다'라고 생각했습니다. 무슨 이야기인지

진중권

얼른 와 닿지 않으시지요? "여러분! 시간이 무엇인가요?" 무어라 대답할지 몰라 말문이 탁 막히지요? 철학적 문제는 대개 이런 식으로 제기됩니다. 그럼 제가 다시 묻지요. "지금 몇 시에요?" 자, 이 물음에 누구나 다 쉽게 대답하실 겁니다. 우리는 시간이 뭔지 평소에 알고 있습니다. '시간이 모자라.' '시간이 남네.' '내일 10시에 만나.' '10분 늦었네.' 우리는 '시간'의 개념과 관련하여 일상에서 아무 불편도 못 느낍니다. 하지만 정작 '시간이란 무엇이냐?' 이렇게 물으면, 말문을 잃게 되죠. 사실 물을 필요도 없는 질문인데 말이죠.

'X란 무엇이냐?'라는 물음은 특정한 맥락에서는 의미를 갖습니다. 예를 들어 '알파고가 뭐야?' 하지만 특정한 맥락에서만 사용되는 어법을 여기저기 엉뚱한 맥락에 옮겨 놓으면 이상해져 버립니다. 혼란이 일어나는 거죠. 그래서 비트겐슈타인은 철학적 문제는 '문법적 오류'에서 비롯된 가짜 문제라고 본 거죠. 아이들이 말을 배울 때 보면, 끝없이 '왜?'라고 묻습니다. 예를 들어, 원숭이는 바나나를 좋아한다고 말해 봅시다. 이제 막 말을 배우는 아이들은 계속 '왜'라고 물을 겁니다. '왜 좋아해?' '맛있으니까.' '왜 맛있어?' 이러면 우리는 할 말을 잃게 되죠. 이제 막 말을 배우는 아이들은 '왜'라는 낱말을 사용하는 맥락을 모르기에 그 말을 아무 데나 막 사용하는 겁니다. 비트겐슈타인이 지적하는 게 그거죠. 철학자들이 하는 짓(?)이 이제 막 말을 배우는 아이들이 하는 짓과 다르지 않다는 겁니다. 다시 말해 '시간'과 같은 너도 알고, 나도 알고, 우리 모두가 아는 뻔한 개념을, 엉뚱한 맥락에 집어넣으니 졸지에 도저히 풀 수 없는 수수께끼가 되어 버리죠. 비트겐슈타인에 따르면 철학적 문제가 바로 이런 성격의 물음이라는 겁니다. 철학이란 우리의 이성에 걸린 정신병이므로, 철학에 아직 할 일이 남아 있다면, 언어분석을 통해 왜 자신이 그 병에 걸렸는지 점검하는 것뿐이라는 거죠. 비트겐슈타인은 철학의 과제는 우리의 이성에 걸린 그 정신병을 '치유'하는 데에 있다고 보았습니다. 철학적 문제는 '해결'하는 게 아니라 '해소'해야 한다며 문제 자체를 기각해 버린 겁니다.

이 시대의 철학적인 상담은 철학을 다시 일상의 영역으로 가져온 것입니다. 여러분도 일상에서 굉장히 많은 문제에 부딪칠 것입니다. 어떤 사람들은 현명하게 잘 헤쳐 나가지만 어떤 사람들은 주저앉고 좌절하는 경우가 많습니다. 그때 철학자들이 와서 제3자의 입장에서 냉정하게, 때로는 따뜻하게 '이 문제는 이렇게 해결하고 저 문제는 저렇게 해결하는 게 현명하다'고 조언해 줌으로써 사람들이 문제를 잘 해결할 수 있도록 도와주는 거죠. 이것이 요즘 등장한 철학적 상담이고, 강신주 씨가 하는 일이 바로 그것입니다. 강신주 씨는 김어준 씨와 함께 연애문제, 취직문제 등 대부분의 사람이 일상생활에서 부딪치는 문

진중권

제들을 하나씩 하나씩 풀어 주고 있습니다. 강신주 씨가 하는 일을 놓고 '지적 사기'라며 비난하는 얘기에 저는 동의하지 않습니다. 그분은 지금까지 철학자들이 찾아내지 못했던 새로운 것을 찾아낸 거예요. 비트겐슈타인과는 좀 다른 의미에서 철학을 다시 '치유'로 규정한 거죠.

조화로운 예술로부터 받는 위안

'치유로서의 철학'은 당연히 미학적인 부분을 포함합니다. 미학도 철학의 일부이니, '치유로서의 미학'도 결국 철학에 속하는 것이지요. 최근 미학에서도 '힐링'이라는 말이 새로운 화제로 떠올랐습니다. 스위스 소설가 알랭 드 보통 Alain de Botton이 《영혼의 미술관-예술은 우리를 어떻게 치유하는가》(원제: Art as Therapy, 문학동네)이라는 책을 냈습니다. 우리는 왜 예술을 하느냐? 여기에 대해 그동안 많은 이론들이 있었습니다. 불상, 성당 등에 예술이 녹아 있듯 예술에는 종교적인 숭배의 기능이 있습니다. 또한 예술은 정치적인 비판, 사회적인 비판 등의 기능을 하기도 했지요. 가령 황석영 씨의 리얼리즘 소설에는 강한 사회적 비판의식이 담겨 있지요. 그런데 최근에 예술이 '힐링'의 기능도 한다는 주장이 나왔습니다. 알랭 드 보통은 우리 인간은 어딘가 불완전하다고 말합니다. 사실 인간은 모두가 불완전한 존재이지요. 반면 예술 작품은 항상 조화로운 모습입니다. 인성은 어딘가 치우쳐 있거나 비뚤어졌거나 어딘가 조화롭지 못합니다. 그때 예술작품을 통해 조화라는 것을 배우고, 예술작품을 통해 자기 자신의 상처를 인정하고 그 부분을 치유한다는 겁니다.

실제로 굉장히 큰 상처를 받았을 때 짧은 시 구절 하나가, 한 편의 소설이 위안을 줄 때가 있지요? 지난 대선 때 출구조사 결과를 접하고는 참 황당했습니다. 속절없이 술 생각이 나서 홍대 앞으로 나갔습니다. 그런데 길바닥이 한산하더라고요. 보통 대통령 당선 발표가 나면 야단법석 떠들썩한 게 정상인데 그날 홍대 거리는 완전히 썰렁했습니다. 그날 영화를 봤습니다. 〈레미제라블〉, 그 영화를 보면서 얼마나 많은 사람들이 치유받았겠습니까? 바로 그런 것들이 예술이 갖는 치유의 힘이지요. 우리 자신은 완전하지 못하기 때문에, 삶이 완전하지 못하기 때문에 힘들어 합니다. 그래서 서로에게 상처를 주고, 또 받습니다. 자신이 의식하지 못할 때 상처를 주기도 하고 받기도 하는데 이런 것을 치유하는 것이 바로 예술이다. 알랭 드 보통은 이렇게 주장합니다.

진중권

신에게 의지할 수밖에 없는
한국 사람들

이렇게 치유라는 화두가 철학은 물론이고 예술의 영역에까지 확산되고 있습니다. '치유'가 일종의 정신문화의 주류로 떠올랐다고 할까요? 어떻게 보면 그것은 일종의 세속 종교라고도 할 수 있습니다. 치유는 원래 종교 영역에서 감당해 왔잖아요. 저희 아버님은 목사이십니다. 그래서 어렸을 때부터 '종교가 왜 필요한가? 우리 아버지와 같은 목사라는 직업이 왜 필요한가? 우리 아버지도 다른 아버지처럼 회사 다니면서 월급을 가져오시면 좋을 텐데' 하는 생각을 하기도 했지요. 어린 생각에도 기도한다고 해서 문제가 해결될 것 같지는 않았거든요. 그래서 후일 분석을 해 봤습니다. 목사의 설교에는 힐링의 효과가 있습니다. 성경 자체에 힐링적인 요소가 많기 때문이지요. 그런데 말씀이 참 어렵지 않습니까? 그래서 목사가 쉽게 설명하는 일을 맡아 합니다. 성경이 쓰였을 때와 지금은 완전히 다른 시대, 전혀 다른 삶인 데다, 정치적·사회적 상황도 다르기 때문에, 목사가 성경의 진정한 의미를 이 시대의 상황에 맞추어 해석해 주는 거지요. 수많은 사람이 이 땅에서 탄압을 받고, 상처를 받고, 무시당하고, 차별을 당합니다. 그들은 교회에 와서야 그것을 털어 냅니다. 교회가 삶을 살 수 있도록 도와주는 것이지요.

그런데 이 종교라는 것이 그 세력이 날로 약화되고 있습니다. 서구 독일 사람들은 부활절, 크리스마스 이렇게 일 년에 두 번 정도 교회에 갑니다. 그들에게 종교는 일종의 문화일 뿐 종교를 자기 삶과 연결해서 생각하지는 않습니다. 하지만 반면에 우리나라는 갈수록 심화되고 있습니다. 종교의 힘이 점점 더 커지고 있어요. 우리나라의 사회 구조가 다른 서구와 다르기 때문이지요. 서구에서는 스트레스를 사회적으로 해결하는 구조인데 우리는 온갖 스트레스를 개인들이 모두 해결하는 구조입니다. 그 해결 지점이 교회이고요. 그러다 보니 사회가 발달할수록 사람들이 이성적으로 사유하면서 세속화는 게 아니라, 오히려 종교의 힘이 더 커지는 이상한 상황이 벌어지는 거죠. 사람들이 중세 말의 민중들처럼 계몽이 덜 돼서 그런 걸까요? 아닙니다. 사람들은 나름대로 살아남아야 하기에 주어진 조건 속에서 자기 식의 해결책을 찾는 것입니다. 어떻게 보면 우리 사회는 거꾸로 가는 듯합니다. 전 세계적으로 기독교가 제일 잘나가는 나라가 어디입니까? 한국입니다. 우리 종교도 아닌데 훨씬 과격하고 광적이다 싶은 측면까지 있습니다. 이처럼 광적일 정도로 종교가 유지되는 데는 사회적인 문제를 인간이 해결하는 구조가 아니기 때문입니다. 바로 신에 의존하는 구조이지요. 결국 사회적 문제를 인간 스스로 해결하지 못한 채, 신이 주

진중권

신 운명으로 감내하며 살아가는 상황이 된 거죠.

정신분석학이
해온 것들

'치유로서의 철학', '철학으로서 치유'라는 비트겐슈타인의 명제로 돌아가 보죠. 정신에 걸린 병을 치유하는 것은 그동안 프로이트가 창시한 정신분석학이 해 왔습니다. 20세기에 들어와 서양철학에 일어난 가장 중요한 사건은 바로 무의식이라는 새로운 세계의 발견이었습니다. 데카르트가 뭐라고 했습니까? "나는 생각한다, 고로 존재한다." 생각한다는 것은 이성이에요. 그러나 프로이트의 후예인 라깡은 이렇게 말했습니다. "내가 생각하는 곳에 나는 없다." 즉 인간은 데카르트가 생각하듯이 이성적인 존재가 아니라는 것입니다. 다시 말해 인간을 움직이는 건 이성이나 의식이 아니라, 무의식적 욕망이라는 말입니다. 이런 말이 있죠? "인간은 합리적인 동물이 아니라 합리화하는 동물이다." 무의식적 욕망에 따라 할 짓 못 할 짓 다 해 놓고, 변명을 해야 할 때가 되면 그때 동원하는 게 이성이라는 겁니다.

아무튼 프로이트는 인간의 의식보다 무한히 넓은 무의식의 세계를 발견하고, 정신분석을 통해 자신도 의식하지 못하는 이유에서 정신에 고통을 받는 환자들을 치료하기 시작합니다. 사실 20세기에 들어와 정신병 환자가 급증합니다. 정신병은 고대부터 죽 있어 왔습니다만, 20세기 초반 엄청나게 증가세를 보입니다. 왜 그럴까요? 시대가 바뀌었기 때문입니다. 생산 성격이 바뀌었습니다. 옛날에는 생산 자체가 자연적이었습니다. 봄에 씨 뿌리고 여름에 김매고 가을에 수확하고, 겨울에는 마실 다니면서 가마니 꼬고…. 그러나 산업 생산은 기계화된 생산입니다. 공장에서 기계가 돌아가고 인간이 기계에 맞추어서 살아야 합니다. 포드 시스템이라고 아실 겁니다. 찰리 채플린의 영화 〈모던 타임즈〉를 보면 채플린은 하루 종일 나사 조이는 일만 합니다. 옛날에는 일을 하면 한 사람이 처음부터 끝까지 다 책임졌습니다. 호미 하나를 만들어도 대장장이가 처음부터 끝까지, 도자기를 만들 때도 도공이 처음부터 끝까지 다 맡아 했습니다. 그런데 현대 노동자는 전체 가운데 특정 부분만 맡아서 그저 반복만 거듭합니다. 인간 자체가 이제 생물이 아니라 기계로 변해 버린 것이지요. 인간의 생체는 거기에서 엄청난 충격을 받을 수밖에 없지요. 하지만 20세기의 인간은 그 충격을 또한 감수하며 살아가야 합니다.

두 번째가 1차 세계대전입니다. 그전에도 전쟁은 있었지만, 1차 세계대전은 그것들과는 차원이 다른 전쟁이었습니다. 이때 최초로 인간을 기계적으로 대량학살하는 게 가능해졌기 때문입니다. 옛날 전쟁터에서는 서로가 눈을 마주 보며 싸웠습니다. 하지만 이제는 서로 보지도 못하는 상태에서 죽여 버립니다. 기계화돼 인간들을 대량으로 학살하게 된 것이 1차 세계대전이었던 것입니다. 20세기에 들어와 인간은 기계화되고, 그 신체는 사이보그화됩니다. 옛날에는 전장에서 다리에 상처를 입으면 손 쓸 도리도 없이 죽고 말았습니다. 하지만 의학의 발달로 이제 전쟁 중에 다쳐도 살아남게 됐습니다. 상실된 신체의 일부는 의족이나 의수, 혹은 의안으로 대체하게 됐지요. 하지만 신체적으로는 살아남는다 해도 그로 인해 받은 충격은 고스란히 정신에 남습니다. 그 트라우마가 강박증과 같은 정신병을 낳게 된 거죠. 그 정신병의 원인을 분석하고 설명하고 치유하는 것이 바로 정신분석학의 과제로 떨어진 겁니다. 문명화, 산업화, 기계화한 전쟁이 유럽인들의 무의식에 남긴 거대한 트라우마. 그것을 치유하기 위해 정신분석학이라는 새로운 학문이 탄생한 것입니다.

환상으로의 도피

마침 그때 예술 분야에서는 초현실주의가 등장합니다. 초현실주의자들은 광기에 관심이 많았습니다. 초현실주의 창시자,

앙드레 브르통Andre Breton이라는 사람이 있었어요. 그는 1차 세계대전 때 군의관으로 근무하면서 정신병자들을 돌보았습니다. 그때 인상적인 환자가 있었습니다. 1차 세계대전은 참호전이었잖습니까? 서로 참호에서 포를 쏘아 가며 전쟁을 끌어갔습니다. 보통은 적의 포탄이 떨어지기 시작하면 참호 속으로 일제히 숨기 마련이죠. 그런데 어떤 병사는 적의 포격이 시작되면 외려 참호 밖으로 뛰쳐나가곤 했답니다. 그리고 참호 위에 서서 손가락으로 적의 포탄이 떨어지는 탄착점을 가리켰대요. 앙드레 브르통이 그에게 왜 그런 짓을 하냐고 묻자, "이건 전쟁이 아니에요. 영화예요, 영화!" 하고 말하더랍니다. 죽어 널브러진 병사들은 진짜 사람이 아니라 허수아비로 세팅해 놓은 거라고 믿고 있었고요. 시쳇말로 미친 겁니다. 그런데 참 신기하게도 매일 그렇게 포탄이 떨어지는 전장에 몸을 드러내놓고 있어도, 그의 몸에는 파편 하나 스치지 않았다는 겁니다. 그래서 그는 더욱 자기 말에 확신을 갖게 되었고요.

이 병사는 왜 미쳤을까요? 눈앞에 닥친 현실이 너무 충격적이었기 때문입니다. 심리적으로 전쟁의 충격을 방어하고 싶은데, 실제로 막아내기에는 그 충격이 너무 컸던 것이지요. 그래서 차라리 현실을 부정해 버린 겁니다. 그리고 환상으로 도피한 것이지요. 그 여린 사람이 환상으로 도피하지 않았다면 어떻게 되었을까요? 아마도 그는 죽었을 것입니다. 몸이 견딜 수

진중권

가 없어서 말입니다. 신체 기제가 견딜 수 없기 때문에 몸이라도 살아 있으라고 정신이 미쳐 버린 것입니다. 초현실주의자들은 바로 여기에 주목합니다. 정신병이야말로 사회와 문명의 억압으로부터의 해방이라는 거죠. 그래서 정신병자에게 각별한 관심을 가졌던 거죠.

무의식적
반복행동

언젠가 SBS에서 '북파공작원'에 대해 다룬 적이 있습니다. 북파공작원이었던 한 사람이 아직도 계단 등 높은 곳만 나타나면 반복적으로 뛰어내리는 행동을 보였습니다. 알고 보니 헬리콥터에서 낙하훈련을 하던 행동이었던 거예요. 트라우마가 남은 거죠. 왜 그렇게 반복하는 걸까요? 끔찍한 체험이었기에 의식적으로는 지워 버리려 하는데 무의식에는 그 끔찍한 기억이 그대로 남아 있어서, 자기도 의식하지 못하는 사이에 신체가 자꾸 그 시절의 행동으로 돌아가는 것이지요. 그것이 강박증이 되고, 이 강박증세가 자동기계처럼 계속 되풀이되는 겁니다. 물론 그 동작은 자기도 하고 싶지 않겠지만, 스스로 통제하지는 못합니다. 의식적으로 하는 일은 스스로 통제할 수 있지만, 무의식적 행동은 통제할 수 없습니다. 인간은 의식의 주인이기는 하나, 무의식의 주인은 못 되거든요. 외려 무의식이 인간의 주인인지도 모르죠. 사람에게는 '실재계'라고 하는 어두운 무의식의 세계가 있습니다. 문제를 해결하려면 거기서 해결해야 하는데, 대개는 진짜 원인은 해결하지 않은 채 덮어 버리거나 기억에서 지워 버리기 일쑤입니다. 그 끔찍한 기억을 가지고 살 수는 없기에, 살기 위해서 그 기억을 의식에서 확 지워 버리는 겁니다. 그러나 지운다고 없어지는 것은 아니어서, 그것이 신체에 의식하지 못하는 반복행동을 일으킵니다. 이를 '오토마톤 (자동기계)'이라 하는데, 이렇게 자동적으로 반복되는 신체동작은 무의식에 의해 지배되는 겁니다. 트라우마가 있는데 이를 해결하지 않고 치료하지 않으면, 그 증상이 신체의 무의식적 반복행동으로 나타나는 거죠. 본인은 자신이 그 행동을 왜 반복하는지 의식하지 못합니다. 바로 이럴 때 정신분석학자들이 개입해서 그에게 그 반복행동의 원인을 의식시키고, 그로써 그 증상을 치유하는 겁니다. 의식적으로 무의식에 들어가서 원인이 된 무서운 기억을 끄집어내 정면으로 마주하게 하고, 나아가 그것과 싸우게 해서 극복하게 합니다. 이를 통해 치유되는 것이지요.

앤디 워홀이라는 팝 아티스트가 있지요. 이 사람 그림을 보면 어떤가요? 똑같은 것의 무한한 반복입니다. 이 또한 강박관념을 예술적으로 표현하려는 시도입니다. 인간이 산업화과정에서 생산공정 속 하나의 기계, 하나의 부품으로 전락한 데에 따른 스트레스와 트라우마를 담아 낸 것이지요. 워홀은 십수 년 동안 점심으로 늘 캠벨 수프 깡통을 먹었다고 합니다. 그는 왜 같은 행동을 반복했을까요? 그는 자기에게 충격을 준 그것, 말하자면 '기계화', '자동화'를 따라 한 것이지요. 영화 〈모던타임즈〉를 보면 공장에서 늘 스패너로 나사를 조이는 동작만 반복하던 찰리 채플린은 공작 밖에 나와서도 그 동작을 멈추지 못해 계속 반복합니다. 그처럼 앤디 워홀도 산업화, 기계화, 자동화가 인간의 신체에 주는 충격과, 그 충격으로 인한 강박을 예술적으로 표현했습니다. 그나마 그는 그것을 예술적으로 승화시킬 수라도 있었지요. 그렇게 승화시키지 못한 사람들에게 그 충격은 그대로 무의식 속에 스트레스, 트라우마로 남고 맙니다.

사회적 트라우마

지금까지는 심리적 트라우마에 대해 이야기했고, 이제는 사회적 트라우마에 대해 이야기해볼까 합니다. 사회적 트라우마는 뭘까요? 예를 들면, 5·18광주민주화항쟁 때 고문을 당하거나 구타를 당한 분들 같은 경우이지요. 그건 아마 보통 사람들이 일상생활에서 경험한 트라우마와는 또 다른 차원의 트라우마일 겁니다. 그전까지만 해도 광주민주화운동 하면 항쟁, 기념 등의 위대한 영웅담처럼 이야기하곤 했지요. 하지만 당사자들이 가지고 있는 트라우마에 대해서는 우리가, 사회가 관심을 가지지 않았습니다. 기념비를 만들기도 했지만 실제로 참여했던 당사자 분들의 고통을 함께 나누려고 한 적은 없지 않습니까? 또 다른 사회적 트라우마의 경우로는 쌍용자동차 해고 노동자들을 들 수 있습니다. 그분들 가운데 벌써 자살한 이가 몇 분입니까? 20명입니다. 광주민주화운동 사망자에 비하면 적은 인원이지만 사망하신 분들과 관련하여 남은 분들을 생각해 보십시오. 그분들의 트라우마가 얼마나 컸겠습니까?

이런 것들이 사회적 트라우마이고, '광주트라우마센터'도 그런 취지로 설립된 것이 아닌가 생각합니다. 정혜신 박사가 쌍용자동차 노동자들과 그 가족들을 만나 나눈 이야기들을 읽어 보면 기가 막힙니다. 그렇게 우리는 그분들과 고통을 나누게 되기도 하고요. 그분들에게 그 고통을 풀어놓게 하고, 우리가 공감하고 지지해 주면 함께 치유되기도 하지요. 치유의 목적은 고통 받는 이들을 다시 정상적인 생활로 되돌아가게 하는 것 아닙니까? 얼마나 많은 사람이 그로 인해 목숨을 잃었습니까? 그런 작업들이 없었다면 그분들의 고통은 갈수록 커졌을 것이고, 많은 사람이 죽어 갔겠지요. 그런 작업을 통해 죽음을 예방하는 것입니다.

진중권

트라우마. 그동안 우리는 그것을 의제화하거나 주제로 삼지 않았습니다. 누군가 나타나서 그것들을 주제화하고 그것이 얼마나 큰 문제인지, 그것을 이야기하게 하도록 해야 합니다. 그리고 우리는 그것을 들어주고 그로 인해 삶을 살 수 있게 도와주는 일이 얼마나 중요한 작업인지 보여 주어야 합니다.

결국은 광주민주화운동도 정치적인 문제고, 쌍용자동차 문제는 경제적 재난입니다. 경제와 정치의 두 영역에서 우리가 받고 사는 충격의 본질은 무엇일까요? 대한민국 헌법에 따르면 국민의 주권은 어디에서 나옵니까? 물론 국민에게서 나옵니다. 그런데 그 '주권자'가 표적이 되었습니다. 충격의 표적이 된 것이지요. 학살을 당한 것입니다. 국가에 의해 말입니다. 내가 늘 "몸과 마음을 바쳐 충성을 다할 것"을 다짐해 왔던 그 국가에 의해 말입니다. 그로 인한 트라우마는 엄청날 수밖에 없지요. 또 회사에서는 노동자들을 '가족'이라고 부르곤 하죠. 하지만 그것은 허울 좋은 얘기일 뿐, 실은 가족이 아니라 기계로, 아니 그것도 언제든지 갈아 끼우고 버리는 부품 정도로 취급합니다. 그동안 자신이 회사에서 식구 대접을 받는 줄 알았던 노동자들이 실은 자신들이 인간이 아니라, 식구가 아니라 부품으로 취급당하는 존재에 불과했다는 현실을 맞닥뜨렸을 때 심리적으로 굉장히 큰 충격을 받았을 것입니다. 젊음을 바쳐 수십 년 동안 일해 왔던 그 회사에서 말입니다. 그래서 치유가 필요합니다.

　사실, 사회적 트라우마는 산업화 이전에도 존재했습니다. 치유하는 이도 이미 있었고요. 무당들이 바로 그런 존재입니다. 요즘은 정신분석이니 심리치료니 과학적인 방법들을 동원하지만 이전에는 이런 과학적인 방법은 존재하지 않았습니다. 그 시절에 무당들이 알게 모르게 그 역할을 해 왔던 것이지요. 무당은 영매로서, 산 자와 죽은 자를 연결해 주고, 산 자와 죽은 자 사이의 소통을 가능하게 해 줍니다. 우리나라에는 '한恨'이라는 말이 있지 않습니까? 흔히 '이제 죽어도 여한이 없다'고 하잖아요. 이걸로 보아 우리나라 사람들은 예로부터 죽음보다 한을 더 두려워했던 것 같아요. 하긴, 외세로부터 수없이 침략을 당했고, 내부적으로는 착취와 수탈과 억압과 차별 속에서 삶을 이어 왔으니, 얼마나 한이 많았겠습니까.

　죽은 사람들은 아무리 한이 많아도 죽은 것으로 끝이지만, 그렇게 죽어간 가족을 본 식구들은 가슴에 그 한을 품고 살아갈 수밖에 없습니다. 요즘 흔히 말하는 '트라우마'가 되는 것이죠. 이 한을, 이 트라우마를 그대로 품은 채로는 정상적인 삶을 살 수가 없어요. 그래서 결국 산 사람이 계속 살기 위해서 무당을 통해 죽은 사람을 다시 불러내는 겁니다. 그렇게 불러내서 죽은 사람의 말을 들어주면서 죽은 사람의 한을 풀어 주는 거죠. 하지만 실제로 그들이 굿을 통해 풀어 주는 것은 죽은 사람

진중권

의 한이 아니라 산 사람의 한, 즉 자기들의 한이에요. 이런 과정을 통해 무당은 산 사람의 상처, 트라우마를 치유합니다. 과거에는 종교나 무당들이 해 온 역할들을 오늘날에는 철학이나 예술, 구체적으로는 정신분석학 분야가 감당하고 있는 것 같습니다. 예나 지금이나 완벽한 해방이 이루어지고 완벽한 평등이 이루어지지 않는 이상은 상처를 받는 거지요. 인간 세상이 완벽하게 평등하지 않는 이상 권력관계에 의해 서로 상처를 주고받는 것이 일상생활이고, 우리가 알게 모르게 상처가 쌓이고 있기 때문에 치유가 필요합니다.

만인을 위한 힐링

제가 정작 이야기하고 싶은 것은 이 부분입니다. 그런데 요즘 들어 '힐링'이라는 말을 과도하게 사용합니다. 최근에 힐링은, 정말 필요한 사람에 대한 힐링이 아니라 만인을 위한 힐링이 돼 버렸어요. 심지어 엔터테인먼트 산업의 판매 아이템의 하나가 돼 버린 것 같습니다. 〈힐링 캠프〉라는 프로그램이 있잖아요. 거기에 나온 분들을 보면 살면서 힐링이 필요한 분들이 아닌 것 같아요. 예를 들면 안철수 씨, 박근혜 씨, 강신주 씨 같은 분들이 왜 나왔을까? 물론 아버지나 어머니에 의한 것들을 포함한 상처들이 있을 수 있겠지요. 하지만 일반적인 사람들을 불러다가 인위적으로 끄집어내는 듯합니다. 본인이 상처라고 생각하지 않는 부분까지도 끄집어내서 '너 이것 때문에 상처 받았잖아' 하고 상처를 만들어 내는 것 같아요. 이렇게 힐링이 예능의 한 장르가 돼 버렸습니다. 그런 프로그램 자체가 나쁘다고는 생각하지 않습니다. 왜냐하면 인기를 끌고, 방송이 지속된다는 것은 시청자들이 있다는 말이니까요. 그런 프로그램들이 우리 사회의 어떤 부분을 대변해 주는 거예요. 우리 시대에 필요한 어떤 수요를 충족시켜 준다는 말입니다. 이는 한마디로 우리 시대 사람들이 광범위하게 상처 받았다 하는 것이지요. 사회적 상처를 받았다는 것입니다. 그러다 보니 만인을 위한 힐링의 시대가 돼 버린 것입니다.

고약한 비유를 들자면 17세기 서구에서 '만인을 위한 해부학'의 열풍이 일어난 적이 있습니다. 당시에는 해부학이 모든 사람들의 취미 생활이었어요. 웬만한 지식인은 집에다 직접 해부학 실습실을 차려놓고 있을 정도였으니까요. 공개적으로 해부학 강의도 열려, 오늘날 데이트하는 남녀가 영화 구경을 가듯이, 연인들이 손잡고 해부학 실습을 보러 다니기도 했답니다. 해부를 많이 하다 보니 해부를 위한 시체가 부족해졌고, 급기야 방금 묻은 시체가 도난당하는 일까지 벌어지곤 했지요. 그와 비슷하게 오늘날 이 현상은 신체의 해부학이 아니라 정신의

진중권

해부학이 아닌가 하는 삐딱한 생각까지 해 봅니다.

하지만 '힐링' 프로그램이 그토록 인기를 끄는 것을 그저 남의 상처를 들여다보고 싶어 하는 대중의 고약한 취향 덕으로만 돌릴 수는 없습니다. 거기에는 대중들 자신의 상처와 관련된 어떤 절실한 욕망이 있을 겁니다. 상처를 받은 사람들은 치유받기를 원할 수밖에 없습니다. 내 상처를 끌어안고 어찌할 줄 모르던 사람들이 다른 사람들의 상처가 치유되는 과정을 보면서 그 소망을 대리 충족하고 있는지도 모르지요. 그 과정을 통해 나의 상처를 다시 한번 들여다보면서, 그렇게 대리 치유를 받는 게 아닐까요? 때문에 힐링 관련 프로그램들이 인기리에 방영되고, 철학적 멘토들이 치유사로 등장하게 된 게 아닌가 하는 생각이 듭니다.

패배감을 주는
사회

그런데 갑자기 왜 이렇게 됐을까요? 20세기 초 정신분석학이 등장한 데에는 사회적 맥락이 있었죠. 산업화를 통해 사람 자체가 기계가 되고, 그다음에는 1차 세계대전이라는 완전히 기계화한, 그리하여 상대의 얼굴도 보지 못한 채 기계를 통해 서로 죽고 죽이는 익명적 전쟁이 있었습니다. 그런 것들을 통해 정신분석학이 등장할 사회적 조건이 충족된 거죠. 그럼 요즘 왜 갑자기 '힐링' 얘기가 나오고 그 문화가 점점 보편화되어 가느냐? 그 원인을 알아야 하겠지요. 사실 사회 자체가 그 동안 '힐링'이 필요한 상황으로 변해 버렸다고 할 수 있습니다. 하지만 이번엔 정치권력의 문제가 아니라, 시장권력의 문제라고 생각해요. 이른바 세계적으로는 수십 년간 '신자유주의'의 광풍이 몰아쳤어요. 자본주의 체제가 복지를 중시하는 케인즈주의에서 인간보다 이윤을 더 중시하는 자유지상주의체제로 변해온 거죠. 우리나라도 그 물결에서 자유롭지 못했습니다.

일단 교육의 문제를 봅시다. 사실 우리 때만 해도 입시경쟁이 지금처럼 치열하지는 않았어요. 요즘처럼 일렬로 등수화하지도 않았고요. 저도 고등학교 다닐 때 온갖 못된 짓 하고 영화란 영화 다 보고, 공부보다는 데모에 더 관심이 많았어요. 다른 것을 할 수 있는 여유가 있었던 거지요. 그런데 요즘은 완벽하게 경쟁 사회입니다. 모든 아이들이 경쟁 기계가 되어 버렸습니다. 현대 사회는 1퍼센트의 위너가 되지 못하면 나머지 99퍼센트는 패배자가 되는 그런 구조예요. 옛날에도 학벌 차별은 존재했어요. 하지만 요즘처럼 심하지는 않았지요. 대학의 서열을 매겨봤자 서울대, 연대, 고대 정도를 꼽는 정도였지요. 하지만 요즈음에는 전국의 모든 대학을 일렬로 줄을 쫙 세웁니다. 왜, 2014년에 삼성그룹에서 입사시험에 총장추천제도를 도입

진중권

하여, 학교별로 총장추천 인원을 지정 공고하면서 전국의 모든 대학교들에 서열을 매기지 않았습니까? 이런 문화가 상위 1퍼센트에 들지 못한 스스로는 '패배자'요, 사회에 필요 없는 존재라고 생각하게 만듭니다. 일단 대학을 서울의 대학과 지방의 대학으로 구별하고, 서울의 대학은 다시 'SKY'와 그 밖의 대학으로 구별하고, SKY 내에서는 서울대와 서울대가 아닌 대학으로 구별하고 서울대 내에서는 점수가 높은 과와 낮은 과로 구별하고. 그뿐입니까? 서울대 나와서도 아이비리그 나온 사람과 안 나온 사람을 구별하고… 뭐, 이런 구별에서 도태되는 모든 인간은 패배자로 만들어 버립니다.

그다음에 남는 것은 신체의 사물화가 이루어지는 거지요. 인간의 신체를 경제의 투입 요소로 만들어 버리는 거예요. 요즘 애들은 유치원부터 대학까지 완벽하게 관리되어 취업에 적절한 취업 기계로 만들어집니다. 제가 중앙대에서 미학을 강의할 때 이런 일이 있었습니다. 과 사무실로 전화가 옵니다. "우리 애가 철이 없어서 수강신청을 잘못했는데 바꿀 수 있어요?" 애가 영어를 들어야 하는데 쓸데없는 진중권의 미학을 들었다 이거예요. 그러니까 생각해 보세요, 우리는 아이를 어른으로 키우는 것이 아니라 어른이 다 된 애들을 어른으로 관리하고 있다는 거지요. 법적 성인이 된 학생들을 자기 관리의 주체가 아니라 관리의 대상으로 만들어 버린 것입니다. 이래 놓고서 부모들이 자식에게 거는 과도한 기대감 역시 학생들에게는 커다란 스트레스가 됩니다. 한번은 필리핀에서 우연히 어학연수 온 학생을 하나 만났는데, 고민이 참 많더라고요. 하도 고민을 해서 원형 탈모증까지 생겼대요. 무슨 고민이 그리 많냐고 물었더니 그 친구가 우리 부모님은 자기한테 이러저러한 걸 기대하는데, 자기가 부모의 기대에 부응하지 못해 괴롭답니다. 그래서 내가 물었지요. '네가 정말로 하고 싶은 게 뭐냐?'고. 그랬더니 '태어나서 그런 생각을 한 번도 해보지 않았다'고 대답하더군요. 그러니 자기가 뭘 하고 싶은지도 모른 채 부모의 기대에 끌려다니다가, 그 기대를 만족시켜 드리지 못한 게 존재의 스트레스로 남아버린 거죠. 일베를 보세요. 걔들이 왜 그걸 합니까? 자기들 스스로 얘기합니다. "여기에 들어오면 나 같은 등신, 혹은 나보다 더 한 등신들을 볼 수 있기 때문이지." 자기 자신을 완전히 비하한 채 거기에 들어와 자기만 못난 게 아니라는 사실을 확인하고 거기서 심리적 위안을 얻는 겁니다.

1970~80년대 우리나라 경제는 지금보다 훨씬 더 원시적이었지요. 발달하지 못한 경제만큼이나 노동력도 고도화되지 못해 대부분 단순노동력이었어요. 고용형태도 완전 고용이었지요. 아직 한국이 개발도상국이던 시대였으니까요. 그때는 생산량도 노동력을 투입한 만큼 나왔지 않습니까? 대학생도 많지 않았어요. 대학만 나오면 어디든지 취직이 되고, 주민등록증

진중권

에 빨간 줄만 안 가면, 데모를 해도 주동만 안 하면 어디든 좋은 데에 취직할 수 있었어요. 당시에는 취직이 문제가 아니라 더 좋은 직장이 문제였지요. 그래서 취직 걱정 없이 학교를 다녔기에 다른 걸 할 여유도 있었던 거고요. 민주화 운동도 하고, 정치에 관한 책도 읽고, 이념서클 활동도 할 수 있었지요. 요즘은 상황이 다르죠. 과거에는 일단 취직만 하면 평생고용의 암묵적 약속이 있었는데, IMF 사태를 거치면서 그 약속이 사라져 버렸어요. 서구에는 사회보장제도가 있지요. 한국에는 사회보장제도가 없는 대신 기업에서 암묵적으로 평생고용 보장을 해준 겁니다. 그런데 IMF를 거치면서 그 약속이 깨져 버렸습니다. 결국 경제변동의 충격을 일하는 사람들이 자신의 몸으로 고스란히 받아 낼 수밖에 없었어요. 그것이 그대로 그들의 신체와 영혼에 트라우마로 남았고. 국가도 기업도 자신을 책임져 주지 않는 상황에서 '각자도생'을 해야 하니, 젊은이들도 모두 스펙 전쟁에 뛰어들게 됐죠. '미쳤다'는 생각이 들 정도로 무섭게 경쟁하고 있습니다. 이렇게 경쟁을 무시무시한 정도와 방식으로 하는 나라는 다시 없을 겁니다.

　작가 이외수 선생님이 그런 말을 하더군요. 아들이 공부를 하든 말든 내버려 뒀더니 아들이 '아버지, 우리를 이렇게 내버려 둬도 되느냐'며 따지더랍니다. 우리도 사회 나가서 경쟁해야 되는데 이렇게 두면 어떡하느냐고 하기에, '경쟁하지 마' 했대요. 아들이 어떻게 경쟁하지 않고 이 사회를 살 수 있느냐고 묻기에, '심판 봐' 했다는 겁니다. 이외수 선생님은 이야기를 나누며 아주 재미있는데, 아이들은 난리였다더군요. 그 정도로 경쟁 시스템에 물들어 있다는 거지요. 그 놈의 경쟁 때문에 학점, 영어점수, 봉사점수 등이 승자와 패자를 가리는 객관적 지표가 되고, 그러다 보니 스펙들도 천편일률적으로 똑같아집니다. 그러다 보니 질적 차별성이 사라져 학생들이 그 아무하고나 교환이 가능해지는 존재로 전락합니다. 그러다 보니 취직을 한다해도 언제라도 '더 젊고 돈 적게 줘도 되는' 애들로 교체 당할 처지가 되는 거죠.

저항할 수조차 없는
요즘 세대

우리 학생들은 이런 것들을 상처로 그대로 그러안고 있습니다. 문제는, 그 상처를 해결해야 되는데, 과연 길이 있느냐 하는 겁니다. 솔직히 말씀드리면, 길은 없어 보입니다. 우리 때에도 상처는 있었습니다. 가령 광주에서 올라온 동기들이 들려주는 얘기를 그저 전해 듣는 것만으로도 우리는 영혼에 큰 상처를 입었습니다. 그래도 우리는 저항할 수 있었습니다. 상대가 누구냐 하면 국가 권력이었거든요. 국가권력은 눈에 보이기라도 하

진중권

니까 저항을 할 수 있었고, 누구처럼 억지로 닭장차에 실려 가면서도 '닭의 목을 비틀어도 새벽은 온다'고 외칠 수 있었어요. 그런데 이제는 상황이 다릅니다. 고 노무현 대통령의 말대로 권력은 시장으로 넘어갔거든요. 트위터로 회사에 투정 좀 했더니 '너, 이제 우리 회사 나오지 마' 하면 어떻게 해야 하나요? 이거야말로 훨씬 더 무서운 강제인데, 이것이 강제라고 항의할 수 있는 상대가 사라져 버린 거지요. 지금 학생들은 정신적 스트레스가 극심할 겁니다. 우리처럼 그 상처를 정치적 행동으로 승화시킬 수도 없는 처지거든요.

우리가 민주화 운동을 하던 당시 민주화만을 외친 것이 아니라 굉장히 이념적이어서 노동 해방도 외쳤지요. 민주화를 이룬 후로는, 1987년과 88년에 노동자 대투쟁이 있었어요. 그래서 노동자들의 임금이 두 배로 올라가고 노동조합 운동이 강화되었어요. 이런 싸움들을 실제로 했고, 승리의 결과까지도 보면서 우리는 트라우마를 해결할 수가 있었습니다. 적어도 우리 세대는 정치적 저항과 사회적 행동을 통해 우리가 가진 상처를 치유할 수 있었어요. 하지만 요즘 세대들은 그런 방법들이 완전히 막혀 버렸어요. 저항조차 못하니 상처는 그대로 차곡차곡 쌓일 수밖에 없는 겁니다. 또 하나의 차이가 있다면, 우리 때는 눈에 또렷이 보이는 적이 있었다는 겁니다. 전두환이 나쁜 놈이라고 하는 데에는 설명이 필요 없었어요. 굳이 말할 필요 없이 자명한 목표가 있었고, 우리의 행동을 집중할 뚜렷한 저항의 목표가 있었어요. 게다가 사회주의 이념에 대한 신념이 아직 남아 있었기 때문에, 언젠가는 온 인류가 평등한 사회가 올 수 있다는 기대도 놓지 않았고요. 미래를 위해서 내 자신을 희생하는 삶도 가치가 있다는 믿음이 있었고, 그것을 통해 자기 삶을 의미 있게 조직할 수도 있었지요.

그런데 사회주의가 몰락하고 자본주의가 승리했어요. 그다음에 신자유주의와 같은 거대한 광풍들이 불어 닥쳤어요. 잘 생각해 보세요. 노무현 대통령이 자조적으로 이런 말을 했죠. 이제는 권력도 시장으로 넘어갔다고 말입니다. 삼성에 대해 국가 권력도 이제 무어라 할 수 없고 통제는 더더욱 할 수 없다는 겁니다. 그러다 보니까 내가 공부를 한다 하더라도, 내가 희생을 한다 하더라도, '내 후손 내 아이한테 이런 사회를 물려 줘서는 안 된다, 더 정의로운 사회를 물려 줄 수 있다'는 생각을 가질 수조차 없는 거지요. 우리는 하나의 목표에 동의할 수 있었습니다. 하지만 지금은 가치관이 매우 다양해졌습니다. 옛날에는 '전두환 나쁜 놈이다' 하면 논증할 필요도 없었는데 지금은 논증해야 하는 처지입니다. '일베저장소'의 존재 또한 무시할 수 없어요. 거기에 올라오는 글들은 대부분 헛소리이지만, 가끔은 반박하기 어려울 정도로 옳은 소리도 올라옵니다. 그만큼 이 시대는 굉장히 다양한 스펙트럼이 있고, 그것들 하나하

진중권

나와 일일이 다 싸워야 합니다. 그러다 보니 이 말을 들으면 이 말이 옳은 것 같고, 저 말을 들으면 저 말이 옳은 것 같고, 모든 말들이 각자 나름대로 일리가 있는 것 같아서 스스로 판단을 내리기 참 어려워졌지요.

그래서 '멘토'를 찾는 것 같습니다. 자기 스스로 생각하고 판단할 수 있도록 우리 사회가 한 번도 허용해 주지 않았거든요. 그래서 저마다 '멘토'를 찾는 게 아닐까요? 상처 받은 영혼들이 헤어나갈 방향을 찾기 위해 멘토를 만나는 거죠. 멘토를 통해서 무슨 대단한 얘기를 듣겠습니까? 그저 자기의 얘기를 하고, 누군가 그 얘기를 들어주고, 비록 피상적일지라도 뭔가 조언을 해준다면, 그걸로도 치유되는 느낌을 받는 거죠. 그것이 바로 힐링이고요. 이처럼 힐링과 멘토링은 동전의 양면처럼 붙어 있습니다.

사실 저는 '멘토'라는 말을 싫어하는 편입니다. 힐링이란 말이 너무 보편화된 것처럼 멘토라는 말도 지나치게 보편화된 듯해서입니다. 예를 들면 저한테 누가 메일을 보내 "저에겐 당신이 롤모델입니다"라고 하면, 저는 "절대로 나처럼 인생을 살지 말라"고 당부합니다. 왜냐하면 사람은 모두 고유하여 자기만의 삶을 살 수밖에 없기 때문입니다. 물론 멘토는 필요합니다. 하지만 그 경우에도 제가 멘토링할 수 있는 부분은 극히 한정돼 있습니다. 제가 전공한 미학에 대해서는 얼마든지 멘토링할 수 있습니다. 예를 들어 '분석미학을 공부하려고 하는데 어떻게 하면 좋겠습니까?'라고 물으면, 저는 그에게 먼저 어떤 책을 보고, 그 분야에서 저명한 사람이 누구이며, 그 세계에 입문하기 위해서 먼저 어떤 책을 읽어 보라고 말해 줄 겁니다. 그런데 지금 얘기되는 '멘토'는 그런 멘토가 아니라 '인생의 멘토'로서, 남에게 인생관을 가르쳐 주는 사람입니다. 어떻게 그럴 수 있습니까? 사람마다 처한 조건이 다르고, 취향이 다르고, 삶의 경험이 다르고, 가치관도 다른데, 어떻게 인생 자체에 대해서 보편적 멘토링이 가능하겠습니까. 생각만 해도 끔찍한 일입니다.

되도 않는
멘토링의 반복

이른바 잘나가는 사람들이 떠드는 '처세술'은 그냥 무시해도 된다고 생각합니다. 그 사람들이 하는 얘기를 들어보면, 대개 결과론적인 논리거든요. 가령 열 명 중 한 명이 성공하고 나머지 아홉 명은 실패했다고 가정해 봅시다. 이 경우 성공한 한 사람과 실패한 아홉 사람 사이에 차이가 있을까요? 없을까요? 솔직히 말하면 차이가 없습니다. 다들 고만고만한데 운이 따라줘서 그중 한 사람이 성공했을 뿐입니다. 동일한 조건임에도 불구하고, 동일한 노력을 했음에도 불구하고, 막상 성공한 사람은 자기가 운이 좋아 성공했다고 믿고 싶지는 않아 합니다. '내가 성공한 것이 단지 운 때문이라니' 하며 인정하고 싶지 않은 것이죠. 자기가 성공한 데에는 남들이 갖지 못한 뭔가 자기만의 특별한 비결이 있다고 믿고 계속 그렇게 착각하고 싶은 것입니다. 그리고 그 이야기를 다른 사람한테 자랑스레 이야기해 주고 싶어 합니다. 결국 그 이야기는 자화자찬이 되고말고요. 대부분이 그렇습니다. 예를 들어 한 CEO가 모든 직원들이 반대하는 사업을 밀어붙여 성공했습니다. 그러면 사람들은 이렇게 얘기하겠지요. '역시 그에게는 미래를 내다보는 혜안이 있었어.' 반대로 그가 직원이 다 반대하는 그 일을 밀어붙이다가 실패했다고 합시다. 그러면 사람들은 또 이렇게 말할 겁니다. "역시 그에게는 커뮤니케이션의 문제가 있었어." 즉, 결과에 따라 선행한 사건에 대한 판단이 달라지는 겁니다. 이게 바로 결과론적 사고죠. 예를 들어 세계적 베스트셀러가 됐던 《부자아빠 가난한 아빠》라는 책이 있었지요? 그 책을 읽으면 모두 부자가 될까요? 절대 아닙니다. 그 책을 읽고 부자가 될 수는 없습니다. 다만 그 책의 저자를 부자로 만들어 줄 뿐이지요. 이렇게 멘토링이라는 것도 자본주의적 상업 전략으로 사용되고 있습니다. 독자들에게 책값을 받고 허구적 만족감을 주는 거죠.

만약에 젊은이들이 자기에게 조언을 구한다면, 거기에 대답을 해 주는 것은 나쁘지 않습니다. 제 경우에는 그런 젊은이에게는 롤모델이니 뭐니 해서 누구 따라하지 말고, 그냥 자기 자신이 되라고 딱 한마디 해줄 뿐입니다. 그의 인생에 대해 제가 줄 수 있는 조언이라고는 딱 이것뿐입니다. 답은 '네 인생의 정답을 알고 있는 사람은 오직 너뿐이다'라는 게 아닐까요? 하지만 조언을 구하는 젊은이들은 이런 것 말고 뭔가 좀 더 구체적인 대답, 조언을 원하겠지요. 그러다 보니 '멘토링'을 한답시고 되도 않는 허구적 해법을 제시해 주는 거죠. 듣는 사람들은 뭔가 대답을 들었다는 사실만으로도 감동을 받아 마치 문제가 해결된 양 착각합니다. 결국 해결되지 않은 문제를 안고 또 다른 멘토를 찾아가면서 같은 일이 반복만 될 뿐입니다. 그렇게 또 하나의 힐링과 멘토링 시장이 형성되는 것입니다.

힐링과 멘토링의 시대, 상처 받은 수많은 사람들이 거기에서 치유를 받는 시대가 나쁘다고 보지는 않습니다. 하지만 잊지 말아야 할 것은 '과연 이것이 제대로 된 것인가' 돌아보는 것입니다. 그저 상처를 망각하게 해 주는 것이 힐링이 아닙니다. 상처를 정면으로 마주하게 하고, 혼자 해결할 수 없음을 인식시키는 것, 그것이 진정한 힐링이요, 멘토링이라고 생각합니다.

진중권

지금 여기와 다른 이야기는
충분히 가능하다

힐링과 멘토링이 넘쳐나는 것은 일면 우리 사회가 굉장히 병들어 있다는 증후입니다.

또 다른 측면에서 이 문화가 가진 한계도 분명히 들여다봐야 할 것 같습니다. 사실은 상처라는 말이 왜 나오는가, 그리고 인간사회가 반드시 이렇게 살아야만 하는가 하는 생각을 합니다. 사람과 사람이 관계를 맺는 방식은 굉장히 다양합니다. 독일 유학하면서 느낀 것인데, 그곳은 차별이 없습니다. 물론 열성적인 학부모들도 있어서 좋은 학교에 보내고 싶어 애를 쓰기도 합니다. 하지만 우리만큼 극성스럽지도 않고, 공부 못한다고 아이들을 차별하지도 않습니다. 두 가지입니다. 공부할 사람은 대학 가서 '닥터'라고 불리며 굉장히 명예스럽게 생각하고, 또 하나는 실업계로 진로를 잡은 '마이스터'입니다. 마이스터와 닥터가 동등합니다. 그곳 아이들에게 꿈을 물으면 무엇이 되었든 간에 대답하는 목소리가 씩씩합니다. "수퍼마켓 점원 할래요." "주유소 할래요!"

직업에 따른 차별도 없고, 당연히 무시하지도 않습니다. 사람들을 성적에 따라 줄 세우지 않습니다. 그렇다 보니 공부를 잘하느니 못하느니 평가하는 말도 없습니다. 또 하나 중요한 것은 동료를 친구로 생각하게 합니다. 반면 우리는 동료든 친구든 모두를 경쟁자로 만들어 버립니다. 그 문화에서는 그런 말을 하면 사회적으로 매장해 버리는 분위기입니다. 경쟁을 시킨다 하더라도 일단 조별 협력부터 하게 하거든요.

또 하나는 노동자를 대하는 태도입니다. 우리나라 경제발전의 주체는 누구입니까? 우리나라는 무조건 CEO, 무조건 기업가, 무조건 사장, 무조건 전경련을 추켜세웁니다. 그러면 노동자는 무엇인가요? 경제 발전의 주체가 아니라 경제의 투입요소이고 대상입니다. 사람을 사람으로 대우하지 않습니다. 노동자는 무조건 회사의 말을 잘 들어야 하고 말을 안 들으면 안 됩니다. 우리나라에서는 40대 후반 노동자를 해고시키면 경영합리화, 경영효율화라고 하잖아요? 하지만 독일에서 40대 후반 노동자를 해고시키면 '노하우 상실'이라 여깁니다. 그 한 사람을 잃음으로써 그가 가진 몇 십 년간의 노하우를 잃는 것이니까요. 우리나라에서는 노동조합을 경제 발전을 저해하는 원흉이라고 비난하지만, 독일에서는 노동조합을 독일 경제 발전의 강력한 두 축 가운데 하나로 생각합니다. 노동자들을 경제 주체로, 사람으로 인정합니다. 그런 사회하고 우리 사회에서 인간으로서 살면서 받는 스트레스 수준은 완전히 다를 수밖에 없습니다. 실은, 우리는 속아 사는 겁니다.

이런 얘기를 하면 '독일은 선진국인데 어떻게 우리랑 비교가

진중권

되냐'고 말합니다. 사실 독일은 과거에 지금 우리보다 소득 수준이 훨씬 낮을 때에도 지금의 우리보다 훨씬 더 잘살았어요. 왜? 평등하니까. 사실 우리도 지금 독일 국민 못지않게 세금 낼 만큼 내고 있습니다. 그 대가로 푸대접만 받고 있는 거죠. 독일 얘기를 꺼낸 것은 '인간의 삶을 지금 여기와는 다르게 조직하는 게 얼마든지 가능하다'는 얘기를 하기 위해서입니다. 지금보다 나은 삶의 방식을 떠올리는 것. 그게 진정한 의미의 정치적 상상력이겠지요. 대한민국에서 금지된 게 바로 그겁니다. 더 나은 삶의 방식을 떠올리는 상상력. 왜 그럴까요? 사실상 대한민국은 섬이거든요. 3면은 바다로 둘러싸여 있고, 위로는 휴전선으로 막혀 있습니다. 그러니 비교할 수 있는 대상이라는 게 공간적으로는 북한밖에 없어요. 다른 나라는 다 바다 건너 멀리 있거든요. 그러니 그저 북한보다 잘살면 잘사는 걸로 아는 거죠. 시간적으로 비교대상이 보릿고개 넘던 시절로 제한됩니다. 그러니 보릿고개 넘던 시절보다 잘살면 진짜 잘사는 걸로 착각하는 겁니다. 그래서 박정희 각하를 그렇게 추켜세우는 거죠. 하지만 이보다 훨씬 정의롭고 평화로운 방법으로 지금의 난관들을 헤쳐 나갈 수 있습니다. 하지만 안타깝게도 우리 사회는 스스로 그 방법을 떠올리지 못하고 있습니다. 그러니 그저 박정희 정권 시절의 고도성장만 떠올리며 옛 방식을 예찬할 뿐이죠. 그러다 보니 문제는 그대로 남아 있고, 이 풀리지 않은 문제가 주는 스트레스는 고스란히 우리들, 그리고 우리의 다음 세대들이 짊어지게 되는 겁니다. 그러다 보니 다들 힐링과 멘토링에 목말라 하는 것 같습니다.

힐링이 정말 필요한 사람들이 있을 겁니다. 멘토가 필요한 사람도 있을 겁니다. 하지만 꼭 필요한 사람과 범위를 넘어선 이 보편적 힐링과 멘토의 문화가 제게 뭔가 불편함을 줍니다. 왜 멘토가 필요합니까? 자기 인생은 누가 결정합니까? 자기 인생을 결정하는 사람은 오직 자신뿐입니다. 거기에 멘토란 있을 수가 없지요. 멘토 없이도 사람들 누구나 자기 인생 주체를 세우고, 스스로 판단할 수 있는 그런 사회가 되었으면 좋겠습니다.

• 2014년 '치유의 인문학' 제1강

진중권

폭력과 기억의 싸움

이해할 수 있을 때까지 멈추지 말아야 한다

서 경 식

2011년 3월 11일, 일본에서는 동일본대지진으로 후쿠시마원전이 폭발하는 사고가 일어났습니다. 동일본대지진으로 약 2만 명이 목숨을 잃었고 방사능 오염 지역으로부터 피난 가서 아직 귀환하지 못하고 '원전 난민'이 되어 떠돌아다니는 피해자 수는 십 수만 명에 이릅니다. 또 원전 사고로, 예를 들면 병원을 옮기는 과정에서 증상이 악화되어 사망한 고령자 등, 관련 사망자 수는 일설에 의하면 2,000명이 넘습니다. 한마디로 '대재해'입니다.

　　원전 사고는 명확한 '인재'고, 도쿄전력이라는 대기업과 국책으로 원전을 추진해 온 국가가 공범인 기업범죄·국가범죄입니다. 그러나 3년이 지난 오늘날에 이르기까지 기업도 정부도 누구 한 사람 구속되지 않았고, 책임 추궁도 없는 상태입니다. 책임 추궁은커녕 전 세계를 향해 일본 수상이 '(사고 후의 원전은) 안전하게 컨트롤 되고 있습니다'는 새빨간 거짓말을 하며 원전 재가동이나 수출에 나서는 모습은, 현재도 국가범죄가 계속 진행 중임을 노골적으로 대변하고 있습니다.

원전 사고 피해자들은 '국책'이라는 이름의 범죄에 상처받은 채 버려졌습니다. 그 트라우마는 치유될 짬도 없는 상황입니다. 이 사태는 한국에도 물론 남의 일이 아닙니다.

내 일이
아니라는 생각들

한국에서도 20여 기의 원전이 가동 중이고, 노후화한 고리원전 등 각지에서 사고나 트러블, 혹은 불량 부품 묵인 등의 사태가 발생하고 있습니다. 언제 후쿠시마 같은 대 참사가 일어나도 이상하지 않은 상태고, 일단 사고가 일어나면 피해는 한국 내뿐 아니고 일본을 포함한 동아시아 전역에 미칠 것이 명백합니다. 그러나 한국 정부는 일본 원전 사고의 교훈에서 배우기보다 오히려 이것을 좋은 기회로 삼아 원전 수출에 힘쓰고 있습니다. 요컨대 이윤을 위해서는 안전도 인명도 경시하는 기업과 이것과 유착한 국가의 체질은 한국도 일본도 다르지 않은 것입니다.

그래서 한국 정부와 국민은 후쿠시마의 교훈에서 배워야 한다고 이야기할 생각이었습니다. 그런데 2014년 4월 16일, 우리나라에서는 세월호 침몰 사고가 일어났습니다. 원전 사고와 대형선박 침몰 사고는 물론 여러 가지 면에서 다릅니다. 그러나 그래도 이 두 개의 사건에는 공통점이 있습니다.

일본에서 원전 사고가 일어난 큰 원인으로 '원자력 세력'으로 불리는 기득권 집단을 들 수 있습니다. 한국어로는 '원전마피아'입니다. 관료 조직(정계), 기업(재계), 전문가집단(학계) 등이, 이윤제일주의(원전의 경우는 잠재적 군사력이라는 측면도 있습니다) 아래 단단히 유착하여 기득권 집단('세력')을 형성하고 있습니다. 미디어나 교육계까지도 이러한 '세력'에 포섭된 상태입니다. 그런 상태를 수십 년에 걸쳐 계속해 왔기 때문에 그토록 중대한 사태를 겪고도 방향 전환을 할 수 없는 것입니다. 여론 조사에서는 현재도 일본 국민의 50퍼센트 이상이 원전 재가동을 반대하는데도 그 여론을 정치에 반영할 정당이 없어 정책은 변하지 않고 있습니다. 오랜 기간에 걸친 관·재·학의 이윤 구조가 정치제도의 척추까지 침식해 버렸기 때문입니다. 이와 같은 구조와 그것에 기인하는 무책임한 체질은 세월호 사건을 계기로 한국에서 드러난 것과 같습니다.

망각의
공기

지진 직후 일본에서는 그때까지의 문명관이나 가치관을 근본적으로 재검토하고 사회시스템의 문제점을 밝혀내 변혁할 것, 즉 '갱생'을 요구하는 목소리가 일정 부분 확산되었습니다. 그러나 사고 후 9개월밖에 지나지 않은 2011년 연말에, 당시 민주당 정권의 노다野田수상이 '사고 수습' 선언을 한 무렵부터 경제지상주의가 부추긴 허위 가득한 '미래 지향', 죄 많은 망각의 공기가 급속히 일본 사회를 뒤덮었습니다.

체르노빌 사고 기준으로는 사람이 살 수 없는 오염 지역임에도 불구하고 정부는 데이터를 은폐하거나 피해를 축소해 발표하면서 사람들에게 귀향을 촉구하고 있습니다. 방사능 오염에 대한 불안이나 공포를 입에 담는 사람은 '부흥에 찬물을 끼얹는 자'라며 비난당하고 고립되었습니다. 어린이들의 건강을 염려해 피해 지역에서 나오려는 사람(주로 여성)과 일이나 일상의 '굴레' 때문에 피해 지역으로 돌아가려는 사람(주로 남성)의 사이에서 대립이 발생하고, 이혼 등 가족 붕괴로 이어지는 예도 적지 않았습니다. 몸 상태가 좋지 않고 정신적 스트레스를 호소하는 사람이 많고 이 사람들을 '정신적으로 케어'해야 한다고 부르짖고 있습니다.

그러나 피해자들의 이러한 호소에 가해자측은 귀를 기울이지 않습니다. '원전 사고'와의 인과관계가 명확하지 않다는 것이 그 이유입니다. 사고의 영향을 의도적으로라도 낮게 평가하지 않으면 보상이나 배상액이 높아져, 국책으로써의 원전 재가

서경식

동이나 수출에 지장을 초래하기 때문입니다. 즉 피해자는 국책을 위해 두 번째 희생을 강요당하고 있는 것입니다.

애당초 '정신적 케어'라는 대응에는 이러한 피해를 준 당사자(가해자)로서의 책임의식이 결여되어 있습니다. 필요한 것은 '정신적 케어'가 아니고 원인규명, 진상해명, 책임자 처벌, 사죄, 보상 등의 근본적인 대응입니다. 이렇게 무책임한 체질 속에서는 국가범죄는 반복될 것이며, 그 희생자나 관계자는 계속 고통 받을 수밖에 없습니다.

한국사회는 세월호 사건을 '갱생'의 기회로 삼을 수 있을까요? 아니면 일본처럼 가짜 '미래 지향'에 몸을 맡기고 이전과 변함없이, 아니, 이전보다 더욱 나쁜 상태로 사회를 계속 방치할까요?

'트라우마 치유'를 이야기하기보다 트라우마의 원인을 엄히 묻고 그것을 끊는 것에 몰두해야 합니다.

"무덤으로
   피난 갑니다"

6월 11일, 후쿠시마현 소마시의 한 낙농가(54)가 퇴비창고에서 자살을 했습니다. 원전 사고로 인한 방사능 오염 때문에 우유 원유의 출하가 중단돼, 애써 짠 원유를 버려야 하는 나날이 계속됐습니다. 물론 수입도 뚝 끊겼습니다. 남자가 자살한 창고 벽에는 분필로 쓴 유언이 남아 있었습니다. "원전만 없었다면…." 이 말 외에 새로 짓느라 빚진 퇴비창고 비용은 자신의 생명보험금으로 갚아 달라는 내용도 있었습니다.

그는 아버지한테서 물려받은 농장에서 젖소 40마리를 사육하고 있었습니다. 선대로부터 땅에 내린 '뿌리'가 뽑힌 것입니다. 이와 같은 사망자도 원전 사고의 또 다른 희생자입니다. 이밖에도 비슷한 사례가 적지 않을 것입니다.

그리고 제가 주목한 것은 이 낙농가의 아내가 필리핀인이라는 사실입니다. 아이도 2명 있습니다. 그를 죽음으로 내몬 책임이 있는 정부나 도쿄전력에서 누군가가 조의를 표했다거나 사죄와 보상 의지를 표했다는 얘기는 전해지지 않았습니다. 그의 처자는 이제 생계를 책임져 온 사람을 잃고 생활이 어려워질 것입니다. 필리핀인 아내로서는 후쿠시마현에서 살아가기가 쉽지 않을 것입니다. 이른바 '혼혈아'인 아이들에게는 이제 살아가기 힘든 미래가 기다리고 있습니다.

이 땅은 일본 패전 이듬해 군에서 제대한 농가의 차남과 삼남, 그리고 만주에서 돌아온 사람이 개간한 개척지입니다. 전쟁 전 일본은 장자상속제였기에 논밭은 모두 장남이 상속하고 차남과 삼남에게는 아무것도 주지 않았습니다. 그 때문에 가난한 그들은 군인이 되어, 국가에서 밥을 먹여 주는 것만으로도 감사했습니다. 그리고 "만주에 가면 자기 땅을 가질 수 있다"는 정부의 선전에 넘어가 만몽(만주·몽골)개척단에 지원했습니다. 그런 사람들이 일본의 아시아 침략의 첨병이 됐습니다. 전장에서 돌아온 그들은 개척지에서 낙농에 도전했고 생활은 좋아졌습니다.

하지만 그것도 1970년대를 정점으로 내리막길을 걷게 되고, 한때는 115가구 모두 낙농에 종사했으나 지금 주민은 75가구, 그중에서도 낙농가는 자살한 남자를 포함해 겨우 6가구로 줄었습니다. 지금 척박해져 가는 이 땅을 유지하는 것은 아시아인들입니다. 양계 처리장에서는 20명의 젊은 중국인 여성이 일하고 있습니다. 결혼이민도 많습니다. 농어업은 고된 노동입니다. 좀처럼 쉴 수도 없습니다. "일본인 새색시는 오지 않는다"고 합니다. 현재 후쿠시마 전체에서 2,000명 이상의 필리핀인들이 일본인 남성의 배우자로 살아가고 있습니다. 그들도 분명원전 사고 피해자들이지만 실제로는 잊힌 존재입니다.

자살한 낙농가의 유족(남겨진 부인)은 봉사자의 협력으로 사고 3개월 후 도쿄전력을 상대로 손해배상청구소송을 냈습니다. 그러나 도쿄전력 측은 '낙농가의 농장이 있는 소마시는 국가의피난구역으로 지정되지 않았다. 낙농업을 계속할 수 없었던 것은 자발적으로 피난을 갔기 때문으로 원전 사고가 자살의 원인이라고는 할 수 없다' '자살의 원인은 낙농가 측에 있고 배상

책임은 없다'고 주장하며 청구기각을 요구했습니다. 이 무력한 유족에게 남편의 자살과 원전 사고의 인과관계를 입증하라고 요구하는 것입니다.

7월 9일 〈마이니치신문〉에 "무덤으로 피난 갑니다"라는 제목의 큰 기사가 실렸습니다. 후쿠시마현 미나미소마시에 사는 할머니가 자택 마당에서 목을 맸습니다. 이 할머니는 미나미소마시에서 대대로 논밭을 일구며 살아왔습니다. 지진 발생 당시 장남(72)과 그의 아내(71), 손자 둘, 5명이 생활하고 있었습니다. 후쿠시마 제1원전이 폭발한 뒤 인근 주민들은 하나둘 피난을 갔고, 이 일가도 3월 17일 원전에서 22킬로미터 떨어진 자택을 떠나 북쪽에 인접한 소마시로 시집간 차녀의 집으로 피난했습니다.

그 뒤 할머니는 홀로 미나미소마의 자택으로 돌아갔습니다. 6월 6일 군마에서 돌아온 장남 일가와 다시 함께 살게 됐으나 2주 후인 6월 22일 장남의 아내가 마당에서 목을 맨 할머니를 발견했습니다. 신문기사에는 가족에게 남긴 유서 전문이 실려 있었습니다.

"매일 원전 얘기뿐이니 사는 게 사는 것 같지 않습니다. 이제 이럴 수밖에 없습니다. 안녕히 계세요. 나는 무덤으로 피난 갑니다. 미안합니다."

이것은 명백히 국가와 기업에 의해 강요된 안타까운 죽음입니다. 하지만 '자살과 원전 사고의 직접적 인과관계는 입증되지 않는다'는 판에 박힌 이유로 결국 아무도 책임지지 않을 것입니다.

93세라면 1918년경에 태어난 셈입니다. 제1차 세계대전이 끝나고 일본이 세계 제국주의 열강의 반열에 진입한 시대입니다. 그녀가 열한 살 소녀였을 무렵 세계 대공황이 일본에도 덮쳐 왔고, 도호쿠 지방의 농촌은 대 타격을 입어 여성 인신매매가 일상화됐습니다. 그녀는 아마도 같은 세대 여자들이 팔려가는 것을 보며 자랐을 것입니다. 일본은 공황 탈출 방도로 아시아 침략을 강화했고 결국 중일전쟁, 태평양전쟁, 그리고 패전으로 이어졌습니다. 도호쿠 지방에서 황군병사로 출정한 남자들이 많은 사람(타자)들을 죽이고 자신들도 죽어 갔습니다. 패전 뒤 도호쿠 지방은 다시 버려졌습니다. 고도 경제성장정책으로 1차 산업은 파괴되고 젊은 노동력은 도시로 유출됐으며, 이 지방은 인구 과소 지역이 됐습니다. 이런 곤란을 이용이라도 하듯, 도시에서 기피하는 원전을 국내 식민지라고나 해야할 이 지방에 계속 지었습니다. 그 원전이 치명적인 사고를 냈을 때, 피해를 강요당한 것은 전력을 향유해 온 대기업과 도시주민들이 아니라 도호쿠 지방의 일반 민중이었습니다. 93세 할머니의 자살은 일본이라는 나라의 근대사에 대한 하나의 통절한 총괄입니다.

타인의 고난을
얼마나 상상할 수 있겠는가

2011년 6월과 11월에 저는 두 번에 걸쳐 후쿠시마원전 사고
재난 지역을 찾아갔습니다. 11월의 후쿠시마 방문 뒤 교토의
리쓰메이칸대학 국제평화 뮤지엄에서 열린 프리모 레비^{Primo}
^{Levi}전에서 한 편의 시를 만났습니다. 좀 길지만 꼭 소개하고 싶
어 적습니다.

폼페이의 소녀

인간의 고뇌란 모두 나의 것이니
아직도 생생하게 체험할 수 있다, 너의 고뇌를,
말라빠진 소녀여,
너는 부들부들 떨며 어머니에게 매달려 있구나
다시 그 몸속으로 들어가버리고 싶다는 듯이
한낮에 하늘이 암흑이 되었던 때 말이다.
기막힌 일이었어, 공기가 독으로 변하더니
닫아건 창에서 너를 찾아내, 스며들었지
단단한 벽으로 둘러싸인 너의 조용한 집으로
네 노랫소리 울리고, 수줍은 웃음으로 넘치던 그 집으로

서경식

기나긴 세월이 흐르고 화산재는 돌이 되고

너의 어여쁜 사지는 영원히 갇혀버렸다.

이렇게 너는 여기 있다. 비틀린 석고 주형이 되어

끝이 없는 단말마의 고통, 우리들의 자랑스러운 씨앗이

신들에겐 아무런 가치도 없다고 하는, 끔찍한 증언이 되어.

그러나 너의 먼 누이동생 것은 아무것도 남아있지 않구나

네덜란드의 소녀란다, 벽속에 갇혀버렸으나

그래도 내일 없는 청춘을 적어 남겼다.

그녀의 말없는 재는 바람에 흩날리고

그 짧은 목숨은 먼지투성이 노트에 갇혀 있다.

히로시마의 여학생 것도 아무것도 없다.

천 개의 태양 빛이 벽에 아로새긴 그림자, 공포의 제단에 바쳐진 희생자.

지상의 유력자들이여, 새로운 독(毒)의 주인이여,

치명적인 천둥의, 은폐되고 방자한 관리인들이여,

하늘의 재앙만으로 충분하다.

손가락을 누르기 전에 멈추어 생각하는 것이 좋을 거야.

-1978년 11월 20일

이것은 후쿠시마를 노래한 시가 아닙니까?

'네덜란드의 소녀'는 안네 프랑크를 가리킵니다. 끝 4행은 물

론 핵무기를 가리키지만 내게는 후쿠시마를 가리키는 듯합니다. 프리모 레비는 이미 25년도 더 전에 세상을 떠났는데, 레비의 상상력은 그 자신이 죽은 지 한참 뒤의 후쿠시마에까지 미치는 것입니다. 시간과 공간을 넘어 고대의 화산 분화로 인한 피해자, 홀로코스트의 희생자, 원폭 피해자 등 3자를 엮어 핵의 위협에까지 이르는 상상력. 얼마나 애처로운 상상력입니까?

프리모 레비는 유대계 이탈리아인이고 나치 강제수용소의 생존자입니다. 수용소 체험을 기록한 그의 저서 《이것이 인간인가?Se questo e un uomo?》(돌베개)는 일본에서는 《아우슈비츠는 끝나지 않았다》로 알려져 있습니다. 생존자로서의 증언을 문학작품으로까지 승화시켜, 전후 이탈리아 문학을 대표하는 작가가 된 그는, 그러나 1987년 토리노의 자택 계단에서 몸을 던져 자살했습니다.

《이것이 인간인가》에는 수용소에서 매일같이 꾼 악몽에 대한 묘사가 있습니다. 석방돼 집으로 돌아온 자신이 수용소에서 체험한 것을 열심히 얘기하지만, 알고 보니 가족들조차 무관심하고 누이는 옆방으로 휙 달아나 버리는 악몽입니다. 약 40년 뒤 죽기 전 해에 출판한 에세이집 《가라앉은 자와 구조된 자I Sommersi e i salvati》(돌베개)에는 아무리 증언을 해도 그것이 제대로 전달되지 않는 데 대한 소모감이 스며 있습니다. 그리고 그는 "진짜 증인은 죽은 자들입니다"라며 자기 자신의 증언자

로서의 자격까지 진지하게 의심의 대상으로 삼았습니다.

프리모 레비는 아우슈비츠에서 실제로 일어난 사건에 대한 증언자였던 것만은 아닙니다. 그 증언이 얼마나 어려운 일인가, 얼마나 전달되기 어려운가 하는, 말하자면 '증언의 불가능성'에 대한 증언자이기도 했습니다. 증언이 얼마나 제대로 전달되기 어려운가 하는 것은, 바꿔 말하면, 인간에게 타자의 고난에 대한 상상력을 발동시키도록 하는 일이 얼마나 어려운 일인가 하는 문제와 같습니다.

살아남는 게
다는 아니다

'홀로코스트' 관련 문학으로 세계적으로 가장 널리 읽히는 것은 《안네의 일기》입니다.

안네 프랑크 일가는 1933년 히틀러 정권 등장과 함께 박해를 피해 프랑크푸르트에서 네덜란드의 암스테르담으로 이주했으나, 1940년 5월에 네덜란드도 나치스 독일에 점령당했습니다. 그리하여 1942년 5월부터 독일 비밀경찰에 붙잡히는 1944년 8월까지 은신처에 숨어 살았습니다. 체포당한 뒤 일가는 아우슈비츠 수용소로 보내졌고, 안네와 언니 마르고는 거기서 다시 1944년 말에 베르겐벨젠 강제수용소로 이송됐다가

1945년 2월 말 또는 3월 초에 잇따라 티푸스에 걸려 숨졌습니다.

은신처에서 숨어 지낸 25개월 간 안네가 쓴 일기가 바로 그책입니다. 압수당하거나 분실되지 않고 기적적으로 살아남은 일기는 전쟁 뒤 일가 중 유일한 생존자인 아버지 오토 프랑크 손에 넘겨졌습니다. 오랜 세월에 걸쳐 유대인 박해의 역사와 평화 구축의 중요성을 깨우치는 교과서 역할을 해 온 이 책이 지닌 가치는 지금도 변함없습니다.

그러나 이 책을 읽는 독자는 브루노 베텔하임Bruno Bettelheim의 다음과 같은 지적에도 귀를 기울여야 할 것입니다. 1903년에 태어난 베텔하임은 빈 출신의 유대인으로, 부헨발트 수용소에서 살아남은 생존자입니다. 미국에 망명한 뒤 발달심리학의 권위자로 시카고대학에서 교편을 잡는 한편 강제수용소 체험에 대해 성찰하는 논문들을 남기고 1990년에 자살했습니다.

베텔하임은 '안네 프랑크의 무시당한 경고'(《살아남기》, 다카오 도시카즈高尾利數 옮김, 호세이대학 출판국, 1992)라는 제목의 논문에서 나치의 죽음의 강제수용소에 대해 처음 전해 들었을 때, 그것을 믿을 수 없다고 느낀 '문명인'의 심리적 메커니즘으로 다음 3가지를 들었습니다.

첫째, 그런 학대와 대량 살육은 소수의 제정신이 아닌 사람들 집단이 저질렀다고 주장하는 것.

서경식

둘째, 그런 사건에 관한 보고는 과장된 것이고 프로파간다(선전)라며 부정하는 것.

그리고 셋째, 그 사건에 관한 보고는 믿지만, '공포에 관한 지식은 가능한 한 빨리 억압'한다는 것.

《안네의 일기》를 소재로 한 극이나 영화가 대성공을 거둔 것은 그 '허구의 결말' 때문이라고 베텔하임은 주장합니다.

마지막에, 어딘가 허공에서 안네의 목소리가 들려온다. "이런 모든 일에도 불구하고 나는 여전히 인간은 마음 밑바닥에서는 선량한 존재라고 믿습니다"라고. 이런 있을 법하지 않은 감정이 굶주려 죽은 한 소녀, 자신이 같은 운명에 처해지기 전에 자기 언니가 죽어 가는 것을 지켜봐야 했던 소녀, 자신의 어머니가 죽어 간 것을 알고 있고 그 밖에 수천 명의 아이들이 죽어 가는 것을 지켜봐야 했던 소녀의 입에서 발설되는 것으로 돼 있다. 이런 말은 안네가 일기 속에 남겼던 어떤 말로도 정당화될 수 없는 것이다. (중략)

인간의 선량함에 관한 그녀의 감동적인 말을 통해 그녀가 마치 살아 있는 것처럼 여기게 만드는 것은 너무나 큰 효과를 발휘해 아우슈비츠가 제기하는 문제에 맞서 싸워야 할 우리 자신을 그 문제로부터 해방시켜 버린다. 이 때문에 우리는 그녀의 말을 듣고 매우 기분이 좋아지는 것이다. 그 때문에 몇 백만이나 되는 사람들이 그런 극이나 영화를 사랑한다.

왜냐하면 그것은 아우슈비츠가 존재한다는 사실을 우리가 직면하게 만들기는 하지만 동시에 그것이 지닌 의미를 모두 무시하도록 우리를 몰아가기 때문이다. 만일 모든 사람의 마음이 정말로 선량하다면 아우슈비츠는 절대로, 절대로 존재하지 않았을 것이고 그것이 다시 일어날 가능성 또한 전혀 없을 것이기 때문이다.

베텔하임의 이런 지적은 이와 같은 "가스실을 잊고 싶다"는 방어적 부인防禦的 否認과 억압의 심리적 메커니즘 때문에 《안네의 일기》 그 자체(즉, 생존자가 남긴 기록 그 자체)가 수용 과정에서 얼마나 왜곡되고 있는지를 지적해 주는, 마음에 새겨 둬야 할 경고입니다.

강제수용소 생존자가 해방된 뒤에 기술한 작품으로 대표적인 것은 빅터 프랭클의 《밤과 안개- 독일 강제수용소 체험 기록》(원제는 '한 심리학자의 강제수용소 체험Ein Psychologe erlebt das Konzentrationslager')입니다.

일본에서 프리모 레비를 연구하고 또 소개하는 데 제일인자인 다케야마 히로히데竹山 博英 리쓰메이칸대학 교수는 최신판 평전(《프리모 레비- 아우슈비츠의 본질을 간파한 작가》, 겐소샤, 2011)에서 프랭클과 레비를 비교했습니다.

서경식

레비와 프랭클은 같은 강제수용소에 있었지만 문제의식은 아주 달랐다. 프랭클은 강제수용소 내 인간의 정신적인 변화에 관심을 가졌다. 하지만 그는 강제노동 끝에 소모당하고 죽음에 이르는 일반적인 억류자, 즉 레비가 말하는 '가라앉은 자'의 변화에는 큰 관심을 두지 않았다.

(중략) "가혹하기 짝이 없는 외적 조건이 인간의 내적 성장을 촉진할 수 있다", 그리고 "외면적으로는 파탄하고 죽음조차 피할 수 없는 상황에서도 여전히 인간으로서의 숭고함에 도달"할 수 있다. 프랭클에게 "괴로워하는 것은 무엇인가를 이루는 것"과 상통한다.

(중략) 여기서 프랭클은 아우슈비츠가 등장한 이유를 찾기보다, 그 현장에서의 극한상황이 어떻게 인간의 정신을 고양시키는가 하는 점을 중시한다. 그리고 '희생'당하는 데는 깊은 의미가 있다고 본다. 그는 다른 곳에서는 '순교자'라는 말도 쓰고 있다.

레비는 무엇을 추구한 것일까. 그것은 아우슈비츠란 무엇인가, 왜 그런 것이 만들어졌단 말인가, 하는 의문에 대한 답이었다. (중략) 그는 선입관 없는 맑은 눈으로 아우슈비츠란 무엇인가, 그 광신주의의 본질이 어디에 있는가를 밝혀내려 했던 것이다. 그것이 스스로의 퇴로를 차단하는 것과 같은 고통스런 입장으로 몰아갔을 것임은 상상하기 어렵지 않다.

프랭클은 아우슈비츠적인 극한 상황에서 인간정신이 기댈 곳을 보여 주었으나 레비는 그런 극한 상황이 왜 만들어졌는지를 규명하려 했습니다. 전쟁, 대학살, 자연재해 등 '이해하기 어려울' 정도의 가혹한 극한 상황에 내던져진 피해자들은 자신에게 닥친 고난을 '하늘'이나 '신'이 내려준 운명으로 받아들이려 합니다. 재난의 원인이 '이해하기 어렵기' 때문에 이해를 뛰어넘은 초월적인 존재에게서 그것을 찾고 납득하려 하기 때문입니다. 그것은 한 인간이 보일 수 있는 당연한 생리적인 반응으로 쉽게 비판해서는 안 될 문제입니다. 그러나 한편으로는 그 고난이 다름 아닌 '인간'에 의해 발생된 것인 이상, 그와 같은 일이 다시 일어나는 것을 막기 위해서는 설사 괴롭더라도 그 원인을 규명하고 '이해'하려고 노력해야 합니다.

　　프랭클과 레비 사이에는 가혹한 현실을 어떻게 살아낼 것인가 하는 '임상적'인 차원과, 그 현실의 원인을 규명하려는 '병리학적'인 차원의 차이가 있습니다. 이 두 차원은 본래 상호 배제하고 대립하는 것은 아닙니다. 그러나 종종 이 둘은 혼동되고 동일 평면상에서 부딪칩니다. 그리고 "이해할 수 없는 것을 이해하려고 무익한 노력을 하기보다는 주어진 운명 속에서 어떻게 살아갈 것인가가 중요하다"는, 이른바 사고 정지思考 停止 메시지로 왜곡되고 '감동적으로' 소비됩니다. 이와 같은 수용은 어느 개인이 살아남는 데는 보탬이 될지 모르겠지만, 사건

　　　　　　　　　　　　　　　　　서경식

그 자체의 원인을 규명하고 재발하는 것을 막는 데는 도움이 되지 않습니다.

그리하여 사건 그 자체를 깊이 성찰하는 어려운 역할은, 역설적이고 심지어 부당한 것이라고도 할 수 있겠지만, 피해자가 짊어져야 하는 것입니다. 프리모 레비는 그런 무거운 짐을 진 증언자였습니다.

문제를
단순화하지 마라

프리모 레비는 그 생애를 통틀어 모두 14편의 문학작품을 발표했습니다. 마지막 작품은 에세이집 《가라앉은 자와 구조된 자》(원서는 1986년 출간)입니다. '결론'에서 저자는 이렇게 말합니다.

"이것은 한 번 일어난 사건이기 때문에 또 일어날 가능성이 있습니다. 이것이 우리가 말하고 싶은 핵심입니다."

이 글을 쓴 그 다음해에 프리모 레비는 자살했습니다. 생각한다는 일이 죽음에 이르게 한 것입니다. 그는 자살함으로써 바닥이 보이지 않는 깊은 구렁과 같은 미완의 질문을 우리에게 던졌다고도 할 수 있습니다.

레비의 자살의 진짜 원인에 대해서는 많은 사람이 고찰했는데, 레비가 이미 세상을 떠난 이상, 단 하나의 원인으로 특정 짓는 것은 불가능합니다. 다만 내가 반발하는 것은 '그것은 수용소 생활의 트라우마 탓이다' '그는 트라우마 때문에 우울증 상태에 있었다'는 등의 설명입니다.

레비를 비롯한 강제수용소 생환자 가운데 많은 사람이 트라우마로 고통 받는 것은 사실입니다. 그 때문에 자살하는 사람도 적지 않습니다. 그러나 '그것은 트라우마 탓이다'라는 설명은 '병리학적'인 설명이 되지 못합니다. 레비가 트라우마 치료를 받고 더 오래 살 수 있었다면, 그것이 그가 던진 물음에 대한 답이 된다는 것입니까?

레비는 아우슈비츠의 참극이 다시 되풀이되지 않도록 그들에게 트라우마가 된 원인을 깊숙이까지 추궁했습니다. '왜 인간은 차별, 전쟁, 학살을 그만둘 수 없는가? 어떻게 타자에 대해 그렇게까지 잔혹 또는 무관심해질 수 있는 것인가?'

그 물음에 답할 수 없더라도 최소한 성실하게 귀를 기울이고 물음을 공유하고 참극이 다시 일어나는 것을 막기 위해 노력하는 것, 그것이야말로 레비에게 '치유'였을 것입니다. 그런데 많은 사람들은 그의 증언을 귀담아 듣지 않고 인간 사회는 아우슈비츠 이후에도 조금도 좋아지지 않았습니다.

레비는 증언자로서의 임무를 끝까지 다하고 모든 것을 소진하고 목숨을 끊었습니다. 레비를 죽음으로 내몬 것은 과거 강제수용소 체험의 '트라우마'가 아니고 그의 증언을 경시하고 어리석은 행동을 반복하는 현재의 인간사회(즉 우리)가 아닐까요? '트라우마'라는 말은 그 책임에서 눈을 돌리기 위한 편리한 구실이 되고 있지는 않습니까?

진정한
치유란

물론 트라우마로 고통 받는 사람들의 고통을 경감하기 위한 대응이나 치료가 불필요하다든지 무의미하다는 것이 아닙니다. 그것은 말할 필요도 없이 꼭 필요합니다. 지금 상처로 고통 받는 사람에게는 상처를 가볍게 하는 처방이 필요합니다. 그러나 개인 간의 범죄나 사고가 아니고 가해책임자가 기업이나 국가인 경우 '트라우마의 치료'라는 사고방식이 책임 회피나 은폐로 악용되는 경우가 많기 때문에 그것을 경계해야 한다는 것입니다.

군대에 정신과의사나 심리학자가 종군으로 있거나 제대한 군인이 트라우마에 대처하는 것은 일반적으로 볼 수 있는 현상입니다. 또 대기업이나 대학 등 격렬한 경쟁원리에 노출되어 있는 현장에도 카운셀러나 테라피스트가 배치되어 있습니다. 그것들은 말할 것도 없이 병사나 회사원, 학생이 받는 트라우마에 대응할 목적으로 배치되어 있는데, 진짜 목적은 군이나 기업, 대학 등의 조직이 원활하게 운영되는 것에 있습니다. 전투 조직이나 경쟁 조직을 위해 만들어진 장치지, 거기에 속해 정신이 피폐해지는 개개인을 위해서가 아닌 것이지요. 진정으로 개개인을 위해서라면 전쟁이 아니고 평화를, 경쟁이 아니고 공존을 추구하기 위해 가동되어야 합니다. 그러기 위해서는 트라우마에 대한 임상적 접근이 아니고 병리학적 접근이 필요합니다.

전 일본군 위안부 여성들은 오랜 기간 트라우마로 고통 받았습니다. 이미 돌아가신 강덕경 할머니의 경우가 대표적인 사례입니다. 강덕경 할머니가 트라우마 치료로 그린 회화작품에는 할머니를 괴롭힌 악몽의 한 장면이 표현되어 있습니다. 강덕경 할머니는 임종 무렵까지 '끝까지 싸워야 한다'고 계속 말씀하셨습니다. 끝까지 책임을 회피하려는 일본정부와 싸워야 한다는 의미입니다. 할머니의 그런 모습은 트라우마로 고통 받는 모습이면서 동시에 스스로의 힘으로 이겨 내고자 하는 모습이기도 했습니다. 주변 사람들은 그 투지에 경의를 표하고 응원해야 합니다. 그것이 트라우마를 이겨 낸다는 의미이고, 진정한 치유에 이르는 길입니다.

전 일본군 위안부 여성들이 일본정부에 내건 요구는 진상 규명, 책임자 처벌, 공식 사죄, 보상, 기념비 건립(기념행사), 역사

교육입니다. 하지만 오늘날에 이르기까지 공식 사죄와는 거리가 먼(오히려 공식 사죄를 회피하기 위한) '민간 기금'이라는 이름으로 금전 지불이 제시되었을 뿐이고 이 모든 항목에서 할머니들의 요구는 묵살 당했습니다. 이래서는, 트라우마는 치유될수 없습니다. 물론 위의 요구가 어느 정도까지 충족되었다고 해도, 피해자가 이미 입은 상처를 없었던 것으로 할 수는 없습니다. 그러나 그래도 피해자들의 존엄이 널리 인정받고, 피해자 스스로 자신들이 받은 상처가 미래 세대에게 헛되지 않다고 생각할 수 있다면 트라우마의 고통은 크게 경감될 것입니다.

프리모 레비의 경우와 마찬가지로, 할머니들을 괴롭히는 것은 과거의 경험의 트라우마만이 아니고 현재 사회(이 경우에는 주로 일본사회)인 것입니다. 그와 같은 근본 원인을 외면한 채 '트라우마 치유'만을 강조하는 것은, 책임져야 할 사람들의 책임회피를 돕고, 아우슈비츠, 일본군 위안부 제도, 3·11 후쿠시마원전 사고, 세월호 침몰 사고 등의 잔학함이나 어리석은 행위가 앞으로도 끝없이 되풀이되는 것으로 이어질 것입니다.

이런 참사의 피해자들은 우리 모두를 위해 고통 받는 것이고, 이 사람들이 고통 받는 트라우마는 우리 자신의 것입니다. 그것을 '치유해 준다'든지 한술 더 떠 '피해자들로부터 힘을 얻는다'(영화에서 안네 프랑크에게 '인간의 선함'에 관한 가공架空의

대사를 하게 함)는 등의 사고방식은 무책임한 착취 이외에 아무것도 아닙니다. 우리는 피해자들과 고통을 함께하고, 함께 울고, 함께 분노하며 이런 트라우마를 겪게 한 부당한 힘에 맞서 계속 싸워야 합니다. 그것만이 우리가 할 일입니다.

번역: 형진의 한남대 교수

• 2014년 '치유의 인문학' 제4강

타자에 대한 폭력, 우리 안의 폭력

우리는 평화지향적 노력을 하고 있는가

박노자

노르웨이 학계에서 요즈음은 그다지 흔치 않은 한 가지 논란이 있었습니다. 하버드대 교수이자 심리학자인 스티븐 핑커Steven Pinker가 쓴 책《The better Angels of Our Nature》(국내에는 '우리 본성의 선한 천사'라는 이름으로 출간, 사이언스북스)를 가지고 논쟁을 했습니다. 근대 사회가 발전할수록 비폭력화되어 간다는 주장을 두고 벌어진 것이었습니다. 핑커의 이론은 일종의 낙관론인데, '18~21세기에 전쟁들이 몇 번 있었는가' 하고, '전체 사망자 수', '살인 피해자 사망 건수'를 가지고 비교한 결과였습니다. 이를 가지고 살펴본 결과 전체 사망자 수도 살인 피해자 사망자 수도 점점 줄어들었으니 결국 근대가 폭력 문제를 해결할 수 있다는 내용으로 책을 낸 것이었습니다.

　자본주의적 근대가 배태한 폭력이 왜 전쟁과 살인뿐이냐며 반대자들이 논쟁을 붙이고 이 주장에 맞섰습니다. 인간이 자연에 행하는 폭력 등도 있고 식민지 지배, 노동 착취에 함축된 폭력성도 있습니다. 이렇게 해서 핑커와 그 반대자들이 논쟁을 벌이게 됐는데, 사실 핑커의 주장은 70~80년대에 논쟁이 되었던 민주평화론에서 기원하기도 합니다.

민주평화론의
빈약한 논리

민주평화론이란 역시 구미권 우파 학자들이 가장 좋아하는 이야기 중에 하나입니다. 민주적 국가 사이에 전쟁할 가능성이 낮다, 민주주의가 평화를 가져다준다 라고 봤을 때, 경제적으로 자본주의를 수용하고 정치적으로 의회민주주의를 수용한 사회 사이에 갈수록 전쟁이 없을 것이다, 라는 이야기입니다. 그러면 거기에서 파생되는 문제가 하나 있습니다. 이 논리대로면 미국이나 유럽과 같은 형태의 형식적 의회민주주의가 없는 나라에 그것을 이식시킨다는 명분으로 구미권 국가들이 전쟁을 벌여도 문제가 되지 않는 셈이 됩니다. 자본주의와 의회민주주의를 '평화의 원천'으로 보는 이 민주평화론은, 자본주의 국가들의 침략성을 전혀 고려하지 않습니다. 비서구 국가에 대해 행사되는 침략성 말이죠. 근대로 가면 갈수록 폭력이 줄어든다는 핑커의 논리는, 위의 민주평화론과 쌍벽을 이룬다고 할 수 있죠.

민주평화론 같은 것은, 학술적으로 봐도 논리성이 매우 떨어집니다. 예를 들어 제1차 세계대전 같은 경우 러시아와 터키를 제외하고 나머지 참전국들은 당시 기준으로 봐서는 공화제와 입헌군주제 등의 민주국가였습니다. 그런데도 자기들의 이해관계에 의해 얼마든지 폭력국가가 될 수 있었습니다. 그러므로 민주평화론은 결국 자본주의 우파의 기만적 가설에 불과합니다.

그러면 스티븐 핑커의 근대 후기로 갈수록 폭력이 줄어든다는 이야기를 과연 어떻게 봐야 할까요?

최근의 국정원 선거 개입 사태를 보십시오. 1980년대 후반이나 1990년대 초반, 국정원은 선거에 개입하는 선에 그치지 않고 납치, 살인, 고문 등을 자행했습니다. 국정원의 개입인지 아닌지 아직 확실하지 않지만 1987년 대선을 앞두고 갑자기 KAL기가 떨어지고, 그것도 북한의 소행으로 광고되고 미모의 여간첩이 잡히고, 보수의 유권자들이 갑자기 안보심리가 작동되고, 그러다가 노태우 대통령이 선출됩니다. 요즘 이야기하는 국정원의 '댓글질'하고는 성질이 아주 다르지요. 그러니까 국정원의 대민 작전 방식이 납치 살인 고문에서 댓글질로 바뀐 것을 보니 정말 약간 탈폭력화 되는 것 같기는 합니다.

스티븐 핑커의 주장대로 근대에 와서는 약간 폭력이 줄어드나 하는 생각이 듭니다. 하지만 일부에서는 스티븐 핑커의 책이라든가 그런 이야기를 지지하는 우파학자들이 보는 폭력은 의미가 매우 협소하다고 말합니다. 그들이 본 폭력은 단순하게 살인 정도입니다. 국가가 개인한테 하는 폭력의 전부가 아닙니다.

폭력, 즉 '바이얼런스violence'는 '~를 위반하다'라는 뜻을 지닙니다. '폭력'은 '아주 근본적인 무엇을 위반하'고, '인간의 근본적인 조건을 위반하'는 것입니다. 인간이 근본적으로 필요로 하는 것을 위반한다는 것입니다.

폭력을 사회경제적 차원에서도 정의해 볼 수 있습니다. 예를 들어 의식주 차원에서부터 인간에게 가장 근본적인 것을 공급해주지 않는다는 행위를 보죠. 사람이 굶어죽고 얼어 죽고 하는 것을 방치한다는 것 또한 사회경제적인 의미의 폭력이라 할 수 있습니다. 이런 행위들이 계속 자행되는 상황을 과연 비폭력적이라 할 수 있습니까?

우리는 성장한다고 하지만 과연 대한민국에서는 굶어죽는 사람이 없습니까? 집이 없어 떠도는 사람들이 없습니까? 노숙자는 없습니까? 그렇지 않습니다. 노숙자는 줄어들지는 않고 계속적으로 늘어나기만 합니다. 굶어죽은 사람들 같은 경우에는 통계적으로 잘 잡히지는 않지만 많은 독거노인들이 먹지 못해 죽어 갑니다. 그리고 이런 내용은 보도조차 되지 않습니다.

박노자

노인이라 해도 한 사람이 먹지 못해 죽은 사건을 보도조차 안 하는 사회가 과연 탈폭력화된 사회일까요? 이런 것까지 폭력으로 본다면 대한민국이 탈폭력화되어 간다고 말하기에는 조금 어렵지 않겠습니까?

차별도
폭력이다

광의의 폭력의 정의에 포함될 수 있는 것이 굉장히 많습니다. 심층적인 차별이라는 것이 존재한다는 것입니다. 똑같이 일하는데 돈을 다르게 받고, 대우를 다르게 받는 것 또한 폭력입니다. 같은 라인에서 일하는데 작업복이 다르고, 호칭도 다르고, 명찰도 다르고, 점심도 다른 데서 먹으면 그것 또한 일종의 폭력입니다. 바로 정규직과 비정규직의 관계이지요. 같은 장소에서 같은 일을 하는데 모든 대우가 다르면 차별을 받는 입장에서는 소속감을 느낄 수 없습니다. 심지어 그들은 노동조합에조차 가입할 수 없습니다. 대한민국 노동조합의 약 70퍼센트 정도가 비정규직을 같은 노동조합에 가입시켜 주지 않습니다. 그래서 비정규직은 궁여지책으로 비정규직 노동조합을 만듭니다.

몇 해 전, 사회적으로 큰 문제를 일으켰던 울산 현대중공업

노동조합 같은 경우에는 정규직 노동조합과 비정규직 노동조합이 완전히 다르게 움직였습니다. 참고로 말씀 드리자면 정규직 노동조합과 비정규직 노동조합이 따로 움직이는 나라는 일본과 대한민국 말고는 세계 어느 나라도 없습니다. 구미권에서는 상상조차 할 수 없는 일입니다. 홍길동전에서 형을 형이라 부르지 못하고 아버지를 아버지라 부르지 못하는 것처럼 같은 노동자인데 현대차 직원이라고 부르지 못하게 한다면 이것은 분명 차별이라는 것입니다. 그런 의미에서 본다면 이것은 사회적인 간접 폭력이라고 할 수 있습니다.

우리 사회에는 사회경제적 폭력, 간접 폭력이 존재합니다. 그러면 비정규직 통계는 줄어들고 있나요? 1990년 초반 통계를 보면 30퍼센트 정도였는데, 최근 노동자의 약 절반 정도가 비정규직인 것으로 나타납니다. '비정규직의 바다'라고 해도 과언이 아닌 상황입니다. 특히 좋은 직장일수록 이 같은 현상이 심합니다. 예컨대 한국 대학만큼 비정규직 교수, 비정규직 연구자가 많은 데는 찾아보기가 어렵습니다. 비정규직을 이렇게 양산시킨 것은 자본의 이해관계에 그대로 맞는 국가의 정책입니다. 국가에서 비정규직 고용사유 제한을 엄격하게 했다면 비정규직의 비율을 훨씬 낮출 수도 있었을 터인데 말이죠.

박노자

아이들에게
애정을 주지 못하는 사회

그다음으로 사회 관계 속에서 나타나는 간접 폭력 중에서는 애정을 줘야 할 사람한테 애정을 주지 못하는 것도 폭력입니다. 아이들을 키우는 가정에서 아이들에게 애정을 주기 위해서는 아이들이 성장할 때 같이 놀아 주고 같이 시간을 보내면서 애정의 에너지를 줘야 하는데 그러지 못하는 것도 폭력입니다. 아이들이 필요로 하는 애정의 욕구를 충족시켜 주지 못하는 것도 폭력입니다.

아시겠지만 대한민국은 여러 가지 세계 최고인 것이 많습니다. 그중에서도 세계 자살률 1위, 그리고 약간 충격적인 통계를 보면 대한민국은 언제부턴가 노인 자살률 1위입니다. 일반 자살률뿐만 아니고요. 이를 연령대별로 구분하여 60대, 70대, 80대 연령순으로 보면 세계적인 기록을 갖고 있습니다. 어디에서도 전례를 찾아볼 수 없는 수치입니다. 또 하나 놀랄 만한 사실은 세계적인 장시간 노동입니다.

대한민국 노동자들의 1인당 1년 평균 노동 시간은 통계상 약 2,200시간입니다. 그러나 실제로 현대자동차 정규직 노동자의 경우 1인당 1년 평균 노동 시간은 3,100시간 정도 나옵니다. 이렇게 노동자가 오랫동안 일하는 자동차 공장은 세계 어디에도 없습니다. 정말 살인적인 노동 시간입니다. 우리 나라에는 주말에도 일하는 사람이 많습니다. 대한민국 직장인들은 일하고 집에 가면 파김치가 되어야 하고, 중·고등학생들도 집에 오면 파김치 되도록 공부해야 합니다. 아빠도 엄마도 파김치가 되고, 아이도 파김치가 되고, 파김치 되어야 일상을 지배할 수 있다는 것입니다.

자본의 이익을 위해서 힘들게 일하고 과로사라는 형태로 가끔가다가 장렬하게(?) 죽어야 하는 것이 현실입니다. 세계 최장 노동 시간을 견뎌 내야 하는 것이 대한민국 직장인들의 현실이며, 아이들에게 충분한 애정을 줄 수 없는 구조입니다. 특히 맞벌이 부부의 경우 아이를 그 누구도 자유롭게 보호해 주고 돌봐 줄 수 없기 때문에 자연스럽게 방치되거나 학원에 다닐 수밖에 없습니다. 기본적인 애정 욕구가 충족되지 않는 아이는 당연히 폭력적으로 성장할 수밖에 없고 자연스럽게 학교 폭력으로 연결될 수밖에 없습니다.

한국의 학교 폭력의 원인을 지나친 경쟁이라고 하는 사람도 있고, 선생님들의 체벌을 보고 배우는 것이라는 주장도 있지만, 일각에서는 군사문화의 재현이라는 의견도 있습니다. 하지만 노동시간이 너무나 긴 부모에게 애정을 충분하게 받지 못한 애정 결핍이 폭력으로 연결되는 건 아닌가 하는 부분도 있습니다. 학교 폭력 통계를 보면 유럽의 통계보다 높고 폭력의 행태

박노자

들이 상당히 악질적입니다. 유럽은 왕따 같은 심리적인 폭력이 지만 우리 같은 경우에는 신체적인 폭력도 서슴없이 이루어지고 있습니다. 아시겠지만 학교 폭력으로 인한 충격적인 자살사 건들이 많이 벌어지고 있습니다.

김영삼 대통령 때부터 학교 폭력 근절 운동을 해 왔습니다. 그러니까 폭력을 문제 삼은 지가 20년이 넘었습니다. 하지만 하나도 줄어들지 않았습니다. 효과가 약간이라도 있습니까? 아닙니다. 그러니까 병리적인 사회는 아주 어려서부터 병리적인 환경에서 성장하게끔 만들기 때문에 학교 폭력이 줄어들지 않는다는 것입니다.

이런 식으로 정리해 보자면 근대 후기로 가면 갈수록 폭력이 줄어든다는 가정은 성립되지 않습니다. 다만 직접적인 폭력이 줄어들 수는 있습니다. 예를 들어 살인의 경우에는 말입니다. 이것은 줄어든다 하더라도 요즘에는 자살률이 쭉 올라가고 있습니다. 그리고 아까 말씀드린 대로 비정규직 고용처럼 여러 가지 사회경제적인 문화적인 차별을 낳고 있습니다. 계속해서 이 사회를 병들게 만들어 가고 있는 것입니다.

그러므로 자본주의 근대는 가면 갈수록 폭력의 형태가 바뀌는 것이지 폭력의 정도가 나아지지 않는다고 생각합니다. 폭력이 감소된다고 말할 근거가 없습니다. 폭력이 줄어든 것도 아니고, 또 사회가 안고 있는 폭력성이 전혀 감소되지 않았습니

다. 사실 우리 사회는 이런 부분에서 '야누스의 얼굴'을 드러낸
다고 볼 수 있습니다.

폭력을
소비하는 사회

또 한 측면에서 대한민국은 고도의 소비사회요, 원자화된 소
비자들의 사회라고 할 수 있습니다. 단순한 물질 소비가 아니
라 영상 소비 사회로 이미지 소비, 체험 소비 등으로 발전하고
있습니다. 비정규직 노동자라 해도, 휴대폰으로 이런저런 영상
소비를 할 수 있고 가끔가다가 저가 동남아 여행을 즐기는 등
일정 정도 체험 소비도 할 수 있는 거죠.

특히 영상 소비, 상징 소비는 엄청나게 성장했습니다. 우리
사회는 어떻게 보면 고도의 영상 소비 사회로 발전되어 가고
있습니다. 그 예로 저는 서울에서 지하철을 타고 다니는데, 지
하철 탈 때마다 구석기 시대 사람으로 소외감을 느낍니다. 저
는 여전히 가판대에서 신문 등을 찾아 읽는데, 지하철 안에서
종이신문 보는 사람은 이제 아무도 없습니다. 남녀노소 모두
스마트폰을 가지고 무언가를 하고 있습니다. 영상 소비 사회에
서 소비 충동을 주는 강력한 욕망들이 작동되고, 그 욕망의 바
다에 각자가 알아서 표류하는 겁니다.

박노자

각자가 자기만의 영상을 소비하는 원자화된 사회는 소비자들 사이에 연결이 잘 안 되고, 사회 구성원들 사이에 소통이 안 되고, 각자가 아노미화된 사회라고 합니다. 각자가 소통이 안 되는 사회는 남의 아픔에 관심조차 갖지 않습니다. 극도로 소통이 안 되는 사회로 간다는 것입니다.

어떤 영상을 각자가 조용히 소비한다는 것은 결코 비폭력적인 것이 아닙니다. 우리가 즐기는 영상들 중에 폭력적 영상들이 부지기수입니다. 이종격투기는 어떤 규칙도 없이 무조건 때려눕히는 게임입니다. 강한 남자들이—그리고 요즘 같으면 일부의 경우에는 여성들도—돈을 벌기 위해 서로한테 엄청난 신체적인 폭력을 가하는데 소비자들은 웃으면서 속 시원하다며 즐깁니다. 현대판 검투사라고 할 수 있는데, 이렇게 강력한 폭력적인 영상을 일상적으로 보는 사회를 비폭력화되었다고 하는 것에 저는 아무래도 동의할 수가 없습니다.

이와 같은 현상은 우리 안에 내재된 엄청난 양의 폭력성을 반영하는 것이라고 봅니다. 그리고 그것을 대리만족시키기 위해서 영화도 호러영화, 조폭영화를 즐깁니다. 공격성을 눈요기감으로 삼습니다. 그렇게 우리 내면의 뭔가를 채워 나가는 것이겠죠.

그러면 고도의 소비 사회에서 어떻게 박정희 시대의 군사문화를 그대로 가지고 있을 수 있는 걸까요? 여러 해 전, 해병대

체험캠프 사고가 있었습니다. 왜 상당수의 학생들과 직원들이 학교나 직장의 강요로 군사훈련을 받아야 되는가에 대한 근본적인 질문을 던져야 합니다. 보수언론들과 원로들은 이를 말리지 않습니다. 군대 갔다 와야 남자가 되지 않겠어, 군기가 빠지면 직장에서 분위기가 흐트러지겠어, 하는 생각들이 있어서입니다. 군대에 갔다 와야 통제 가능한 주체가 되는 것입니다. 그러니까 고도의 소비 사회에 고도의 폭력 사회인 박정희 시대의 군사문화 폭력성이 그대로 재현되는 것입니다. 그렇다고 해서 우리가 이러한 것을 극복하려고 하고, 지양하려 하는가 하면, 꼭 그렇지도 않습니다.

이쯤에서 다시 한번 정리해서 말씀 드리자면 근대사회로 가면 갈수록 폭력은 모습만 바뀔 뿐이지 조금도 줄어들지 않았습니다. 대한민국의 전력 생산 중에서 원자력이 차지하는 비중은 몇 퍼센트 정도가 될까요? 한 30퍼센트 될까요? 피폭이 얼마나 무서운지 일본 동북 지방 원전 사고를 보면 알 수 있습니다. 가히 핵폭탄에 버금가는 피해였습니다. 박근혜 대통령인가 누군가가 핵폭탄을 머리에 이고 살 수 없다 그랬나요? 한데 북한의 핵폭탄을 이야기해도 터지기만 하면 핵폭탄 이상의 파괴력을 지니는 원전을 이야기하지 않는 것입니다. 고도의 소비 사회로 가도, 엄청난 폭력성이 내재된 원전 의존은 그대로 남아 사회를 계속 위협하는 것입니다.

박노자

방어본능을 넘어서는 폭력은
만들어진 것

그러면 '우리 사회는 폭력적이다. 이것은 필연적인 것이다' 하는 것은 맞는 것일까요?

자본주의 사회를 옹호하는 사람들과 논쟁할 때 늘 듣는 이야기는, 공산사회는 말 그대로 공상사회다, 망상사회다, 라는 이야기입니다. 왜 그러냐 하면, 인간은 원래 욕심이 많기 때문에 그런다고 합니다. 그래서 인간의 욕심이 많은 만큼 자본주의는 필연적인 것이다, 라고 합니다. 인간은 남을 위해서 살지 않고 자신을 위해 살기 때문이다, 라고 하는데 인간의 욕심은 곧 폭력으로 연결되기 때문에 정말 그런가에 대한 이해가 필요합니다.

인간의 내재적 폭력성에 대해서는 정견과 세계관이 다른 학자들이 사로 다른 의견을 제시합니다. 상당수의 우파 학자들은, 적자생존 우승열패의 사회진화론이 인간 사회의 기본적 논리라고 오랫동안 생각해왔습니다. 동물의 행동, 심리 등을 연구한 콘라드 로렌츠Konrad Lorenz는 한때 나치당에 있었던 사람으로, 그는 '폭력은 원래 좋은 것이다. 왜냐하면 폭력은 자원을 놓고 벌이는 싸움이고, 더 강한 수컷을 가려내기 위한 싸움이고, 그렇게 가장 많은 자원과 암컷들을 차지하기 때문에 결국 발전이 있었다'는 논리를 펼칩니다. 이 같은 논리는 폭력의 생산성을 옹호하며, 인간의 심성 자체가 폭력적이라고 하면서 폭력의 발전성을 역설합니다. 근본적으로 인간의 삶 자체가 폭력적이다는 폭력 내재론을 펴면서 폭력을 옹호하는 것입니다.

한편으로, 인간의 얼굴을 띤 사회주의와 같은 인간적인 사회를 지향했던 에리히 프롬Erich Fromm은 인간이 폭력화될 잠재성이 있는 것이지, 그렇다고 해서 꼭 폭력적으로 살아야 할 필연성이 없다고 주장했습니다.

동물이나 인간한테 있는 본능 가운데 하나가 자기방어 본능입니다. 자기가 자기와 관련된 사람들을 보호하는 차원의 공격성이 필요하지 그 이상의 공격성은 필연적이지 않습니다. 그리고 원시 공동체 사회나 무無계급 사회에서는 방어 정도는 했지, 작은 갈등이 있었을지는 몰라도 사상이 다르면 전쟁하고 이런 게 없었다는 것입니다. 그러니까 인간의 폭력성이 계급 사회에 의해서 점차적으로 키워진 것이지 인간이 원래 폭력적이지 않다는 것입니다. 물론 이 부분에 대한 여러 논쟁들이 있지만 저는 개인적으로는 에리히 프롬의 의견을 신뢰합니다.

계급 사회가 인간의 폭력성을 만든 것이지 근본적으로 인간의 폭력성은 방어 정도의 폭력뿐이다, 라는 것이 필연적이라고 생각합니다. 그렇게 믿으면 살고 싶은 마음이 훨씬 더 강력해집니다.

박노자

폭력을
합리화해온 역사

계급 사회가 극대화, 악질화시킨 인간의 폭력성은, 과연 인간의 역사를 통 틀어 어떤 형태로 작동해왔을까요? 고대 사회에서는 계급 사회가 가지고 있는 폭력성이 아예 종교화되었습니다. 종교라는 것은 애당초에 사람들이 소통하는 방식을 통제하는 집단규범이며 사회의 집단적 관습, 아비투스 habitus 중의 하나입니다. 고대 사회에 들어와서는 우리의 단결을 위해서는 타자들을 죽이는 것이 종교적인 의례가 되고 마는 것입니다.

중국 은나라 문화를 보면 문화 유적으로 갑골문이 있습니다. 그 가운데 신인 상제에게 우리가 포로로 잡은 강족羌族 몇 명을 바치고 제사 지내야 할까? 이런 것을 물어보는 경우가 있습니다. 은나라의 경우 계급 사회를 유지, 발전시키기 위해 인근 부족과 끊임없이 싸움을 했는데, 지배자들이 자신들의 입지를 강화시키기 위해 인근 부족 성원들을 죽이고 제사를 지낸다는 것입니다. 이처럼 타자를 죽임으로써 자기 부족의 단결력을 지킨다는 것은 지배자들이 써 오던 수법입니다.

상당수 타자들을 집단적으로 죽여야 우리 집단의 단결력을 높일 수 있다는 것은 초기 계급 사회의 전형적 모습입니다. 사회를 폭력화시키는 일에 종교는 밀접한 영향이 있습니다. 대한민국과도 상당한 관계가 있는 이야기입니다. 예를 들어 조용기 목사의 순복음교회에 가 보면 부자 되는 것이 하나님의 축복이다, 라고 합니다. 하지만 모두가 부자 되고 싶은 사회에서는 부자 되는 자체가 폭력적일 수밖에 없습니다. 경쟁자를 누르지 않고서는 부자가 될 수 없고, 당연히 경쟁자도 똑같은 수법으로 누르지 않겠습니까?

어떻게 보면 종교는 아주 오래전부터 폭력을 합리화해 왔으므로 사실 놀랄 것도 없습니다. 타자나 소수자를 죽임으로써 우리 집단의 단결을 높인다, 과연 이 같은 논리가 고대 사회에만 있는 것일까요? 박정희 정권의 반공주의에서도 잘 나타납니다. 다만 과거에는 타자가 외부에 있었지만 이제는 외부의 타자가 우리 내부의 타자로 바뀌었다는 차이가 있을 뿐입니다.

대한민국이 보유한 기록 중 하나가 최장 장기수들을 보유하는 나라라는 기록입니다. 장기수라 하면, 30~40년 이상 감옥에 있었던 사람들이지요. 대표적인 사람들이 비전향 장기수로, 대한민국의 군경이 잡아서 '우리'처럼 동화되지 않으면 괴롭히고 고문하면서 끝까지 동화를 강요하는 적대적 타자였습니다. 이 타자에 대한 폭력이 반공주의 이데올로기의 행동적 체현으로서 상당한 상징적 역할을 해온 것입니다. '빨갱이들'을 짓밟음으로써 반공국가의 '순량한 시민'인 '우리'의 '총화단결'이 가일층 높아질 수 있었다는 거죠.

박노자

초기 계급 사회의 신들 같으면 서로 전쟁을 벌이고 전쟁을 장려하는 등 매우 폭력적 모습을 지녔죠. 종교가 약간이라도 비폭력화되기 시작한 것은 이른바 기축 시대라고 불리는 때부터입니다. 기축 시대는 불교, 기독교, 이슬람교가 만들어진 시대를 일컫습니다. 불교에서는 폭력을 비판적으로 보긴 하지만, 오랫동안 무비판적으로 국가 논리를 수용하였습니다. 불교와 국가의 유착이 특히 한국의 경우에는 심각한데, 스님들까지 징집하는 나라는 세계 어디에도 없는데 오로지 대한민국에서만 그렇게 합니다. 그런데도 승가는 국가에 항의조차 못하고 있는 거죠. 불교에서는 원칙상 폭력은 악업이라고 말합니다. 한데 행동적인 반폭력 저항을 보통 피하죠. 초기 기독교에서는 병역을 거부하는 일이 있는 등 행동적 반폭력 저항을 해봤지만, 4세기 초반에 국가적으로 공인되고 나아가서 국가종교화되고 나서 이런 저항은 포기되고 말았습니다. 결국 고대종교보다는 덜 폭력적이라 해도 불교나 기독교 같은 기축 시대 종교들도 사회를 탈폭력화시키지 못했죠.

종교 영역 이외에서도 사회 탈폭력화 운동, 특히 평화운동은 19세기부터 진행되어 왔습니다. 미국사회의 노동운동을 보면 평화운동으로 연결되어 있습니다. 노동운동가들의 입장에서는 전쟁이란 자본가들의 이윤추구의 최악의 형태일 뿐이었던 거죠. 직장에서의 착취 반대와 전쟁 반대의 논리는 원칙적으로 같은 선상에 있었습니다.

사람을 죽이는 것은 하나의 우주를 죽이는 일과 같으므로 근본적인 대책이 필요합니다. 의회민주주의 확산이 평화를 가져다준다고 생각하면서 그저 수수방관하면 자칭 '민주주의 국가'들이 '민주주의 확산'을 명분 삼아 계속 새로운 침략들을 벌이는 일만 많아질 것입니다.

탈폭력화의
길

미시적 레벨에서 폭력성을 키우는 것은, 계급 사회마다 매우 흔한 남성성에 대한 스테레오타이프들입니다. 남자아이는 강해야 한다, 감성적이면 안 된다, 맞기만 하면 안 되고 때릴 줄 알아야 한다, 좀 싸워도 무방하다, 이렇게 생각하면서 아이를 키우고 체벌 같은 아동학대를 계속 하면 평생 가는 폭력적 습관들을 키우게 됩니다. 이는 남성을 '병역자원'으로 파악하는 국가의 의도에서 그렇게 틀리지 않지만, 세계 평화, 사회 탈폭력화에 기여하지 못할 것입니다.

한데 개인이 좀 더 평화 지향적인 방식으로 성장해도 사회에서 여전히 비정규직화, 약자에 대한 사회적 배려의 부족 등 여러 형태의 간접적 폭력들이 자행되면 결국 개인도 어쩔 수 없이 그런 시스템에 적응하여 사회적 폭력 메커니즘의 일부분이 될 위험이 있습니다. 평화의 길, 탈폭력화의 길로 가자면, 계속 폭력성을 확대 재생산시키는 오늘날과 같은 병영 국가이자 오로지 자본만을 위한 국가를 본격적으로 바꾸어야 하죠. 말처럼 쉬운 일은 아니지만, 정치적 차원의 변혁 없이 탈폭력화가 없다는 것만큼은 사실이라고 봐야 합니다.

• 2013년 '치유의 인문학' 제1강

정치가 우리를 구원할 수 있을까?

냉소하고 절망하기 전에 해야 할 일

박 상 훈

정치가 우리를 구원할 수 있을까요? 얼마 전 개봉한 영화 〈레미제라블〉을 보면서 스스로에게 이런 질문을 했습니다. "우리는 구원받을 수 있을까? 나는 누구이고, 어디에서 와서 어디로 가고 있는 것일까? 선한 마음을 가지고 있지만 정의롭지 못한 것들과 타협해야 하는 인간의 불가피한 현실에서 정치의 역할과 가치를 말하라면, 어떻게 답해야 할까?"

정치학은 이런 질문들에 대해 완전한 답을 내놓지 못합니다. 정치학은 정신적 고결함의 문제를 다루는 것이 아니라, 누군가는 하지 않으면 안 되는 강제와 공권력에 대한 이야기를 더 많이 다룹니다. 당연히 정치의 방법으로 구원을 받을 수는 없을 겁니다. 다만 정치가 좋으면 고결하고 이타적인 삶을 살고자 하는 사람들이 늘어날 수 있다는 것, 그것을 말할 수는 있을 겁니다. 아이들에게 선한 삶, 구원받을 수 있는 이타적 삶을 살라고 가르쳐야 할 것입니다. 그것이 인생을 더 풍부하게 살 수 있는 길이라고 가르쳐야 할 겁니다. 하지만 인간 사회에서 착하게만 할 수 없는 일이 있다는 것을 우리 모두는 잘 압니다. 정치가의 역할이든 정부의 역할이든 정당의 역할이든 선한 윤리성만을 가지고 고결한 실천만을 하기란 불가능합니다. 여러 착한 사람들 사이에 악한 사람이 있다면 악한 사람이 승리하기 쉬운 것이 인간 사회의 현실입니다.

정치와 정치학은 인간이 선하게만 살 수 없다는 전제 위에서 시작합니다. 악에 맞서 그 악이 사회로 더 번지지 않도록 하는 것이 정치일 때도 있습니다. 때로는 악마의 무기를 부여잡아야 하는 것, 비록 그것이 자신의 영혼을 위태롭게 하더라도 나아가 자기 영혼이 구원받을 수 있는 기회가 사라진다 하더라도 공동체를 위해 기꺼이 그렇게 하는 것이 정치일 때도 많습니다. 정치를 통해 구원받을 수는 없지만 구원받을 만한 삶을 살고자 하는 사회구성원이 많아지게 하는 것, 어쩌면 이를 고민하는 것이 정치인지도 모르겠습니다.

공적 문제에 관심 없어도
부끄럽지 않을 수 있다면

개인이 선한 삶을 살려면 좋은 정치 공동체가 있어야 한다는 데서 정치와 정치학은 시작되었습니다. 아리스토텔레스^{Aristoteles}의

박상훈

정치학은 "우리가 어떻게 하면 좀 더 좋은 삶, 좀 더 가치 있는 삶, 좀 더 행복한 삶을 살 수 있을까?" 하는 질문 위에서 출발합니다. 그의 결론은 "개개인들 사이에 공통된 조건을 다루는 정치"의 기능을 통해 좀 더 나은 개인 삶을 살 수 있는 가능성이 확대된다는 것으로 귀결됩니다. 개개인이 좀 더 나은 삶을 살기 위해서라도 정치라는 공적 기능과 역할을 좋게 만들지 않으면 안 된다는 의미로 해석할 수 있겠습니다.

개인 삶과 좋은 사회와의 관계를 잘 말해 주는 책으로 미국의 노동변호사 토마스 게이건Thomas Geoghegan의 《미국에서 태어난 게 잘못이야》(부키, 2001)를 소개합니다. 거기 아주 재미난 예시가 나옵니다. 미국의 대학생들은 졸업하면 자기 전공으로 직업 활동을 하며 살 가능성이 10퍼센트도 안 됩니다. 물론 우리나라도 큰 차이는 없지요. 미국은 산업 내지 제조업이 지극히 약화된 사회가 되었기에 졸업하고 나서도 대개는 서비스업에 취직합니다. 아시겠지만 미국은 의료보험이 공보험이 아니기 때문에 좋은 회사에 들어가야 보험혜택을 받을 수 있고, 대학 다니는 동안에도 학자금을 융자 받을 수 있고, 결혼을 하려면 집이 필요한데 그것 역시 좋은 회사에 들어가야 대출을 받을 수 있습니다. 그러다 보니 미국 학생들은 사랑하고 연애하고 결혼하는 문제와 관련해 스펙과 같은 배우자의 외적 조건을 중시하지 않을 수 없게 됩니다.

반면에 유럽에 있는 젊은이들은 누구를 만나 사랑하고 연애하고 결혼하는가를 살펴보면 좀 다릅니다. 한 앙케이트 기관이, 유럽 여성들에게 누구를 만나 사랑하고 연애하고 결혼하고 싶은가를 물었는데, 그 응답이 흥미롭습니다. 1위 응답은 키스 잘하는 남자, 2위가 유머 있는 남자였습니다. 입 맞췄을 때 사랑하고 사랑받는다는 느낌을 주고받지 못하는 사람과는 사랑도, 연애도 결혼도 할 수 없다는 겁니다. 인생은 모두 비극입니다. 스스로 원해서 태어난 사람 없고, 원해서 죽은 사람 없습니다. 다 병들고 죽는 게 인생입니다. 이런 비극적 운명과 싸울 수 있도록 신이 우리에게 준 선물이 있다면 아마 유머일 겁니다. 그러니 유머 없는 남자랑 인생의 우여곡절과 굴곡을 걸어갈 수 있을까요? 어렵다는 겁니다. 3위는 요리 잘하는 남자입니다. 요리는 단순히 분담해야 할 가사노동이 아닙니다. 사랑하는 소중한 사람을 위해 맛있는 음식을 기꺼이 차려주고 싶다는 생각을 가진 사람이라야 연애하고 결혼할 수 있답니다.

왜 이런 이야기를 풀어놓는 것일까요? 유럽, 미국, 한국의 젊은이들이 다른 유전자나 인성을 가지고 다르게 태어났겠습니까? 모두 비슷한 심성과 열정을 갖고 태어나는 게 인간이고, 또 행복하고 즐거운 삶을 살고자 하는 것 역시 인간의 보편적인 바람입니다. 그런데 자신이 속한 사회 공동체에서 각자가 감당해야 할 삶의 조건이 어떠냐에 따라 사랑하고 연애하는, 아주

박상훈

개인적이고 사적인 문제 역시 큰 영향을 받는다는 겁니다. 적어도 사회적 안전망이 어느 정도 갖춰진 사회 속에 사는 개인이 누군가를 만나 사랑하고 연애하는 문제는, 그 사람과 정말로 사랑을 느끼면서 살 수 있는가에 달려 있는 반면, 모든 것이 시장경쟁에서 살아남아야 대학시절 빌린 학자금도 갚고, 결혼할 집도 구입하고, 아이를 키우는 데 없어서는 안 될 보험 혜택을 받을 수 있는 사회에서는 상대나 배우자의 외적 조건을 더 보지 않으면 안 된다는 것, 차이는 여기서 만들어집니다. 정치가 사회나 공동체를 어떤 모양으로 만들고 이끄는가에 따라, 어디는 스펙을 보고 배우자나 상대를 결정할 수밖에 없고 어디는 사랑하는 사람과 살겠다는 태도를 갖게 된다는 겁니다.

정치학은 이런 문제를 다룹니다. 개인이 선하고 행복하게 살 수 있는 조건은 물론 상당 부분은 개인의 책임이지만, 그 개인이 속한 사회의 정치가 얼마나 공정하게 경제를 운영하고 복지나 사회안전망을 제공하는지에 따라 개인 삶은 아주 크게 영향받는다는 것, 이 문제를 중시하는 것이 정치이고 정치학입니다.

2,500년 전 아테네 민주주의를 이끌었던 페리클레스Perikles라는 정치가가 있었습니다. 그의 유명한 장례 연설에 의하면 비민주정인 스파르타와의 전쟁에서 아테네가 승리할 수 있었던 이유를 이렇게 설명합니다. 스파르타는 귀족적이고 대개 남성적인 문화를 가지고 있어서 매우 위계적이고 엄격한 반면, 아

테네는 자유롭고, 모두가 평등하게 정치에 관여한다. 그리고 그 자유와 민주주의를 지키기 위해 자신의 공동체를 기꺼이 지키고자 하는 것, 그것이 아테네 민주정이 가진 진정한 힘이다. 그래서 페리클레스는 이렇게 결론 내립니다.

> "우리 아테네에서는 정치에 무관심한 사람을 그저 자신의 일에만 신경 쓰는 사람이라고 말하지 않고, 공동체를 위해서는 아무것도 하는 일이 없는 인간이라고 부른다."

이를 모두가 정치에 관심을 가져야 한다는 지나친 의무론으로 해석한다면, 좀 지나치지요. 그때라고 해서 모두 정치에 관심을 갖고 참여한 것은 아니었습니다. 아테네 민주정, 즉 '데모크라티아'는 시민에 의한 지배라는 뜻을 갖고 있고, 또 시민 누구나 다 정치에 참여할 평등한 권리를 가졌지만, 실제 참여한 사람은 5분의 1도 되지 않았습니다. 그렇지만 20퍼센트 안팎의 시민이 공익을 위해 헌신했기에 아테네 민주정은 유지될 수 있었습니다. 모두 다 정치해야 하는 것은 아니지만, 그래도 정치적 열정을 가진 적지 않은 사람이 있어야 공동체가 좋아진다는 것은 예나 지금이나 틀림없는 사실이지요. 정치에 참여해서 행복해지기란 어렵습니다. 인간의 행복은 역시 사적인 삶에 있죠. 사생활의 즐거움 없는 행복이란 있기 어렵다고 할 수

박상훈

있습니다. 하지만 사적 생활의 행복도 5분의 1정도 되는 사람들이 공동체를 책임 있게 이끄는 과업을 감당해줬기에 가능했습니다.

정치는 중요합니다. 사적 삶을 위해서도 정치가 중요합니다. 사적 삶을 즐기되, 그 때문에 부끄러워지지 않으면 좋은 정치가 실현되고 있다는 증거라 할 수 있습니다. 들꽃을 찍어 자신의 블로그나 페이스북에 올려 두고 주변사람들이 그 소소한 아름다움에 공감할 수 있게 해주고 싶다면, 그렇게 살면 됩니다. 다만 그렇게 하더라도, 공적 문제에 관심 갖지 않는 자신이 부끄럽지 않으면 그것으로 충분합니다. 개인 삶을 아름답게 하는 일이 공적 삶과 잘 어우러진다면, 아마 우리가 생각할 수 있는 최선의 정치가 이루어진 것이라 할 수 있을 겁니다. 개개인의 풍요로운 삶을 위해서라도 모두에게 공통된 공동체의 조건을 개선하고 이끄는 것, 정치의 본질은 거기에 있습니다. 다시 말씀드리면, 개인 삶을 추구해도 부끄럽지 않은 사회를 만드는 것, 그게 좋은 정치의 본질입니다.

정치가 모든 것은 아닐지언정
필수라는 사실

정치가 모든 것은 아닙니다. 정치를 통해서 구원 받을 수도 없고, 정치를 통해서 이상사회를 만들 수는 더더욱 없습니다. 또 정치에는 '공적 강제력'이 있습니다. 공권력의 본질은 누가 뭐래도 강제력입니다. 누군가는 아픈 노모를 모시고 있더라도 군대를 가야 하는 게 지금 우리의 징병제입니다. 누군가는 장애가 있는 아이가 있어 돈이 더 필요하지만 소득의 일정 비율을 세금으로 강제되는 게, 민주정치의 한 현실입니다. 정치는 섬세한 조율의 체계가 아니라, 어쩔 수 없이 '거칠고 조야한 조율crude coordination의 체계'입니다. 당연히 특정 개인들에게는 혜택을 준다 해도, 다른 개인들에게는 억압적인 기능을 합니다. 그럼에도 불구하고 정치가 제 기능을 한다면, 평균적인 삶의 조건은 많이 달라집니다. 예산의 우선순위가 조금이라도 바뀌거나 정책의 방향이 이렇게 저렇게 달라지면, 결핍된 조건에 있는 아이들이 수동적인 시혜에 의존하지 않고 자기 삶을 영위할 수 있게 됩니다. 사회적 약자들도 다른 사람으로부터의 온정에 의지하지 않고 온전한 시민으로서의 자신의 삶을 살 수 있게 할 수 있습니다.

정치가 모든 것이어서가 아니라, 개개인의 삶의 뿌리와 기반을 튼튼하게 하는 데 꼭 필요한 인간 사회의 필수적 기능이어서라는 것, 바로 이 사실이 중요합니다. 오늘날의 정치가 우리를 아무리 실망시킨다 해도, 야유하고 냉소하고 버릴 일이 아니라 어떻게 하면 지금과 같은 정치를 좀 더 낫게 만들 수 있

박상훈

을까를 끊임없이 고민해야 합니다. 지금의 정치가 좋아야 다음 세대들이 좀 더 큰 가능성을 향유할 수 있을 겁니다. 그래서 정치고, 정치는 바로 그런 역할을 하는 것입니다. 요컨대 문제의 핵심은 정치냐 아니냐가 아니라, 어떤 정치여야 하느냐, 어떤 정치가 되어야 우리가 좀 더 나은 삶을 살 수 있느냐, 바로 여기에 있습니다. 어떤 정치여야 사회가 좋아짐은 물론 그 속에 사는 인간 개개인의 삶이 좀 더 도덕적일 수 있을까를 끊임없이 생각해야 합니다.

정치는
실천적이어야 한다

많은 사람이 정치학을 배우면 정치를 잘할 수 있을 거라 생각합니다. 정치학에서는 지식을 크게 세 가지로 구분합니다. 하나는 합리적이고 이성적인 지식이요, 또 하나는 아무리 합리적이고 이성적인 지식이라 해도 포착할 수 없는 인간의 실천적 지혜이고, 다른 하나는 비정치적인 기술적 지식입니다.

학문적 지식 내지 이론적 지식은 합리적이고 이성적인 지식의 대표적인 사례라 할 수 있습니다. 정치학의 역할은 바로 여기에 있지요. 기술적인 지식은 법 절차나 행정 절차처럼 어떤 정파나 파당에 상관없이 모두에게 비정치적으로 적용되는 규정이나 제도를 가리킵니다. 보좌관들이나 해당 분야 전문가들이 이런 지식을 뒷받침해줘야 정치도 돌아갑니다. 정치의 또 다른 지식 아니 가장 중요한 지식은, 실천적 지혜에 있습니다. 학문적 지식이나 이론이 약해도, 관료만큼 행정 절차를 잘 알지 못해도 법률가들만큼 해당 법 절차에 능통하지 않아도, 설령 고등학교 밖에 나오지 않았는데도 정치가로서 손색없는 성과를 내는 경우가 많습니다.

여러분들도 금방 느낄 겁니다. 세상 살다 보면 저 사람은 좋은 대학도 나오고 대학원도 나왔다고 하는데, 도무지 말이 통하지 않을 만큼 개념 없고 무식한 사람들이 많습니다. 반면에 출신 가문이나 직업, 학력 등 여러 부분에서 우리사회의 기준에는 미치지 못하지만 놀라울 정도로 지혜롭고 현명한 사람이 있습니다. 그 사람과 대화를 해 보거나 일을 해 보면 참 경우바르고 누구보다도 덕 있는 존재임을 금방 느끼게 됩니다. 실천적 지혜란 바로 그런 것들을 가리키는데, 정치가는 바로 이 부분에서 뛰어나야 합니다. 인간을 이해하는 능력, 타인의 삶을 존중하는 자세, 그러면서도 탁월한 성과를 이끌 수 있는 존재, 그게 정치가입니다. 자신이 똑똑한 사람이 아니라, 어쩌면 여러 개성과 능력이 다른 사람들을 두고 회의를 잘 이끄는 사람으로 비유할 수도 있고, 서로 다른 소리를 가진 오케스트라를 이끄는 지휘자 같은 존재라 할 수 있습니다.

박상훈

정치는 이성적 지식보다는 지혜나 현명함이 훨씬 더 중요합니다. 이성적이고 합리적이어야 한다 해도, 가장 중요한 본질은 실천적이어야 한다는 데 있습니다. 만약에 정치학을 잘해서 정치를 잘할 수 있다면 정치철학자들이 훌륭한 정치가가 되었어야 하는데 우리가 아는 정치학자들 가운데 훌륭한 정치가가 된 예는 거의 없습니다. 역설적이게도 정치철학자나 정치학자가 정치를 잘하는 경우는 정말 드뭅니다. 정치학은 이성적이고 합리적인 최선을 추구하며, 그렇기에 일관된 논리나 체계를 공유하는 학파를 형성해 지식 활동을 합니다. 한마디로 말해 특정의 관점과 시각을 발전시키는 역할을 통해 학계 전체를 풍성하게 하는 게 정치학자라 할 수 있습니다. 당연히 편협하지요. 모든 학파를 아울러 말할 수 있는 학자는 장사꾼일 가능성은 있어도 제대로 된 연구자는 아니지요. 그렇기에 "편협하게 많이 아는 것"을 지향하는 정치학자는 정치라는 넓고 다양한 실천적 분야를 다루는 데는 어려움이 많습니다.

정치는 정치학자가 아니라 정치가가 하는 것입니다. 다만 좋기로 말한다면, 여러 정치학자와 자유롭게 대화할 수 있는 정치가가 되어야겠지요. 정치학자가 내리는 처방이 당장의 현실에서는 항상 옳은 것도 아니고 자주 틀리지만, 장기적으로 보면 정치학자의 관점이 맞는 경우가 많습니다. 그래서 이론이 중요한 겁니다. 이것이 학문으로서의 정치와 실천으로서의 정치 사이의 다이내믹스(역학)라고 할 수 있습니다. 때로 비판적으로, 때로 협력적으로 대화하는 정치가와 정치학자가 되는 것은, 그래서 중요합니다.

정치학자와
정치가의 대화가 중요하다

플라톤Plato은 어떻게 하면 정치를 잘할 수 있을까에 대해 책도 쓰고, 실제 정치에 관여도 했습니다. 그를 초청한 통치자가 "선생님께서 자문해 주신다면 선생님이 지향하는 이상적인 정치를 해 보겠습니다" 제안했고 거기에 따른 것이었지요. 결과는 어떻게 됐을까요? 좋지 않았습니다. 주변 사람들의 시기와 질투로 인해 첫 번째 갔을 때는 노예시장에 팔릴 뻔했습니다. 두 번째 자문하러 갔을 때는 그 통치자의 아들이 왕이 된 다음이었습니다. 어려서 플라톤에게 교육을 받은 그가 다시 아버지와 같은 뜻을 내비치자 이번에도 플라톤은 그에 응했습니다. 이번에는 결과가 더 나빴습니다. 음모에 휘말려 플라톤은 거의 죽을 뻔했습니다. 그 대단했던 정치 철학자도 현실 정치에서는 무력하기 짝이 없었습니다. 아리스토텔레스도 마찬가지입니다. 자신의 제자인 알렉산더 대왕이 죽고 나서는 아테네에서는 있을 수 없다고 판단했고 아테네를 떠나 도망하는 과정에서 일

박상훈

년 만에 죽음을 맞이합니다.

마키아벨리Machiavelli는 어떨까요? "정치에 대해서는 모르는 것이 없는 천재"라고 평가받는 그도 정치 참여의 끝은 아주 비참했습니다. 고문까지 받고 쫓겨나서는 고향마을에 돌아가 장작 패고 새를 잡아 팔아 겨우 연명하며 글 쓰는 일로 살아야 했습니다.

저보다 딱 100년 전에 태어난 막스 베버Max Weber라는 사람도 있습니다. 그는 그 시기에 유럽에서 가장 뛰어난 학자였습니다. 그도 정치를 하고 싶어 했고, 친구에게 보낸 편지에 "나에게 정치는 비밀 연애 같은 것"이라고 쓰기까지 했습니다. '비밀 연애'란, 해서는 안 되지만 정말 벗어나기 어려운 열정을 가리키는 서구식 표현입니다. 이성적으로 생각하면 절제해야 할 일이지만 그 열정을 억제하기 어렵다는 뜻이지요. 그리고 훗날 실제로 정치에 참여했습니다. 1919년 1월, 제헌의회 선거에 출마했습니다. 우리나라 상황으로 보면 지금 민주당 정도가 되는 독일민주당 후보로 출마했는데 떨어졌고, 그러고 나서 10일 만에 강연한 내용이 그 유명한 '직업이자 소명으로서의 정치'입니다. 베버는 당시 뮌헨대학에서 가르쳤는데 강의를 정말 잘했다고 합니다. 굉장히 큰 규모의 야간 강연이었는데 단 몇 시간의 강연이 책자로 나올 정도니 학자로서 얼마나 성실하게 준비했는지를 알 수 있습니다. 그런데 그 강연을 지켜본 막스 베버의 동생이 한 말이 재밌습니다. "강연은 우리 형의 정치에 대한 고별서 같다." '정치란 무엇인가?'에 대해 설명해 달라 하면 언제나 《막스 베버 소명으로서의 정치》(후마니타스, 2011)를 소개합니다. 아마 앞으로 5천 년 뒤에도 그 책을 권할 것입니다.

정치는 학습하기 어렵고 배운다고 해서 잘하는 것도 아닙니다. 정치는 인간을 이해하는 것의 깊이가 있는 사람, 그러면서도 정치가 가지고 있는 소명, 그것을 책임감 있게 실천할 수 있는 그런 사람이 발휘하는 인간적 매력과 관련이 큽니다.

그러면서, 앞서 말씀 드린 것처럼 좋은 정치학자와 대화할 수 있어야 하겠습니다. 정치학자와 정치가가 상호보완적인 관계를 유지해 가는 것이 중요하지요. 정치가라면 정치학자가 말하는 이성적 판단이나 합리적 지식에서 오는 판단을 이해하면서도, 자신의 경험에서 오는 실천적 지혜를 통해 둥둥하게 대화할 수 있어야 합니다. 정치학자 역시 정치를 계도하려 들지 말고 정치가와 평등하게 대화할 수 있어야 합니다. 그 옛날, 정치철학자들은 자신의 역할을 "경고하는 일"로 생각했습니다. 처방을 위한 답은 모르지만, 그러나 잘못된 경로나 방향에 대해 경고할 수 있는 건 정치철학자의 몫이라고 생각했습니다. 정치학과 정치는 이런 운명적 관계에 있습니다. 정치학자는 원론적인 문제를 다루지만, 정치는 현실의 문제를 다룹니다. 원론적인 이야기와 현실의 문제가 양립할 수 있다면 정치는 풍

박상훈

부해지고 정치인과 정치학자의 관계나 대화도 더 풍부해질 거라고 생각합니다.

예측할 수 없기에
기대하는 카리스마

정치학자와 정치인에 대해 현실적으로 비유한다면 의사나 조각가를 비유할 수 있습니다. 정치학자는 대리석 더미 속에서 최선의 형상을 그려낼 수 있어야 할 겁니다. 정치가도 그러해야 하지만, 그보다는 더 긴박한 상황에 있을 때가 많습니다. 의사는 누군가 고열이 나는 데다 두통과 복통을 호소하면 원인을 찾을 요량으로 과학적 연구와 탐구를 하기보다는 당장에 해열을 위해 처방을 내려야 합니다. 증상 해석이 불완전해도 참을 수 없는 고통을 호소하는 환자를 위해 수술을 해야 한다면 과감하게 집도를 해야 합니다. 정치가 갖는 불가피성, 하지 않으면 안 되는 과업은 바로 이와 같습니다. 만약에 최선의 결과를 얻기 위해 세상의 지혜와 경험을 다 배우고 나서 판단한다면 환자는 최악의 상황에 이를 수도 있습니다. 정치 영역의 가장 큰 특징도 같습니다. 충분히 알 수 없는 상황에서조차도 과감하게 결정할 수 있어야 합니다.

정치학도 유사한 점이 있습니다. 정치학 교과서는 없습니다.

전 세계 어디에도 없습니다. 만들 수가 없습니다. 경제학과 비교를 해 보면 금방 알 수 있습니다. 경제학은 교과서를 안 배우면 경제학도 못하고 경제정책을 만들 수도 없습니다. 교과서를 통해 기준을 만들고 그에 따라 예측을 하고 이를 통해 처방을 찾아가야 합니다. 어떤 경제학을 배웠느냐에 따라 경제 정책은 판이하게 다르기도 합니다. 하지만 정치학은 다릅니다. 정치학은 경제학 같은 그런 교과서가 없습니다. 그 나라 정치학을 가르치는 교과서는 있을 수 있지만 정치학은 경제학처럼 일반화된 교과서가 없습니다. 정치학은 그래서 예측에는 무능력할 수밖에 없습니다.

경제학의 본질은 예측에 있다면 정치학의 본질은 불가예측성에 있습니다. 마키아벨리는 정치의 본질을 '포르투나Fortuna'에 비유했습니다. 포르투나는 운명의 여신입니다. 그 운명의 여신은 눈을 천으로 가린 채 한 손에는 악운의 칼을, 다른 한 손에는 행운의 재물을 들고 있습니다. 법의 여신 역시 눈을 가리고 있지만 그 이유는 가족이라고 해서, 친구라고 해서, 친척이라고 해서 봐주지 말고 공정하고 평등하게 판결하라는 의미입니다. 반면 정치의 여신이 눈을 가리고 있는 것은 어떤 때는 행운을 내리고 어떤 때는 악운을 내리는지를 알 수 없다는 의미이기도 하고, 무자비함을 상징하는 것일 수도 있습니다. 정치는 매우 가변적입니다. 그래서 정치를 하다 보면 어느 날 갑자기

박상훈

영웅으로 치켜세워지기도 하지만, 또 어느 순간 비극적 운명에 빠지기도 합니다. 이런 현상은 다른 분야에서는 찾아보기 어렵습니다. 추앙받는 정치가일지라도 어느 날 갑자기 바람같이 나타났다가 또 똑같이 어느 한순간에 무너져 버릴 수도 있는 게 정치입니다.

막스 베버는 '인간의 정치 행위는 권위적 행위이다'라 말하면서 권위 내지 지배의 유형을 전통적 권위/지배 유형, 합리적 권위/지배 유형, 카리스마적 권위/지배 유형, 이렇게 세 가지로 구분했습니다. 막스 베버는 민주정치를 이 세 유형 가운데 카리스마적 유형으로 분류했습니다. 카리스마라는 말은 합리적으로 설명하거나 포착하기 어려운 정치의 특징을 묘사하기 위해 신화에서 빌려 온 용어입니다.

막스 베버의 생각은 이런 겁니다. "정치를 어떻게 하면 잘할지를 합리적으로 말하기는 어렵지만 역사를 되돌아보면 위기의 시기에나 어려운 상황에서 누군가 길을 낸 정치가가 늘 있었다." 이를 합리적으로 분석하고 설명하기 어렵기 때문에 카리스마라는 가변적인 의미를 갖는 개념이 필요했던 겁니다. 그 이유를 합리적으로 설명하긴 어렵지만, 누군가가 앞장서면 왠지 잘될 것 같은 신뢰가 생기는 것, 이것이 바로 카리스마입니다. 뭔가 기대했던 변화가 만들어질 것 같은 것, 그래서 추종하고 싶어지는 것, 정치의 가장 큰 특징입니다.

신념 윤리와 책임 윤리의 긴장 속에서
길을 내는 것

막스 베버는 정치를 하려는 사람들에게는 신념 윤리와 책임 윤리가 필요하다고 말합니다. 신념 윤리에 기반을 두고 좋은 마음, 좋은 생각으로 정치를 해서 좋은 결과를 가져올 수 있다면 좋겠지만, 인간의 현실은 그렇지 못합니다. 그래서 책임 윤리가 필요합니다. 좋은 신념을 현실에서 실현하려면 너무도 많은 윤리적 딜레마가 동반됩니다. 그러므로 누군가 선한 의도만을 앞세워 정치를 한다면 그것은 '정치적 유아'에 불과하다고 그는 말합니다. 좋은 목표를 실현하는 것이 정치의 목표이지만 그 좋은 윤리성을 위태롭게 만들 수단을 선택해야 할 때도 있는 것이 정치의 현실이기 때문입니다. 그럴 때 그것을 감당할 만한 내면적 단단함을 갖추어야 한다는 것, 베버는 그 점을 늘 강조했습니다.

정치하는 사람들 대부분이 막스 베버의 《소명으로서의 정치》를 읽었다고 합니다. 그런데 그것을 '제대로' 읽은 사람을 찾기는 어렵습니다. 좋은 신념과 그 신념을 정치의 현실 속에서 실현시킬 수 있는 인격적 힘과 실력이 중요합니다. 베버가 정치 윤리를 책임 윤리와 신념 윤리로 나눠서 말했기에 위대한 것이 아닙니다. 중요한 것은 그 두 윤리를 그 어떤 이론이나 철

박상훈

학으로도 통합할 수 없다는 사실을 말했기 때문에 위대하다고 할 수 있습니다. 그럼 누가 두 윤리 사이의 이율배반성을 채워야 할까요? 이론이나 철학이 이 문제 앞에서 더는 진전할 수 없고 멈춰서 있다면, 그것은 정치의 현실에서 정치가에 의해 해결되고 실현되어야 합니다. 신념 윤리와 책임 윤리 사이의 긴장과 갈등 속에서 일을 만들어 가는 것, 그건 결국 정치가의 몫이라는 말입니다.

정치가라면 신념 윤리와 책임 윤리 사이에서 긴장감을 늦추지 않고 자신의 행동을 통해 길을 내야 합니다. 자신의 타고난 특장을 기초로 자신만의 행위 패턴이나 스타일, 규범을 만들어 가야 합니다. 이처럼 정치는 누군가 행동함으로써 일궈 나가는 것이요, 그렇기에 정치는 근본적으로 행동 윤리 위에 서 있을 수밖에 없습니다. 그래서 막스 베버는 신념만을 앞세워서 정치 세계가 갖고 있는 윤리적 딜레마들을 무시한다면 정치를 더 나쁘게 할 뿐 아니라 종국에는 자신들의 신념마저 망가뜨릴 수 있다고, 강연을 듣는 학생들에게 가르쳤습니다.

정치를 하노라면 비윤리적인 수단을 강요당할 때도 있습니다. 하지만 선한 의도를 위해 과감하게 그 수단을 부여잡고 악이 확산되는 것을 막아야 할 때도 있음을, 우리는 인정하지 않을 수 없습니다. 당연히 악의 수단을 손에 쥐었기에 구원받을 수도, 천국에 갈 수도 없을 겁니다. 그렇지만 세상의 어느 종교도 그런 정치가를 구제하는 장치를 갖고 있음을, 베버는 강조합니다. 어느 종교든 정치가를 위해 천국은 아니지만, 다른 구원의 길을 열어놓고 있다는 것, 그 점을 강연의 말미에서 강조하고 있습니다.

정치가는 자신이 얼마나 진정성이 있고 고결한 사람인가가 아니라, 누군가 하지 않으면 안 되는 변화를 제대로 일궈냈는지, 공동체가 필요로 하는 성취를 과감하게 이뤘는지를 중시해야 합니다. 부디 성과를 내서 사람들의 삶의 조건을 개선해야지, 자신이 얼마나 순수하고 고결하고 구원받을 수 있는 사람인지를 도덕적, 윤리적으로 과시해서는 안 됩니다. 이게 바로 정치가의 길입니다.

누구나 다 정치판에 뛰어들어 정치를 바꾸고 싶어 합니다. 하지만 그런 선한 신념만으로는 정치를 할 수 없다는 것, 그럼에도 불구하고 그런 선한 신념을 버리지 않으면서 그에 가까운 변화를 만들어가는 것, 이것이 정치가의 소명임을 막스 베버는 결론으로 강조했습니다.

인간의 한계를 인정하고
권력을 선용해야

옛날 철학자들은 누군가가 공동체를 위해서 기여하고 싶어

박상훈

하고 그에 필요한 지적 성취를 획득하려 노력하는 것을, '에로스Eros'라고 불렀습니다. 개인이 좀 더 나은 사회를 살 수 있는 공통의 조건을 좋게 만드는 것, 사회를 좋게 만드는 것에서 보람과 자부심을 갖는 것, 이를 인간 사회에서 가장 에로틱한 활동, 가슴 뛰는 역할이라고 여겼다는 뜻입니다. 법 없이 살 사람은 있습니다. 하지만 법 없이 사회를 만드는 건 불가능합니다. 정치학의 시작이자 끝은 바로 여기에 있습니다. 법 없이 살 수 있는 사람도 법 있는 사회가 가능해야만 존재할 수 있습니다. 만약에 사회가 존재하지 않는다면, 사회의 법과 질서가 붕괴되었다면, 법 없이 살 수 있는 사람도 존재하기 어렵습니다. 우리가 관심을 가져야 될 것은, 법 없이 살 수 있는 사람들을 늘리는 최고 좋은 방법은 '좋은 법이 그 사회를 규율할 수 있도록 어떻게 강제할 것인가' 하는 문제, 즉 정치가 제 기능을 하는 데 있다는 사실입니다.

정치가 직면하는 가장 근본적인 질문은 권력을 어떻게 선용할 수 있을까, 좋은 통치 질서를 어떻게 만들 수 있을까에 있습니다. 이런 이야기를 하면 많은 사람들이 의아하게 생각하거나 반론을 제기합니다. "왜 그런 사악한 정치학을 가르치느냐, 통치나 권력 없는 정치를 말해야지 않느냐"는 겁니다. 다시 한 번 강조하면 정치학의 고민은 통치 없는, 권력 없는 사회를 만드는 것이 아니라 좋은 통치에 대한 것, 권력을 선용하는 것에 있습니다. 앞서 인용했듯, 철학자들은 인간의 가장 고귀하고 가슴 뛰는 활동을 정치를 하고 통치를 하는 일이라고 말했습니다. 아리스토텔레스는 가장 이상적인 사회는 좋은 통치가 이루어지는 것, 다시 말해 "잘 통치하고 잘 통치 받는 일을 번갈아 잘 하는 것"에 있다고 했습니다. 남을 이끌고 공동체를 통치하는 것과 내가 나 스스로를 통치하는 것을 일치시킬 수 있다는 사실을 발견한 사람들이 민주주의자들이고, 그것이 바로 자치self-rule라는 이상입니다. 시민 스스로의 통치가 공동체를 통치하는 것과 양립할 수 있음을 말하는 것, 그것이 민주주의입니다.

정치철학자들 누구도 무질서나 무정부를 상찬한 적은 없습니다. 한결같이 그들은 좋은 통치, 좋은 질서를 어떻게 만들 것인가를 말합니다. 공적 권력 없이 이런 일은 아무것도 이룰 수 없습니다. 권력을 선용하는 것이 정치학의 존재 이유이자 근본 질문입니다. 공적 권력이 없는 상태는 곧, 사회 속의 강자들이 지배하는 것을 뜻합니다. 민주주의의 힘은 정치의 방법을 통해 그들도 법 앞에 평등해지는 것을 가리킵니다. 시민 권력을 정치적으로 조직해, 이를 잘 활용하는 것, 그게 민주주의 요체이고 핵심입니다.

"먼저 통치가 가능하도록 하고, 그 뒤 통치의 자의성을 어떻게 줄여갈 것인지 고민할 일이다." 미국 헌법을 만든 제임스 매디슨James Madison이 한 말입니다. 인간이 조직을 만드는 원리는

박상훈

바로 여기서 시작됩니다. 단체나 조직은 먼저 존립이 가능한 규칙과 규율을 만들어야 합니다. 순수하고 뜨거운 마음만 가지고서는 정치 조직을 만들고 이끌어 갈 수 없습니다. 인간은 천사가 아니고 천사에게 조직의 운영을 맡길 수도 없습니다. 정치학적 질문이란 바로 여기에 있습니다. 인간이 가진 평균적 한계를 인정하고 그 위에서 좀 더 선한 기운이 공동체 전체적으로 커질 수 있도록, 통치나 권력이라고 하는 악마의 무기를 어떻게 잘 다룰 것인지 고민하는 것, 바로 그겁니다.

스티븐 스필버그의 영화 〈링컨〉을 보면, 링컨이 노예제 폐지라는 가치를 실현하고자 하는데, 그것을 반대하고 나서는 정치 세력이 너무나 많습니다. 여러분 같으면 이런 때 어떻게 하시겠습니까? '내 신념을 절대 포기할 수 없다' 내지는 '완전한 노예 해방이 아니면 어떤 것도 받아들일 수 없다'며 신념에 거리끼는 그 어떤 일도 허용하지 않으시럽니까? 그렇게 해서 반대파의 위세만 커진다면 어찌하시겠습니까? 링컨은 차선책을 선택합니다. 완전한 해방은 못 이룬다 해도 흑인 노예도 법 앞에서 평등한 권리를 갖게 하는 것, 거기까지만이라도 이끌어야겠다고 생각한 것입니다. 수정헌법 13조는 이런 취지에서 제안되었는데, 법안 통과를 위해서는 반대파 가운데 20석의 의원을 찬성 쪽으로 돌려야 했습니다. 링컨은 국무부 장관에게 이렇게 지시합니다. "돈을 써도 좋고 협잡을 해도 좋고 폭력을 써도 좋다. 무조건 20석을 가져오라!"고 말입니다.

링컨과 미국 사회는 수정헌법 13조 통과라는 목표를 이루기까지 참으로 지난한 과정을 감당해야 했습니다. 남북전쟁으로 60만 명이 죽기에 이릅니다. 남부에서 휴전협정을 제안했지만 휴전 협정을 받아들이는 대가는 적지 않았습니다. 강경파들은 반대할 것이고, 그 반대의 경우엔 온건파들이 반대할 딜레마적 상황이었습니다. 이때 링컨은 가지고 있는 포탄을 남부의 전략 지역 한 곳에 쏟아 부으라고 명령합니다. 한마디로 말해 최대 살상을 하라는 명령입니다. 휴전협정을 하되 남부의 협상력을 최소화하기 위해 살인을 지시한 것이지요. 동시에 강경파의 반대를 피하기 위해 워싱턴 밖에서 남부의 협상단을 비밀리에 만납니다. 일종의 음모를 꾸미는 것이지요. 흑인도 법 앞에 평등해야 한다는 수정 헌법 조항을 통과시키기 위해 규범적으로 용인될 수 없는 수많은 부도덕한 행위 선택을 감수한 것입니다. '이런 부도덕한 정치는 못하겠다'고 말하기는 쉽습니다. '도덕적으로 완벽한 해결책이 아니면 정치 안 하겠다' 하고 말할 수도 있을 겁니다. 그런데 그렇게 해서는 변화를 이룰 수 없다면 여러분은 어떤 선택을 옹호하시겠습니까?

링컨은 독서를 좋아했을 뿐, 정규교육을 받지 못한 사람입니다. 그는 책 읽고 사색하는 것을 통해 인간에 대한 생각을 깊이 가졌던 사람입니다. 링컨의 전기를 보면 그는 하루에 4시간씩

기도를 했다고 합니다. 하느님께 기도한 것도 있겠지만 해결할 수 없는 윤리적 딜레마 앞에서 괴로워하는 시간이었을 것입니다. 정치가라면, '도덕적 비애감'을 피할 수 없습니다. 선한 의도를 지키면서 선한 결과를 얻고자 하지만, 그러나 인간의 정치 현실이 그런 일을 쉽게 허용하지 않을 때, 그 사람의 내면은 수많은 역설들로 가득차게 됩니다. 그런 괴로움이 없는 사람, 그런 사람은 제발 정치하지 않았으면 좋겠습니다. 괴로워하면서도 소명을 부여잡는 사람이 있어야 민주정치가 발전할 수 있습니다. 오바마가 연설에서 링컨을 언급한 적이 있습니다. 그는 자신이 링컨을 사랑하는 이유는, 링컨이 "인간이 가진 위대함과 동시에 인간의 한계를 보여 주었기 때문"이라고 말했습니다. 옳은 말이고 또 멋진 말이라고 봅니다.

우리나라 정치가들도 정치권력을 선용하기 위해 몸부림치는 모습을 좀 보여 줬으면 좋겠습니다. 시민은 그런 정치가를 존경합니다. 우리가 특정 정치가에 대해 관심을 가진다고 하면, 그 사람이 선한 마음과 선한 눈빛을 가지고 있는가가 아니라, 그 사람이 정말 정치가 가지고 있는 위험함 속에서도 일을 할 수 있는가에 관심을 가져야 합니다. 아리스토텔레스에게 제자가 이렇게 물었습니다. "좋은 사람과 좋은 시민, 좋은 정치가가 일치할 수 있나요?" 그는 이렇게 답합니다. "이상사회에서라면 좋은 사람이 좋은 정치를 하고, 좋은 정치가가 좋은 사람이 되는 것이 가능할 것이다. 하지만 현실에서는 이렇게 질문할 수밖에 없다. 좋은 사람이 정치하는 것이 좋은가, 아니면 좋은 사람은 못 되더라도 정치를 잘하는 사람이 정치하는 것이 좋은가? 좋은 사람이 되는 것은 개개인의 책무다. 하지만 좋은 정치가가 되는 것은 공동의 책무다. 그러므로 비록 그가 좋은 사람인지는 확신할 수 없어도 정치를 잘하는 정치가가 정치하는 것이 중요하다.”

여러분은 어떻게 생각하시나요? 선한 사람을 찾으시나요? 진정성을 앞세우는 사람을 신뢰하시나요? 한 가정의 가장이 도덕적으로 의심스러운 일은 못하겠다며 아이들을 굶게 한다면 어떨까요? 가족을 건사하는 일을 회피하고 가족이 처한 괴로운 상황을 방치하는 가장을 도덕적이고 선하다고 말하는 것이 무슨 의미가 있을까요? 하물며 정치라고 하는 공동체 전체의 일을 다루는 문제에서, 도덕성과 진정성이라고 하는 알 수도 없고 따져서도 안 되는 내적 기준을 앞세우는 게 좋을까요? 좋은 정치가의 능력과 덕목을 갖춘 사람을 찾는 것이 더 중요하지 않을까요?

정당을
무시할 수는 없다

오늘날 우리가 실천하고 있는 현대 민주주의는 2,500년 전

박상훈

의 고대 민주주의와 완전히 다릅니다. 고대 민주주의는 정당도 없었고, 관료도 없었고, 시민사회도 없었고, 지금과는 완전히 다른 조건에서 실천되었던 민주주의였습니다. 시민이 번갈아 입법자도 되고, 판결하는 배심원도 되고, 행정도 번갈아 담당하는 민주주의였습니다. 그러나 현대 민주주의에서는 거대한 국가 관료제가 있고, 이를 움직여 정치를 해야 하고 민주주의를 해야 합니다. 재벌이든 대기업이든 대규모 기업조직이 경제 권력을 압도하는 상황 속에서 자유롭고 평등한 사회를 만들어 가야 하는 상황입니다.

개개인이 투표할 권리를 갖고 있고 더 넓게 보아 개개인이 시민권을 행사한다고 해서 민주주의는 그 가치대로 실현될 수 없는 게 현대 민주주의입니다. 시민도 집단으로 조직되고 집단으로 정치 행동에 참여할 수 있어야 민주주의입니다. 그런 자율적 집단과 조직, 결사체들이 좋아야 합니다. 이익집단도 중요하고, 공적 가치의 증진을 추구하는 압력집단이나 시민단체도 필요합니다. 그러나 가장 중요한 결사체는 정당입니다.

정당이 좋지 못하면 현대 민주주의는 무기력합니다. 지금의 정당들을 좋게 만들거나, 아니면 더 좋은 정당을 못 만들면 달라지는 건 없습니다. 시민에게 민주주의 내지 정치를 운영하라고 할 수는 없습니다. 좋은 정당은 끼니와 같습니다. 끼니만으로 건강할 수는 없겠지만, 그래서 운동도 하고 건강보조제도 먹고 명상도 해야겠지만, 그러나 끼니 없는 건강한 삶을 말하기는 어렵습니다. 민주주의냐 아니냐 하는 문제는 '복수의 정당들이 제 기능을 하느냐 못하느냐'에서 갈립니다. 좋은 정당을 만드는 일은 민주주의의 핵심 중에 핵심입니다. 자본주의의 경제적 불평등과 관료제의 위계적 구조가 갖는 문제를 제어하고, 그런 경제 권력과 행정 권력에 균형을 맞추려면 정치권력을 운영하는 정당이 강하고 유능해야 합니다.

나라의 질을 높이는 것은 정치이다

이익이 있는 곳, 열정이 있는 곳이라면 결사가 있어야 됩니다. 결사가 없으면 통치자들이나 어떤 조직 운영자들의 선의에 의존할 수밖에 없습니다. 결사체는 민주주의의 꽃이고 그 결사 중에서 최고의 결사체는 정당입니다. 정당이 제 역할을 해야 노사관계도 공정하고 책임 있는 기능을 발전시킬 수 있습니다.

스웨덴 민주주의를 봅시다. 100년 전 스웨덴은 유럽에서 가장 못 사는 나라요, 가장 못 배우고 문화 수준도 가장 낮았습니다. 그런 스웨덴을 오늘날처럼 바꾼 것은 바로 정치이고 정당이었습니다. 사민당이라고 하는 좋은 정당이 있었고, 이를 바탕

박상훈

으로 균형 있는 노사관계를 이끌 수 있었습니다. 스웨덴의 여러 가지 시민성 관련 조사를 보면 참 놀랍습니다. 그들은 좋은 시민성을 원래부터 타고났던 것이 아니라 그런 스웨덴의 민주 정치가 길러낸 변화입니다. 스웨덴은 누군가 배를 곯는 아이가 있다면, 그리고 그 아이가 내 아이가 아니고 아무 관계가 없는 아이라 해도 그 아이를 위해서 기꺼이 세금을 더 내겠다는 비율이 전 세계에서 가장 높습니다. 설령, 그 아이가 스웨덴의 아이가 아니라 저 멀리 아프리카에 사는 아이라 할지라도 기꺼이 세금을 더 걷어 원조해도 좋다고 생각하는 비율도 가장 높습니다. 스웨덴은 인구 규모로는 우리의 6분의 1밖에 안됩니다. 경제 규모도 우리가 훨씬 큽니다. 그런데 스웨덴이 대외 원조에 쓰는 예산의 크기는 우리의 정확히 10배입니다. 세계 평균으로 보면 우리는 못살지 않습니다. 그렇지만 우리 내부의 민주주의의 질이 그리 높지 못해서 세계 시민으로서 해야 할 일을 못하고 있는 게 문제입니다. 과거 독재 정권에 시달리고 경제적으로 못살던 시절, 우리도 국제 사회로부터 많은 도움을 받았습니다. 우리 민주주의의 수준을 높여 정치도 잘하고 경제도 잘 관리해서, 과거 우리가 받았던 도움을 이제 국제사회의 가난한 나라들에게 갚아야 합니다.

정치권력의
민주적 힘

스웨덴은 정치권력이 어마어마하게 강합니다. 자본주의 시장경제의 원리를 수정할 수 있는 민주 정치의 힘이 가장 강한 나라입니다. 우리는 경제정책이나 복지, 노동정책 하나를 바꾸려고 하면 "반기업정책이다, 반시장정책이다" 하면서 난리인데, 스웨덴은 정치의 힘을 통해 자유시장 체계를 혼합경제 체제로 바꿨던 나라입니다. 그렇게 강한 정치권력을 갖고 있지만, 개별 정치인들은 그리 특권적이지 않습니다. 이게 민주주의의 최고 매력입니다.

집합적인 차원에서는 정치의 힘이 강하나, 정치인 개개인은 공익에 헌신하는 일종의 기능인 같은 역할을 하는 것, 그게 중요합니다. 그러니 스웨덴에서 존경하는 사람 조사를 하면 항상 1등에서 5등 안에 두세 명은 정치인이 들어갑니다. 강력한 권력을 가졌지만 다들 공익을 위해 너무나 애쓴다고 생각하고 불쌍하다고 생각하는 민주주의 국가입니다. 우리로서는 부럽기만 합니다.

정치가 강해진다고 해서, '절대 권력'이 되지 않습니다. 왜? 민주주의이기 때문입니다. 비민주주의 체제에서의 정치권력과 민주사회에서의 정치권력은 차원이 다릅니다. 민주주의에서라

박상훈

면 정치권력은 시민권력의 정당한 구현체이자, 민중의 대표자들이 활동하는 공적 세계입니다. 정치권력의 민주적 힘이 강해야, 관료제가 가진 위계적인 불평등 구조, 그리고 자본주의적 시장경제가 가지고 있는 여러 가지 불평등 구조들을 제어할 수 있습니다.

관료제와 시장경제의 장점을 살릴 수 있는 것도 정치권력이 갖는 민주적 힘이 있어야 가능합니다. 인간을 선하게 만들 일이 아니라, '권력으로 권력을 견제하는 것'을 통해 타인에게 악한이 되지 못하게 하는 방법을 배워야 합니다. 이것이 곧 민주주의입니다. 정치적으로 조직된 민주적 권력 없이 오늘날의 사회를 공정하고 자유롭게 만들 수는 없습니다.

개인으로 행동하고, 개인으로 투표하고, 개인으로 참여하는 건 아무 의미가 없습니다. 인터넷이 정치의 문제, 민주주의의 문제를 다루는 데 무력한 것은 바로 그 때문입니다. 게다가 그런 참여는 무책임하기까지 합니다. 집단으로 참여하고 책임 있게 참여해야 민주주의가 좋아집니다. 공통의 정견을 가진 사람으로서 결사체를 만들고 이끌며 동료 시민들과 합리적으로 논쟁할 수 없으면 민주주의도 얼마든지 '유사 전쟁'처럼 퇴락할 수 있습니다.

문제가 있다면
변화를 스스로 조직하라

언젠가 독일 하이델베르크에 갔다가 사민당계 지방자치단체에서 활용하는 소책자 교제를 보았습니다. 1장은 '우리가 커피 한 잔을 마시면 브라질 커피농장에 있는 노동자들에게 얼마가 돌아갈까?'에 관한 내용이었습니다. 독일 내부의 가장 큰 노동문제는 자국의 숙련 노동자들을 위한 보호는 강한데, 비숙련 노동자 특히 이주노동자들의 권리는 약하다는 것입니다. 그것 때문에 극우파들이 왜 저들한테까지 복지혜택을 줘야 하느냐며 목소리를 높입니다. 이 같은 환경에서 이 책은 아이들한테 이런 얘기를 합니다. "이제 우리도 국내 노동시장의 보호만으로 충분할 수 없는 단계에 왔다. 우리가 자기 취향에 맞는 커피 한 잔을 마시기까지 수많은 노동자들의 국제적 협력 행동이 필요하다. 브라질 커피농장의 노동자들이 수확하고, 말리고, 파키스탄 노동자들이 커피 원두를 선박에 싣고, 영국 선원들이 배를 몰고 하는 등 수많은 노동 협력 과정을 거치고 있기 때문에, 지금 우리가 커피 만드는 문화적 취향을 향유할 수 있는 것이다." 참으로 자연스럽게, 글로벌한 경제 환경에 맞는 노동관을 가르치는구나, 생각했습니다.

3장은 '정당을 만들어 보자'였습니다. 예시로 나온 게 '숙제

박상훈

하기 싫은 당 만들기'였습니다. 선생님들이 채점을 용이하게 하기 위해 일률적인 숙제를 내주기보다, 아이들 스스로 부족한 분야를 숙제로 삼는 것을 허용해 달라는 정당을 만들라는 겁니다. 그러고는 이렇게 그 의미를 강조합니다. "시민이라면 뭔가 문제가 있다고 느꼈을 때, 정치 조직을 만들어 개선할 수 있는 권리가 있다. 그게 민주주의다." 그러면서 결혼을 했는데 남편이 가사 일을 잘 안 도우면 '주부당'을 만듭니다. 평생 가족과 공동체를 위해서 열심히 일하고 헌신했는데 퇴직자들에 대한 보호가 약하다면 '노인당'을 만듭니다. 문제가 있다고 느끼면 정치 조직을 만드는 것, 그래서 가사 노동에 대한 독일 사회의 제도적 평가 기준도 바꾸고 노령 연금에 대한 제도 설계도 바꿔보라는 겁니다. 문제가 있다면, 화만 내지 말고 변화를 스스로 조직해 보라는 겁니다. 아이들에게도 교육정책에 뭔가 문제가 있다고 느끼면, "정당을 만들어라. 정치해라, 리더가 되라. 사람들을 이끌어 보고 그것이 공익에도 기여할 수 있다는 것을 보여 줘라." 이렇게 가르칩니다. 너무도 중요한 교육입니다.

협력의 경험을
가르쳐야

아이들에게 가르쳐야 할 가장 중요한 것이 무엇일까요? 함게 땀 흘려 일하며 협력해 본 경험입니다. 북유럽에서는 성인이 되어 취직할 때 청소년기에 했던 노동의 경험을 중시합니다. 청소년기에 다른 사람과 땀 흘려 노동하고 협력해 본 경험을 못했는데, 회사에 들어와서 어떻게 일을 제대로 할 수 있겠냐는 것이지요. 학교 교육도 마찬가지입니다. 더 좋은 대학에 가기 위해 책상에 오래 앉아 있기를 서로서로 경쟁시키는 교육보다 함께 협력하는 즐거움을 가르치고 경험하게 하는 것이 중요합니다. 함께 일하고 협력하는 것만큼 좋은 교육은 없다고 생각합니다. 땀 흘려 함께 일하는 성취감을 느껴 본 사람은 절대 다른 사람을 위해하는 시민이 되지 않습니다.

아이들은 몸이 크는 만큼 열정도 커집니다. 중학생 정도가 되면 이미 몸도 거의 컸고 열정 또한 성인의 열정과 닮아 있습니다. 그런 아이들에게 공익을 위해 무엇을 할지를 가르치지 못하는 교육은 곤란합니다. 정치를 통해 사회를 좋게 만들고, 스스로 리더도 되고 정치가가 될 수도 있음을 가르쳐야 민주주의입니다. 문제가 있다고 느끼면 화만 내지 말고 정당을 만들고 통치 엘리트가 되어 보라고 교육할 수 있어야 합니다. 그러면 왜 동료나 친구들을 왕따 시키고 괴롭히는 것으로 열정을 허비하겠습니까? 자기 안의 열정을 다른 친구들과 협력하고 변화와 개선을 이끄는 노력으로 나타나게 하면 좋겠습니다. 그렇게 되면 누구나 설득력 있는 말과 행동으로 현실을 변화시키는

박상훈

시민적 덕목을 함양할 수 있지 않을까요?

아이들에게 개인의 삶보다는 사회적 삶을 살기를, 그리고 그게 풍부한 삶을 사는 길임을 가르쳐야 합니다. 정치가 곧바로 세상을 바꾸지는 못할지 모릅니다. 하지만 정치의 틀이 좋아지면 좋은 예술가도 좋은 운동가도 좋은 공무원도 좋은 의사도 나올 수 있고, 어느덧 세상도 변화와 개선의 희망을 공유하게 될 수 있습니다. 어떻게 변화 가능한지를 알고 느끼는 순간, 남과 비교하고 남보다 앞서고자 하는 데 열정을 허비하지 않을 겁니다. 냉소하고 절망하기보다는 자기 안의 에너지를 극대화하고, 그것을 사회를 위해 쓰는 일이 얼마나 큰 보람과 가치를 가져오는지를 더 많이 알게 될 수 있을 거라고 생각합니다. 미래 우리사회의 시민, 미래 우리사회의 노동자를 위해 정치도 가르치고 함께 땀 흘려 일하는 기쁨도 알게 하는 교육, 그게 가능한 민주주의가 되었으면 좋겠습니다.

• 2014년 '치유의 인문학' 제2강

양극화를 넘어 경제 민주화로

사회권 침해, 더 이상 참지 않아야 한다

조 국

"양극화를 넘어서 경제 민주화로" 이 주제를 학문적 용어를 사용해 표현하자면, 우리 사회 '사회권'의 현황과 과제라고 할 수 있습니다.

　　과거 2007~2010년 사이에 저는 국가인권위원으로 활동했습니다. 대법원장 추천 몫으로 인권위원이 되었습니다. 이 동안 제 전공인 형법 이외에 여러 가지 인권 문제를 검토하고 중요한 결정과 권고에 참여했습니다. 이명박 정권 말기 2010년 11월 국가인권위원회의 퇴행에 항의하는 차원에서 임기 종료 전 사표를 냈습니다만, 인권 문제는 여전히 저의 주요 관심사입니다. 인권을 크게 나누면 '자유권'과 '사회권'으로 나눌 수 있습니다. 오늘의 주제는 '사회권'에 관한 것이지만, '자유권' 이야기로 시작하겠습니다.

자유권이
가장 중요했다

근래 강의실이 약간 소란해지고 학생들의 집중도가 떨어졌다 싶을 때 제가 이렇게 말했습니다. "여러분들, 내가 누군지 모르나?"

그랬더니 학생들은 의아한 표정을 지으면서 조용해졌습니다. '조 교수님이 잘난 체하나 보다'는 생각을 했을 수도 있습니다. 그때 저는 이렇게 말했습니다. "나, 대통령 살인교사범으로 고발을 당한 사람이야."

그러면 학생들이 크게 웃습니다. 인터넷 검색해 보시면 나오겠지만, 2014년 제가 박근혜 대통령의 오만을 경고하는 신문 칼럼을 쓰면서 그 제목을 "박근혜 대통령, 메멘토 모리memento mori"라고 달았습니다(《경향신문》, '조국의 밥과 법' 칼럼, 2014. 9. 17). 이 라틴어는 "당신도 죽는다는 것을 기억하라!" "당신의 삶이 유한함을 기억하라!"는 뜻입니다. 그랬더니 어떤 사람이 박 대통령 살인교사를 했다고 고발을 한 겁니다. 아직 조사 받으러 오라는 통지는 받지 못했는데, 서울대 로스쿨에서 형법을 가르치는 교수가 대통령 살인교사범으로 고발되는 상황이 너무 황당하지 않습니까.

사실 이런 일은 여러 번 일어났습니다. '극우인사'들이 수시로 저를 고소, 고발하였거든요. 저를 고소, 고발한 사람들을 보면, 강용석 비서관, 변희재, 정미홍 등이 있습니다. 물론 모두 무혐의 처분되었습니다. 그러나 여러분들, 경찰이나 검찰에서 출석통지서가 오면 움찔하시죠? 이런 일을 당하면 통상 말과 글을 조심하게 됩니다. 법률적 용어를 쓰자면, '표현의 자유'에 대한 '위축 효과'가 발생하는 것입니다.

지난 대선 전까지 우리 사회에서 '민주화' 하면 '정치적 민주화'를 의미했고, 그중에서 표현의 자유와 같은 '자유권'이 중요했습니다. 말이 나온 김에 '자유권' 관련한 옛날이야기 두 가지를 하겠습니다. 1970년대 유신체제 시절엔 남성의 머리카락이 귀를 덮으면 경찰관이 붙잡아 잘랐습니다. '장발 단속'이라고 했지요. 여성이 미니스커트를 입은 경우 경찰관이 자를 치마 아래에 대고 치마 길이를 쟀습니다. 무릎 위 15센티미터 이상임이 확인되면 그 여성을 유치장에 끌고 갔고요. 지금 경찰관이 이런 일을 한다면 사람들이 난리가 날 겁니다. 미니스커트 밑에 자를 대는 것은 거의 성추행 수준이지요. 이런 시대가 있었습니다.

그런데 이러한 경찰관의 행위는 당시의 법령에 기초한 것이었습니다. 또 하나 황당한 법령이 있습니다. '긴급조치 제9호'입니다. 이것의 내용이 뭐냐 하면, 유신헌법을 비판하고 개헌을 하자고 주장하면 범죄가 되어 처벌된다는 것입니다. 게다가 이 긴급조치를 비방하면 또 범죄가 되어 처벌됩니다. 여기서 처벌된다는 것은 수사를 받고 재판을 받는다는 것 외에 고문을 당한다는 것을 포함하는 말입니다. 이를 지금의 법대생들에게 말해 주면 이해를 못합니다. 근래 들어 헌법재판소와 대법원도 긴급조치 9호가 위헌이라고 결정했지요. 지금의 관점에서 보면 도무지 말이 안 되는데, 우리는 이런 시대를 살았습니다.

이런 어처구니없는 일이 지금 한국 사회에서 다시 일어나지는 않을 것입니다. 그러나 제가 대통령 살인교사범으로 고발되었다는 예에서 보듯이, 퇴행의 징후가 곳곳에서 보입니다. '자유권'이 흔들리고 있는 것입니다. 그러나 과거 박정희 정권이나 전두환 정권 시절로 돌아갈 수는 없을 것입니다. 주권자가 참을 수 없을 테니까요. 현재 야당이 금지나 억압 없이 활동하고, 반대 언론이 존재하고, 투표가 자유로이 이루어집니다. 경찰관이 머리카락 자르거나 고문하지 못합니다. 수많은 사람의 노력과 희생으로 이룬 '정치적 민주화'의 귀중한 성과이지요. 국가 기관이 여러분을 끌고 가서 때린다거나, 여러분의 입을 봉한다거나 하면 참으시겠습니까? 현재 한국인은 자신의 '자유권'이 침해되는 것을 참지 않습니다.

조국

왜 사회권 침해는
참고 있는가

그런데 말입니다. 우리는 자신의 '사회권'이 침해당하는 것은 너무 잘 참고 있습니다. 아니 참아야 하는 것이라고 생각하고 있습니다. 1997년 IMF 경제 위기를 거치면서 우리 사회의 양극화는 극단으로 치닫고 있습니다. 교육, 주택, 보건, 의료, 경제, 문화, 일자리 등등에서 깊고 넓은 강이 양쪽을 가로질러 흐르고 있습니다. 과거에는 개인이 성심껏 노력하면 이 강을 건널 수 있었습니다. 그러나 지금은 매우 어려워졌습니다.

제 직업이 대학교수인데, 대학의 여러 기능 가운데 하나가 어려운 학생들이 공부를 열심히 해서 대학에 들어와서 졸업을 하면 계층 상승이 가능하도록 만드는 것입니다. 부모는 어려웠지만 내가 열심히 공부해서 한두 계단 올라가는 거지요. 그런데 점점 이러한 대학의 기능이 약해지고 있습니다. 예를 들어 보겠습니다. 저는 부산에서 태어나 부산에서 초·중·고등학교를 졸업하고 대학 진학을 위해 서울로 갔습니다. 제 친구 다수는 부산에 살고 있습니다. 서울 지역 대학으로 진학하지 않은 친구가 더 많지요. 그런데 고향에서 대학까지 졸업한 친구들도 졸업 후 다 직장 가지고 결혼하고 집 샀습니다.

그런데 지금의 20대 경우 자기 힘으로 대학 졸업하기도 어려울 뿐만 아니라 졸업 후에도 취직하기 어렵습니다. '취업 절벽'이라는 말이 왜 나왔겠습니까? 자력으로 집을 사는 것은 엄두도 못 냅니다. 이른바 명문대학을 나와도 마찬가지입니다. 세상이 이상하게 바뀐 것입니다. 저희 세대와 저의 조카 세대, 자식 세대 사이에 비극적 변화가 일어난 것입니다. 독재 정권 시절에는 두들겨 맞고, 고문당하고, 징계 먹고, 감옥 가고 했지만, 고도 성장 시기라 대학 졸업하면 나름대로 먹고사는 문제는 해결되었는데, 이제 그런 시대는 끝나 버렸습니다.

저는 그 변곡점이 1997년 IMF 경제 위기라고 봅니다. 권위주의 독재정권과의 오랜 투쟁의 결과 1987년 헌법이 만들어졌습니다. 정치적 민주화 운동은 법적으로 1987년 헌법으로 결산되었지요. 이를 '1987년 체제'라고 부릅니다. 그런데 이후 외환 위기가 왔습니다. 1997년 IMF 경제 위기 이후 사회의 모든 것이 기업 중심, 이윤 중심으로 재편되었습니다. 이를 '1997년 체제'라고 부릅니다. 외환 위기가 끝난 지 오래지만, 지금도 '1997년 체제'는 유지되고 있습니다. 나아가 '1987년 체제'를 위협하고 있습니다.

1997년 IMF 경제 위기가 닥치자, 한국 사회 전체는 공포에 휩싸였습니다. 하루아침에 아버지가 해고되고, 집이 날아갔습니다. 우리 모두는 겁에 질렸습니다. 그 이전까지 우리 국민이 게으르게 놀며 살았습니까? 사치 부리고 호의호식하며 살았던

가요? 정부의 잘못된 경제 정책과 재벌의 방만한 경영 때문에 나라의 경제가 흔들린 것 아닙니까? 그런데 이 위기의 부담은 고스란히 시민이 져야 했지요. 몇몇 대기업이 문을 닫았지만, 대다수 시민들이 감내해야 했던 고통에 비할 바는 아니지요. 시민들은 자기 자신과 가족의 기반이 무너지는 상황에서 남을 생각할 여력도 여유도 없어졌습니다. 우리 사회는 약육강식, 승자독식의 법칙이 냉혹하게 관철되는 정글이 되고 말았습니다.

1987년 '정치적 민주화'를 이룬 세력이 즉각 재벌개혁 등 '경제적 민주화'를 추진했더라면 IMF 경제 위기는 닥치지 않았을 것이라는 생각을 합니다. 그러나 현실은 반대로 갔지요. 아쉽습니다. 사실 '경제적 민주화'는 지난 대선 이전까지 대중에게 생소한 개념이었습니다. 시민들이 장롱에 보관해 둔 금반지, 금숟가락 등을 모으고, 정부가 대규모 구조 조정을 실시한 결과 IMF 경제 위기는 끝났습니다.

그러나 IMF 경제 위기를 가져온 근본 문제를 해결하지는 못했습니다. 그리고 IMF 경제 위기 종료 이후 부익부 빈익빈, 양극화는 더 심해졌습니다. 그리하여 교육, 주택, 보건, 의료, 경제, 문화, 일자리 등이 위협받고 있습니다. 그런데 자신의 '사회권'이 위태로워지는데도 시민들은 크게 분노하지 않고 있습니다. IMF 경제 위기는 끝났습니다. 그런데 한국 사회경제체제는 여전히 그 당시의 골격을 유지하고 있습니다. 노동과 복지를 강조하는 것이 잘못인 것처럼 매도되고 있습니다. 그리고 당시의 트라우마가 여전히 시민들의 머리와 마음속에 자리 잡고 있습니다.

다들 양극화, 양극화 얘기를 합니다. 20퍼센트가 80퍼센트의 부를 차지하고 있다는 얘기도 합니다. '정치적 민주화'가 된 지금, 투표가 자유롭습니다. 이명박, 박근혜 정부 기간 동안 '자유권'이 퇴행하고 있지만, 박정희, 전두환 정부 시절과 비교하면 우리의 입은 매우 자유롭습니다. 그러나 교육, 일자리, 주거 문제는 어려워졌습니다. 부모가 재벌이 아닌 이상 자신이 아무리 좋은 대학을 나와도 일자리와 주거 걱정이 큽니다. 부모의 경우 자신이 집이 있고 직장이 있다고 하더라도 자식의 앞날을 생각하면 머리가 아픕니다. 투표가 자유롭고 입이 자유로워졌다 하더라도 사회경제적 삶이 지극히 불안해졌습니다. 1980년 5·18 광주민주화운동과 1987년 6월 항쟁 등을 통해 정치적 민주화가 이루어지면서 '자유권'은 상당 수준 확보되었지만, 인간다운 삶을 영위하기 위해 필요한 '사회권'은 추락하고 있습니다. 그래서 1987년 헌법이 보장하는 민주주의가 영양실조에 걸린 것입니다.

물론 재벌의 경우는 다릅니다. 얼마 전 물의를 일으킨 '땅콩 부사장' 같은 경우는 태어날 때부터 아무 걱정이 없지요. 아

조국

무 걱정 없이 살다가 나이 마흔에 부사장이 될 수 있고, 대한항공 모든 비행기가 사실상 자가용 비행기지요. 비행기를 세워라 말아라 등을 자기 마음대로 할 수 있고, 너트 봉지를 깠느냐 안 깠느냐를 따지며 직원들을 무릎 꿇게 할 수도 있지요. 그러나 이런 경우는 극소수입니다. 대한민국에 사는 압도적 다수는 '사회권'의 위기 때문에 고통 받고 있습니다. 여러분 중에서 자리를 잡으신 분, 집이 있으신 분 계실 겁니다. 그러나 그런 분이라고 하더라도 자식 걱정은 많으실 겁니다.

사회권의
위기

시민들의 '사회권'이 얼마나 위기에 처해 있는지 몇몇 통계를 보면서 확인해 봅시다. 국세청이 발표한 통계를 보면(〈동아일보〉, '상위 20%가 소득 71% 가져가… 20대 80 사회 현실화되나', 2011. 4. 26) 종합소득세 납부자 상·하위 20퍼센트의 1인당 소득 추이가 나옵니다. 이를 살펴보면 종합소득세 납부자 상위 20퍼센트와 하위 20퍼센트의 부의 차이가 1990년대부터 점점 더 벌어져서 2011년 시점에는 상위 20퍼센트는 9천만 원, 하위 20퍼센트는 200만 원이 안 되는 것으로 바뀌었음을 확인할 수 있습니다.

다음으로 종합소득세 상위 20퍼센트와 하위 20퍼센트, 근로소득세 상위 10퍼센트와 하위 10퍼센트의 변화 추이를 살펴보면(〈중앙일보〉, '자영업자 추락… 상위 20% 소득, 하위 20%의 45배', 2011.4.26), 간극이 계속 벌어지고 있습니다. 종합소득세든 근로소득세든 간에 1997년 이후로 양극화가 심화되고 있음은 진보보수를 떠나서, 좌우를 떠나서 인정할 수밖에 없는 사실입니다.

〈한겨레신문〉에 '가난에 막힌 15살 은경이 "아무리 생각해도 꿈이 안 보여요"'라는 기사가 실린 적 있습니다(2006. 12. 12). 양지마을에 사는 은경이(가명)와 강남구 대치동에 사는 수미(가명)의 한 달 가계부를 비교했습니다. 은경이는 한 달 용돈 5만 원으로 삽니다. 수미는 한 달에 200만 원을 씁니다. 은경이의 5만 원은 수미의 휴대전화 비용보다 적습니다. 이게 우리의 현실입니다. 이 상태에서 은경이와 수미가 공정한 경쟁을 할 수 있겠습니까? 양심과 양식이 있다면 그렇게 말하지 못할 것입니다. 과거에는 개천에서 용이 난다고 했습니다. 집이 어렵더라도 열심히 공부해서 하나 올라갈 수 있었는데, 이런 상황에서는 은경이가 아무리 열심히 해도 개천을 벗어날 수 없습니다.

소득 계층별 교육비 지출에 대해 상위 20퍼센트와 하위 20퍼센트를 비교한 자료를 봐도(〈세계일보〉, '끊어진 교육 사다리 다시 이어야 개천에서 용 난다', 2011.6.15), 1990년에 7만 원 정도 차이 나던 격차가 계속 벌어져, 2010년에는 50만 원 가까이 차이가 나고 있습니다. 현재의 격차는 하위 20퍼센트 소속 학생 개인이 노력해도 극복 가능한 격차가 아닙니다. 이러니 '교육 양극화'가 될 수밖에 없습니다.

제가 1982년 서울대에 입학했을 때, 집안이 어려운 학생들이 많았습니다. 저와 연배가 비슷하거나 위이신 분들은 기억하실 것 같은데, 당시 입시공부라는 게 《수학의 정석》《해법 수학》《성문 종합영어》《1200제》 등의 책을 공부하는 것이었습니다. 집안이 어려워도 교과서 외에 각종 참고서와 문제집을 몇 권 살 형편은 되었지요. 머리가 좋고 공부에 취미가 있으면 전라도건, 경상도건, 강원도건 어디에서나 그 몇 권을 사서 공부하면 좋은 대학을 들어갔습니다. 그러나 지금은 이렇게 해서는 대학 들어가기가 쉽지 않습니다.

저희 서울대 교수 동료들이 농담반 진담반으로 하는 얘기가 있습니다. "만약 지금 우리가 수험생이면 서울대에 못 들어왔겠다."

대학수험생 입시 관리를 하다 보면, 어떻게 이런 스펙을 만들어 오지, 하며 놀랄 때가 많습니다. 제가 고등학생이면 도저히 그런 스펙을 만들어 오지 못할 것 같아서요. 영어 인증 성적은 물론, 여러 종류의 높은 수준의 발명특허를 딴 고등학생도 있었다 하더군요. 저도 아이가 있습니다만 그게 어떻게 가능한지 상상이 안 됩니다.

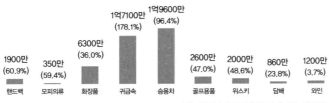

주요 고가 소비재 1월 수입액

- 핸드백 1900만 (60.9%)
- 모피의류 350만 (59.4%)
- 화장품 6300만 (36.0%)
- 귀금속 1억7100만 (178.1%)
- 승용차 1억9600만 (96.4%)
- 골프용품 2600만 (47.0%)
- 위스키 2000만 (48.6%)
- 담배 860만 (23.8%)
- 와인 1200만 (3.7%)

( )는 전년 동기 대비 증가율(단위: 달러) 자료: 기획재정부

실업자 수 추이

- 2009년 9월 82만6000
- 12월 83만4000
- 2010년 1월 121만6000

(단위: 명) 자료: 통계청

할인점 매출 증가율 추이

- 2009년 9월 −6.0
- 10월 4.5
- 11월 −2.8
- 12월 3.9
- 2010년 1월 −11.9

증가율은 전년 동기 대비(단위: %) 자료: 기획재정부

위의 자료는 기획재정부에서 발표한 통계입니다. 이걸 보면 주요 고가 소비재 수입은 계속 늘어나는데, 서민들이 많이 가는 할인점 매출은 떨어지고 있습니다. 그리고 실업자 수는 계속 늘어나고 있습니다. 고가 외제 화장품, 귀금속, 승용차 등의 소비는 증가하는데 할인점 매출이 떨어지고 있다는 현실은 무엇을 말하는 것일까요? 소득과 자산의 양극화가 이루어지니 자연스럽게 소비의 양극화도 이루어지는 것입니다.

조국

2011년 시나리오 작가 최고은 씨가 자신의 월셋집에서 숨을 거둔 채 발견되었습니다. 며칠을 굶은 상태에서 사망한 것으로 보도되었습니다. 이분은 영화예술분야에서 유명한 대학을 나와서 상도 타고 이런 사람인데, 어쩌다가 이렇게 되었을까요? 이웃에게 "쌀이나 먹을 것을 더 얻을 수 없을까요. 번번이 죄송합니다", 이런 쪽지를 남겨 두었습니다. 하지만 마침 그 이웃이 쪽지를 보지 못하고 지방에 내려갔다가 돌아와 음식을 들고 가 보니 이미 숨을 거둔 상태였지요. 2014년에는 서울 송파구에서 세 모녀가 자살하는 사건이 있었습니다. 세 모녀는 세상을 뜨면서 주인에게 마지막 집세와 공과금을 남겼습니다. 그 어려운 조건에서도 집세와 공과금을 남긴 것입니다. 이렇게 도덕적인 사람들이 스스로 목숨을 끊을 때까지 정부는 무엇을 했을까요?

'청년실신' '삼포세대' 이런 말들, 들어 보셨지요? 과거 청년들은 대학 졸업하면 취업하고 결혼하고 아이 낳고 집 사고, 이런 전망을 가졌습니다. 집을 바로 살 수는 없었으니 전세 끼고, 은행 대출 받고 이래서 사겠다는 계획을 세웠지요. 그런데 현재의 청년들은 이런 전망을 할 수가 없습니다. '청년실신'이 무슨 말인가 하면, 청년이 대학을 졸업하고 나면 '실업자'가 되거나 '신용불량자'가 된다는 것입니다. 대학등록금이 워낙 비싸 대출받아서 학교를 다녔는데, 대학을 졸업하고 취직을 하기 어려우니 대출금을 갚지 못하고 그래서 바로 신용불량자가 되는 겁니다. '삼포세대'는 세 가지를 포기한 세대라는 뜻입니다. 연애, 결혼, 출산을 포기했다는 것입니다. 요즘에는 '오포세대'라고 하더군요. '삼포'에다가 집과 인간관계 포기가 추가된 것입니다. 젊고 생생하고 기운차고 발랄해야 할 청년들이 이런 상태입니다.

정부의
약속 불이행

이런 상황이니 지난 대선 시기에 박근혜 후보건 문재인 후보건 모두가 경제 민주화와 복지국가를 약속하지 않을 수 없었습니다. 박근혜 후보도 텔레비전에 직접 나와 "경제 민주화를 흔들림 없이 추진하겠다"라고 약속했지요. 그리고 "최악의 정치는 국민과 약속하고 지키지 않는 정치"라고도 말했지요. 방송에서 의문을 표시하니 "속아만 오셨어요?"라고 반박하기도 했고요. 많은 이들이 박 후보가 이 약속은 지킬 것이라고 믿었지요. 그러나 다들 아시다시피 경제 민주화 공약은 집권 후 바로 폐기되었습니다. 저는 박 대통령이 경제 민주화를 추진한다면 추진하는 만큼은 지지할 것이라고 인터뷰에서 말한 바 있습니다 (〈동아일보〉, '진보가 박근혜에게 말한다' 릴레이 인터뷰, 2013. 2. 5). 하지만 박 대통령은 집권 후 경제 민주화와는 정반대 길을 걸고 있습니다.

예컨대 법인세, 상속세, 양도세 등을 깎아 주는 '부자감세' 정책을 그대로 유지하고 있습니다. YTN 자료에 따르면, 새누리당 정부는 법인세를 2조 원 깎아 주었습니다. 양도소득세는 8천억 원 깎아 주었습니다. 그럼 국가를 운영하는 데 2조 8천억 원이 모자라지 않습니까? 어디에서 메꾸었을까요? 바로 여기서 메꾸었습니다. 근로소득세를 2조 원 늘렸습니다. 종합소득세를 1조 원 늘렸습니다. 이 돈들 저와 여러분의 월급에서 빠져 나갔습니다. 여기에 추가로 담배값 인상해서 세수를 증대시켰지요. 최근에는 전국에서 교통딱지를 많이 떼고 있다 하더군요. 이상이 부자감세, 서민증세 정책의 생생한 현실입니다. 최근에도 정부와 여당은 다시 한 번 부자감세 정책을 바꾸지 않겠다고 확인했습니다.

2013년 6월 소득세법을 개정했습니다. 건설 근로자, 시쳇말로 '노가다'라고 하는 분들 아시지요? 우리 사회에서 가장 어려운 분야에서 일하는 분들입니다. 건설근로자들이 받는 퇴직공제금이 있는데, 이전까지는 여기에 과세를 안 했습니다. 이분들을 위한 사회보장이 약하기 때문에 퇴직공제금에 과세를 안 했는데, 이제 하겠다는 것입니다. 그리하여 2013년 5만 4967명의 퇴직 일용근로자로부터 소득세 11억 5천 4백만 원을 징수했습니다. 정말 '벼룩의 간 빼 먹기' 아닙니까!

이렇게 부자감세, 서민증세를 통해 국가재정을 확보했습니다. 그러면 이 돈을 어디에 썼을까요? '사자방'이라는 말 들어 보셨지요? 4대강, 자원외교, 방위산업 비리를 합쳐 부르는 말입니다. 거기에 총 100조 원이 날아갔습니다. 예컨대 정부는 30조 원을 들여서 4대강을 '녹조 라떼'로 만들었습니다. 해마다 5천억 원의 유지비가 들고, 해마다 3천 2백억 원의 이자가 나가고 있습니다. 자원외교는 40조 원이 들어갔으나 모두 '깡통'이었음이 드러났지요. 이 돈 모두 우리 돈입니다!

여러분들 100조 원이라고 하니 너무 거액이라 감이 잡히지 않으실 겁니다. 강도나 소매치기가 여러분 주머니에서 200만 원을 빼 가면 가만있겠습니까? 저라면 가만있지 않을 것입니다. 100조 원을 우리나라 인구 5천만 명으로 나누면, 1인당 200만 원이 증발한 것입니다. 5인 가구로 보면, 가구당 1천만 원의 혈세가 낭비된 것입니다. 이 100조 원은 이명박 대통령이나 박근혜 대통령 개인 주머니에서 나온 것이 아니라, 다 우리 모두의 주머니에서 나온 돈이라는 것입니다. 100조 원으로 할 수 있는 일이 얼마나 많을까 상상해 보십시오.

이렇게 100조 원이 날라 가니까 무상급식이건 무상보육이건 할 수가 없는 겁니다. 2015년 예산안에서 누리 과정, 초등 돌봄 교실, 고교 무상교육을 위한 재정이 0원으로 설정되었습니다. 반값등록금 공약이 폐기된 것은 물론이고요. 그런데 돈을 쓰고 있는 데가 따로 있더군요. 2015년 박정희 전 대통령 기념관 관련 사업 예산은 2014년의 3배 규모인 403억 원이 편성되었습니다. 2013년의 경우 각종 보조금, 공공조달, 비과세 감면 등 예산 지출액 21조 원, 대출과 보증 등 정책금융 지원액을 합쳐 126조 원 이상을 대기업에 보태 주었습니다. 아까 말씀드린 법인세를 깎아 준 것과 동시에 이만큼을, 한 해만 147조 원을 대기업에 준 것입니다. 이것 역시 우리가 낸 세금입니다.

이 돈이 우리 주머니에서 바로 전달되지 않는 것 같으니 실감이 나지 않는 것이죠. 아까 제가 '자유권'에 대해 얘기했습니다. 경찰이 나를 잡아가서 때리거나 나의 발언을 금압하거나 하는 것은 바로 실감이 납니다. 반면 내가 낸 세금을 마음대로 쓰는 것은 나하고는 먼 일처럼 느껴집니다. 세금이 양극화를 없애거나 줄이는 쪽이 아니라 양극화를 심화하고 확대하는 쪽으로 쓰이면, 그 악영향은 결국 우리 자신에게 미치게 됩니다. 나의 일자리, 복지, 교육, 의료 등에 사용되지 않고 다른 곳으로 가니, 시민의 어깨는 점점 무거워지는 것입니다.

과잉보호 받는 기업들

한편, 이러한 재정 지원과 별도로 재벌은 각종 제도적 과잉

보호를 받으며 승승장구하고 있습니다. 이마트가 피자 팔고, CJ가 비빔밥 팔고, GS아워홈이 순대와 청국장 팔고, GS후레쉬서브가 삼각김밥, 햄버거, 샌드위치 팔고, 대명이 떡볶이 팔고 있습니다. 또한 여러 재벌기업이 앞다투어 '한식 뷔페'를 차리고 있습니다. CJ의 '계절밥상', 이랜드의 '자연별곡', 신세계의 '올반' 등등. 이런 걸 왜 재벌이 해야 됩니까? 재벌이 순대 팔아 돈 벌어야 합니까? 나중에는 어묵도 재벌이 팔지 않을지 모르겠어요.

과거에는 '문어발'이라고 했는데 지금은 '지네발'이라고 합니다. 1980년대까지만 해도 재벌이 중소기업 업종으로 확장한다고 '문어발' 확장이라고 비판했어요. 그런데 이제 피자, 순대, 떡볶이 등 소상인 영역까지 발을 뻗히고 있으니 '지네발'이라고 하는 겁니다. 이러면 소상인들이 몰락할 수밖에 없지요.

이런 재벌의 행태를 통제하는 것이 국가의 임무입니다. 이런 재벌의 행태를 통제하라는 것이 '경제 민주화'의 요청이고요. 재벌 일감 몰아주기와 지네발 확장을 금지하는 법제를 만들어야 하는 거지요. 그러나 박근혜 정부는 그럴 생각이 전혀 없습니다. 오히려 '경제 살리기'라는 명목 아래 재벌 키워 주기에 급급한 모양이지요. 박근혜 정부식 '경제 살리기'는 결국 재벌 특혜로 갈 수밖에 없습니다.

반면, 양극화 속에서 고통 받고 있는 사람들을 보겠습니다.

조국

최저임금제가 있습니다. 이것은 일하는 사람들 중 가장 하위에 있는 사람들의 삶을 보장하는 제도입니다. 쉽게 말하자면, 식당과 편의점 '알바' 학생, 건물 청소 아주머니, 아파트 경비 아저씨, 야쿠르트 배달 아주머니 등이 적용 대상입니다. 2014년 5,210원입니다.

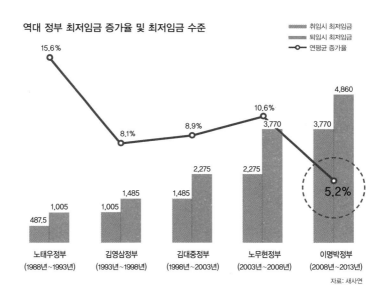

역대 정부 최저임금 증가율 및 최저임금 수준

취임시 최저임금
퇴임시 최저임금
연평균 증가율

15.6%

8.1%

8.9%

10.6%

5.2%

487.5
1,005

1,005
1,485

1,485
2,275

2,275
3,770

3,770
4,860

노태우정부
(1988년~1993년)

김영삼정부
(1993년~1998년)

김대중정부
(1998년~2003년)

노무현정부
(2003년~2008년)

이명박정부
(2008년~2013년)

자료: 새사연

이 표는 김영삼, 김대중, 노무현, 이명박 정권 임기 동안 최저임금이 얼마만큼 올랐는지 보여 주는 표입니다. 김영삼 정부 임기 동안 8.1퍼센트, 김대중 정부 임기 동안 8.9퍼센트, 노무현 정부 임기 동안 10.6퍼센트 올랐습니다. 그런데 이명박 정부 임기 동안에는 겨우 5.2퍼센트 올랐습니다. 사실 5,210원은 프랜차이즈 커피숍 커피 한 잔 값밖에 안됩니다.

그런데 이러한 최저임금도 주지 않는 악덕기업주들이 있지요. 재벌이 영세자영업자를 위기로 몰아가니까, 영세자영업자들이 최저임금 인상을 꺼리는 모습을 보이기도 합니다. 그렇지만 재벌 개혁, 경제 민주화가 된다면, 영세자영업자의 처지도 나아질 것입니다. 요컨대 영세자영업자와 최저임금대상 노동자는 재벌의 공동피해자라는 점을 알아야 합니다.

다음 표는 기업과 가계 소득 증가율 격차를 보여 주는 표입니다. 1976년부터 1996년까지는 기업 소득도 가계 소득도 비슷비슷하게 올랐어요. 그런데 1997년 이후를 보십시오. 앞에서 말씀드렸듯이 1997년은 IMF 경제 위기가 닥친 해이지요. 1997년부터 2007년 사이 10년 동안을 보면, 기업 소득은 그 이전 7.5퍼센트 증가에서 11.5퍼센트 증가로 늘어납니다. 그런데 가계 소득은 그 이전 7.9퍼센트 증가에서 3.4퍼센트 증가로 떨어집니다. 이명박 정부 기간 동안 기업 소득은 16.1퍼센트 증가하는데, 가계 소득은 고작 2.4퍼센트 증가에 그칩니다. 기업 소득이 증가하면 가계 소득도 그만큼 증가해야 할 것 같은데, 전혀 그렇지 않았다는 것입니다. '친기업정책'의 실체가 무엇인지 알 수 있을 것입니다. 지난 대선 시기 시대정신으로 확

조국

기업, 가계, 국민별 실질소득 증가율

▨▨▨ 기업소득증가율
■■■ 가계소득증가율
▨▨▨ 국민소득증가율

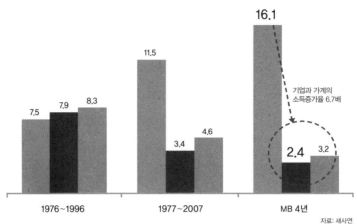

16.1

11.5

8.3
7.9
7.5

4.6
3.4

기업과 가계의
소득증가율 6.7배

2.4   3.2

1976~1996   1977~2007   MB 4년

자료: 새사연

인된 '경제 민주화'의 요청은 이러한 문제를 해결하라는 것이었지요.

영화 〈카트〉를 아십니까? 이 영화는 마트에서 일하는 비정규직 여성의 이야기입니다. 우리나라 비정규직 노동자 숫자가 OECD 최고 수준입니다. 앞서 '오포세대'라는 말을 했습니다만, 대학을 졸업해도 정규직에 취업하기가 너무 어렵습니다. 비정규직 상태면 미래에 대한 설계가 어렵습니다. 직장이 안정되어야 집이건 결혼이건 출산이건 계획을 세울 텐데 비정규직 상황에서는 쉽지 않은 거지요. 그러니 출산율이 떨어지는 것은 당연합니다.

OECD 대부분의 나라에 비정규직이 있습니다. 기업 입장에서는 비정규직을 선호할 수밖에 없지요. 정규직을 채용하면, 월급 외 각종 비용이 지출됩니다. 예컨대 사원아파트를 지어 제공한다거나, 추석 및 설날 상여금을 준다거나, 자녀 등록금 보조금을 준다거나 등등. 그리고 노동조합이 만들어지는 것도 부담스럽겠지요. 그런데 다른 OECD 나라 비정규직은 우리나라와 중대한 차이가 있습니다. 명절 상여금, 효도 수당을 못 받지만, 동일한 노동에는 동일한 임금을 받는다는 원칙이 확립되어 있다는 것이지요.

동일한 노동을 하면 동일한 임금을 받는 것이 당연한 게 아니냐, 하는 분도 계실 것입니다. 그런데 현실은 그렇지 않습니다. 근래 현대자동차 '불법 파견'에 대한 대법원 판결이 나왔는데도, 현대차 공장 안에서 똑같이 차를 만드는데 현대차 직원과 '사내 하청' 직원 사이의 임금은 큰 차이가 있습니다. 같은 노동을 해도 비정규직 노동자는 정규직 노동자 월급의 50~60퍼센트밖에 받지 못하는 일이 벌어지고 있는 것입니다. 그러니 비정규직의 삶이 얼마나 어렵겠습니까?

다른 OECD 나라의 경우는 동일노동 동일임금 원칙이 실현되어 있기에, 비정규직이라고 하더라도 살 만합니다. 물론 정규직보다 못하겠지요. 그러나 우리나라 비정규직처럼 어렵지는

조국

않습니다. 현대자동차 사장을 역임한 이계안 전 의원이 이렇게 말한 바 있습니다. "대부분의 선진국은 고용안정을 포기한 비정규직에게 그 보상으로 높은 임금을 지급하는데, 우리나라만 비정규직이 정규직보다 낮은 임금을 받아야 하는 것으로 잘못 인식돼 있다."

기업으로서는 이런 제도적 환경이 '천국'입니다. 정규직을 뽑을 이유가 없지요. 비정규직 많이 뽑으면, 각종 복지수당 안 줘도 되고 임금도 적게 줘도 되니 말입니다. 이러니 앞에서 본 것처럼 가계 소득이 떨어질 수밖에 없습니다. 그럼 재벌이 돈이 없느냐? 현재 재벌 기업의 사내 유보금이 사상 최대입니다. 돈을 쌓아 두고 풀지 않고 있습니다. 법인세 감면 등 혜택을 주고, 거액의 보조금을 주었는데도 돈을 쌓아만 두고 있습니다.

경제 민주화를
매도하지 말아야 한다

보수 진영이나 기업계에서는 마치 경제 민주화를 '공산주의화'라고 생각하고 매도하는 분들이 있습니다. 재벌 개혁과 경제 민주화가 위험한 것인 양 선전하고 있습니다. 상당수 시민들도 기업이 잘되면 시민도 잘된다는 생각을 가지고 있습니다.

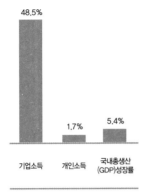

경제부분별 소득증가 추이

48.5%

기업소득

1.7%
개인소득

5.4%
국내총생산
(GDP)성장률

2000~2004년 평균 증가율(%)
개인소득은 근로자·자영업자 소득의 합
자료: 산업연구원

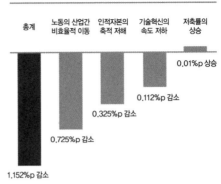

경제 양극화가 경제성장률에 미치는 영향

총계

노동의 산업간
비효율적 이동

인적자본의
축적 저해

기술혁신의
속도 저하

저축률의
상승

0.01%p 상승

0.112%p 감소

0.325%p 감소

0.725%p 감소

1.152%p 감소

경제성장률은 인구증가율이 일정하다가 가정
자료: 금융연구원

이 표는 경제양극화가 경제성장률에 악영향을 미친다는 실증 자료입니다. 이를 뒤집어 말하면, 경제 민주화를 추구하면 경제성장률을 높이는 데 긍정적 역할을 한다는 것이지요. 그리고 경제 민주화는 헌법의 요청입니다. 우리나라 헌법 제119조 제2항은 다음과 같습니다.

"국가는 균형 있는 국민경제의 성장 및 안정과 적정한 소득의 분배를 유지하고, 시장의 지배와 경제력의 남용을 방지하며, 경제주체간의 조화를 통한 경제의 민주화를 위하여 경제에 관한 규제

조국

와 조정을 할 수 있다."

우리가 '정치적 민주화'에 집중하다 보니, 이 조항의 중요함을 잊고 있었습니다. 재벌 산하 한국경제연구원 및 신자유주의 학자들은 개헌시 이 조항을 삭제하자는 뻔뻔한 주장을 하고 있더군요.

이제 마무리할 때가 되었습니다. 우리가 누리고 있는 현재 수준의 '자유권'을 쟁취하기 위하여 많은 노력이 필요했습니다. '사회권' 쟁취를 위한 노력은 시작된 지 얼마 되지 않았습니다. '사회권' 수준을 높이기 위한 강력한 방법은 투표입니다. 시민은 투표권을 갖습니다. 일인일표이지요. 재벌도 한 표, 비정규직도 한 표입니다. 동시에 우리는 납세자입니다. 우리는 한편으로 세금을 내고, 다른 한편으로 투표를 합니다.

내가 낸 세금이 어디에 쓰이는지에 대해서 관심을 갖지 않는 것만큼 어리석은 것이 없습니다. 시장 가서 물건을 살 때 어디가 싸고, 어디가 비싸고, 어느 물건이 좋고 어느 물건이 나쁘고 등을 다 검토하지 않습니까? 그런데 자신이 낸 세금이 어디에 쓰이는지 신경 쓰지 않는 것은 잘못입니다. 우리가 표를 찍어 어떤 사람을 뽑았는데, 그 사람이 우리 세금을 허비한다면 어떻게 해야 할까요? 앞에서 '사자방'을 소개했습니다. 여기에 여러분 돈이 사용되는 것에 반대하시면, '사자방'에 책임 있는 세

력을 다음 투표에서 응징해야 합니다. 반면 우리 세금을 제대
로 쓰면 다시 밀어주어야지요.

서울시립대 2012년도 등록금 납입고지서를 보면 등록금이
약 120만 원입니다. 과거 서울시장 선거에서 반값 등록금 논쟁
이 벌어졌고, 이를 찬성한 박원순 후보가 당선되었습니다. 서울
시립대는 서울시 것입니다. 서울시립대 운영위원장이 서울시
장이지요. 박원순 시장을 뽑았더니 등록금이 120만 원이 됐어
요. 강원도 도립대는 2년제인데, 이 대학도 등록금이 반값이 되
었습니다. 최문순 지사가 공약을 실천한 것입니다.

대중이 '경제 민주화'의 의미를 알게 된 것은 지난 2012년
대선 시기입니다. 경제 민주화를 위한 여정은 이제 시작입니다.
정치적 민주화가 그러했듯이, 경제 민주화도 단번에 이루어지
지 않을 것입니다. 그러나 다른 나라에 비해 우리는 경제 성장
도 정치적 민주화도 단기간 내에 이루었습니다. 이제 경제 민
주화 차례입니다. 내 자신과 가족의 현재 삶, 나의 노후, 내 자
식의 미래 등을 위하여 현재 여기서 자신이 할 수 있는 일을 합
시다. 그것이 변화의 출발입니다.

• 2014년 '치유의 인문학' 제9강

기억과 망각의 갈림길에서

꿈이 들려주는 세월호 이야기

고 혜 경

음유시인들이 모여든 사람들 앞에서 창세와 민족의 서사를 가락에 맞추어 거듭거듭 노래를 하며 떠돌던 이유를 아시나요? '옛' 과거를 끝없이 되새김질하는 이 모습은 활자에 의존하고 컴퓨터에 기억을 저장하는 우리에게는 낯선 풍경입니다. 이들에게는 몇날며칠 낮밤으로 이어지는 이야기를 풀어낼 기억능력이 있었습니다. 구전전통에서 자연스러운 이런 능력을 현대인들은 상실했죠. 우리에게 익숙한 방식은 '기억 저장소'를 만들고 정보를 저장하는 도서관을 만드는 것입니다. 이 방식은 과거를 박제화하고 현재와 단절시킵니다. 이 또한 값어치 있는 일일지나, 우리 모두를 집단 건망증의 희생자로 만듭니다.

어느 문화권보다 기억의 중요성을 잘 인식했던 고대 그리스에서는 기억을 '므네모시네Mnemosyne'라는 여신으로 간주했습니다. 여신은 정확하게 기억하고 상세하게 기술하는 컴퓨터 메모리 같은 것을 중시하는 게 아니었죠. 여신의 목적은 사건을 되살려 환기시키고 일깨우는 데 있었습니다. 사건 그 자체보다, 사람들의 머리와 가슴으로 회자되는 과정에 기억과 상상력, 신화와 역사가 씨실과 날실로 길삼해 낸 흥미로운 직조가 여신의 아트였습니다.

우리 가슴에 세월호는 아직 설익은 날것입니다. 소화도 이해도 적응도 유보된 이 사건이 망각으로 묻힐까 염려됩니다. 그리스에서 망각은 레떼의 강을 건너는 것이고 이는 곧 죽음을 의미합니다. 이해하기를 멈추고, 적응을 포기하고, 연류된 감정들을 부인하고, 사건의 운명적 의미를 풀어가는 이야기하기를 멈춘다면, 우리 각자의 깊은 곳에 자리 잡은 음유시인을 죽음으로 내몰고 기억의 여신을 경멸하는 일이 될 것입니다.

여신과 음유시인이 활발하게 살아있던 고대 그리스에서는 '이야기를 하는 것이 사건 자체보다 훨씬 더 중요하다'고 강조했습니다. 그렇다면 컴퓨터에 저장된 사건을 보도하는 것이 아니라, 이야기하기는 어떻게 할 수 있을까요? 음유시인들처럼, 같은 이야기를 되풀이해도 언제나 이야기 속으로 빠져들고 상상력이 자극되는 그 비밀은 무엇일까요? 그 실마리를 꿈이 들려주는 세월호 이야기에서 찾아보려 합니다. 현대인에게 신화적 충돌, 이야기하기라는 인간 본성이 가장 잘 보존된 자리가 꿈세계라 생각되기 때문입니다. 세월호라는 최악의 악몽 같은

고혜경

사건을 무의식은 어떻게 기억하는지, 그 이야기는 어떻게 하는지, 문화적 건망증이 위협하는 이 순간, 꿈으로 다시 세월호를 기억하려 합니다. 꿈 이야기에 귀를 기울이는 이유는, 다시 환기해서 참혹한 비극이 초래한 희생의 의미를 헛되이 하지 않기 위함입니다.

깨어서 꾸는 악몽

꿈 공부를 한 지 20년이 넘었습니다. 습관적으로 자면서 꾸는 꿈뿐 아니라 '깨어 있을 때' 일어나는 사건들도 '꿈이라면…'이라는 전제로 바라보는 시각이 저한테는 자리를 잡고 있습니다. 상징과 은유로 구성된 꿈인지라, '내가 꾼 꿈이라면'으로 바라볼 때, 드러나는 현상의 기저에 놓인 심층적 의미가 훨씬 더 잘 파악되기 때문입니다.

이 땅 모두가 그러했겠지만, 저도 텔레비전에서 세월호가 바다로 빨려 들어가는 이미지를 보고 또 보았습니다. 꿈이라 해도 믿기 어려운 참극의 장면을 도돌이표 그려진 음악처럼 돌리고 또 돌리는 영상 앞에 고착된 듯이 앉아 지켜본 이유는 도저히 믿기 어려운 현실을 받아들이려는 안간힘이 아닌가 합니다. 그러다 문득 '침몰하는 배와 그 배와 함께 수장되는 아이들의 이미지가 이 땅을 살아가는 사람들이 함께 꾸고 있는 악몽이 아닐까'라는 데 생각이 미쳤습니다. '지금 이 땅을 사는 우리가 깨어서 꾸고 있는 꿈' 말입니다.

꿈을 공부하는 사람들에게 악몽의 의미는 지금 본성에 어긋나는 중차대한 상황이니 '잠만 자지 말고 제발 깨어나라'고 무의식이 보내는 119 메시지입니다. 지금 이 순간, 우리에게 당장 깨어나기를 촉구하는 긴급 메시지는 무엇일까요? 의식으로는 도저히 소화되지 않는 이 사건을 무의식의 표현인 꿈은 과연 어떻게 묘사하고 있을까요? 결코 잊을 수도, 잊어서도 안 될 이 사건을 이 시기 사람들이 꾸는 꿈으로 증언하는 것이 꿈 공부를 하는 사람이 해야 할 몫이라 생각합니다.

무의식이 증언하는 세월호의 기록을 보존하려 합니다. 시간과 함께 뇌리에서 사라지는 일상의 사건 사고로 만들어 버릴 수는 없기 때문입니다. 그러기에는 산 자의 몫이 너무 무거운 까닭입니다. 나아가 무의식의 지혜를 믿기에 이 암울한 순간 개개인의 꿈 속에 들어 있는 인간 본연의 깊은 지혜와 치유의 힘을 찾아 드러내려 합니다. 눈앞에 펼쳐지는 현상이 너무 압도해서 도저히 뭘 해도 소용없을 것 같은 무기력에 빠져들 때, 무의식 깊이에서는 또 다른 드라마가 펼쳐진다는 사실을 꿈 공부를 하면서 배웠습니다. 그리고 어떤 절망적인 상황에서라도 꿈을 기억해 낸다면 '우리는 아직 이 상황에 대해 뭔가를 할 수

고혜경

있는 때'라는 사실도 알고 있습니다.

너무 날것이라 소화 안 되는 사건 사고의 순간, 내면의 심층에서 나오는 지혜에 귀를 기울이고 그 메시지를 전하는 것이 제가 해 온 공부이고 이 공부를 하는 자의 책임이라 생각합니다.

당시 각종 미디어들은 거의 동일한 뉴스들만 반복했습니다. 그 소식을 들으며 우리는 점차 더 우울해졌고, 또 절망에 빠져들었습니다. 그 같은 행태는 몇 년이 지난 지금도 변함이 없고, 사회에 대한 피로와 무기력감의 정도는 이 국가뿐 아니라 인간 종 전체에 대해 기대라는 걸 내려놓아야 할 지경인 듯합니다. 이럴 때 다른 곳으로 시선을 돌리려 합니다. 눈을 내면으로 돌려, 의식의 판단이 아니라 무의식에서 올라오는 꿈에 귀 기울이고 또 이 암울한 순간 우리의 길을 물어보려 합니다.

꿈조차
삼켜 버렸다!

꿈으로 이 사건을 증언하겠다 마음먹고 제가 하는 꿈 수업이나, 함께 꿈 공부를 해 온 사람들, 또 주변에서 들을 수 있는 꿈을 한 달 이상 모으고 기록을 했습니다. 이 과정에 굉장한 충격을 받았습니다. 제가 신화와 꿈을 공부하고 2003년에 귀국을 해서, 그 시점부터 우리 사회에 굵직굵직한 사건 사고가 발발

할 때마다 각자의 꿈도 사회 현상에 민감하게 반응한다는 사실에 주목해 왔습니다.

맨 처음 집단적으로 꿈세계의 동요를 경험한 사건은 여배우 최진실 씨의 죽음이었습니다. 자살 사건이 있자 바로 다음날부터 사람들 꿈이 난리통이었습니다. 여배우와 직접 관련이 없는 사람들 꿈에, 영정사진이 등장하고, 애도를 하고, 장례를 치렀습니다. 당시 저는 이런 현상이 당혹스러웠습니다. 오랜 외국 생활로 이 여배우가 한국인들 심성에 어떤 비중이었는지 감이 별로 없던 때였습니다. 국민 여배우라는 말은 그냥 붙는 게 아니구나! 대다수 국민이 이 배우한테 투사하는 부분이 굉장히 많다는 사실을 알 수 있었습니다.

그 이후 꿈세계가 크게 요동쳤던 사건은 노무현 대통령 서거였습니다. 두 주검 모두 자살이었다는 사실 또한 '자살 공화국'에 사는 우리에게 커다란 충격타가 되었을 것입니다. 국민 여배우든 국민을 대표하던 정치인이든 꿈세계에서 관찰한 바로는 이 사건들이 집단 전체에 미치는 파장이 어마어마하다는 사실이었습니다. 4대강 개발 사업이 진행되는 때도 꿈세계는 난리가 났습니다. 저는 6개월 이상을 거의 하루도 빠짐없이 강간과 성폭행이 일어나는 꿈을 다루어야 했습니다. 온 산천이 파헤쳐지는 것과 여성의 몸이 유린당하는 것에는 분명 공통점이 있나 봅니다. 그 후 후쿠시마 원전이 터졌을 때도 집중적으로

고혜경

등장하던 꿈이 있었습니다. 여기 계신 분들 가운데 혹 그런 꿈을 꾸신 분들이 있을지 모르겠습니다. 원전이 터지자 여러 사람이 바늘이나 날카로운 가시에 찔리는 꿈 이야기를 했습니다. '바늘이 머리에 박혀 있는 꿈을 꾸었다.' '얼굴에 무수히 많은 침이 꽂혀 있다.' 바늘이나 침이 얼굴이나 몸에 박히는, 이런 끔찍한 이미지는 거의 매일 사람들 꿈을 듣고 사는 저로서도 1, 2년에 한두 번 들을까 말까 합니다. 그런데 그 주간에는 거의 매일 등장했습니다. 이 기괴한 꿈 이미지를 보면 방사선 물질은 피부 표면에 멈추는 것이 아니라 몸속으로 깊이 침투한다는 사실을 부인할 수 없을 듯합니다. 그러니 세월호 사건을 보면서 거의 자동적으로 '내일부터 사람들 꿈이 뒤집어지겠구나'가 제 뇌리를 스쳤습니다.

놀랍게도 저의 예측은 빗나갔습니다. 아무도 꿈을 기억해 내지 못했습니다. 그러고는 하는 말이, 악몽 같은 것에 시달리는데 깨면 전혀 이미지가 잡히지 않는다는 것이었습니다. '뭔가 이미지가 있었던 것 같은데 뭔지는 모르겠고 무서워서 다시 잠들 수가 없었다.' '뭔가에 눌린 것 같아 괴로워서 깼는데 시간은 새벽 세 시경이었고 방에서 뭐가 나올 듯해서 잠을 이룰 수 없었다.' '가위에 눌리는데 움직일 수도 소리를 낼 수도 없고 눈조차 뜰 수 없었다.'

이런 현상이 일주일 넘게 지속되었습니다. 이 상황은 마치 블랙홀 같았습니다. 집단의 꿈세계에 관심을 가지고 주목해 온 이래로 이 정도로 파장이 큰 사건은 처음이었습니다. 직접적인 희생자이든 아니든 이 땅에 사는 모두는 깊고 어두운 심연으로 빨려 들어가는 듯했습니다. 아무도 거기서 헤어나지 못했습니다. 그래서 무서웠습니다. 도대체 우리는 왜 꿈조차 기억해 낼 수 없을까?

시간이 좀 지나면서 이 현상에 대한 제 나름의 이해는 이러합니다. 하나는 우리가 겪는 일은 상상을 초과하는 엄청난 이슈가 집적되어 있어서 의식이라는 무의식에 비해 상대적으로 작은 용량의 하드드라이브가 담아내기에는 용량 부족이었던 것이 아닐까 합니다. 아직 기억으로 올릴 정도로 무르익거나, 채 말로 담아내지 못하는 상황임을 이 집단의식의 블랙홀 현상이 말해 주는 게 아닐지?

여기 다른 요소도 분명 연결되어 있으리라 짐작해 봅니다. 꿈을 기억해 낸다면 무의식의 내용이 일부 의식으로 올라오는 상태라, 더 이상 부인하거나 모르쇠로 일관하지 못할 것입니다. 꿈이 제기하는 이슈에 대해 뭔가를 해야만 하는데 그러자니 그 감당할 몫이 너무 커서 꿈기억 자체를 사보타지 sabotage 하고 있는 상황은 아닐지?

이론적으로 꿈을 기억한다는 사실은 이미 꿈에서 제시하는 상황을 다룰 능력이 있을 때만 가능합니다. 그렇다면 꿈조차

고혜경

기억해 내지 못하는 이 상황은 우리 각자가 바꾸고 각성해야 할 이슈가 이 정도로 깊은 혹은 근본적인 차원의 변화라는 반증이 아닐런지요? 내 책임의 과중함 때문이든 그 내용의 심오함 때문이든 혹은 둘 다든, 이 기이한 상태를 목격하는 저에게 분명한 점은 무의식의 변화를 지켜보기를 중단할 수 없다는 점이었습니다.

안전한 거리에서 기억해 낸
세월호 꿈

이 땅에 사는 우리 모두가 혼란 속에 빠져 있을 때 유학 가 있는 제자 둘이 꿈 이야기를 해 주었습니다. 같이 꽤 오랜 세월 꿈 공부를 해 왔고 한 명은 샌프란시스코에서, 다른 한 명은 이탈리아에서 유학 중이었습니다.

먼저 이탈리아에서 날아온 꿈입니다. 꿈에 노무현 대통령이 나왔대요. 춘향전에 나올 법한 동그랗게 휘어지는 다리 중간에 서서 대한민국 사람들이 자기를 사랑하지 않아서 저승으로 가지를 못한다는 말을 하더래요. 이 꿈을 꾸고 학교에 갔더니 동급생들이 '너희 나라 난리 났다'면서 세월호 소식을 들려주었다는 겁니다.

꿈에서 등장하는 특정인이 반드시 그 사람일 필요가 없다는 것이 꿈의 기본 상식입니다. 대통령이란 집단 전체의 의식을 대변하는 인물입니다. 그 개인을 생각하면 대단히 비극적으로 생을 마감한 인물입니다. 우리는 이 상황을 오도 가도 못한 채 잡혀 있다고 하지요. 그런 입장이 한번 되어 봅시다. 지금 우리들 심정이 아닌지요?

뭘 해 보려 해도 뭘 해야 할지 막연하고 가만히 있을 수도 없는 어정쩡한 상황입니다. 자살이든 침몰이든 공통점은 삶의 흐름, 즉 세월의 인위적인 중단이 아닌지요? 저는 어른들의 안위를 위해서 또 구축해 놓은 '질서'와 그 질서를 통해 혜택을 누리는 사람들을 건드리지 않기 위해서 아직 삶을 펼쳐 보지도 못한 이 많은 아이들을 희생시키고도 원인 규명조차 제대로 할 수 없는 지금의 우리가 이러지도 저러지도 못하는 느낌입니다. 그나마 이 꿈 이미지에 다리가 등장했다는 점은 다행입니다. 이승 저승 같은 역설적인 통합의 기반은 만들어져 있다는 점도 간과해서는 안 될 것입니다.

다른 꿈은 샌프란시스코에 있는 제자가 보내왔습니다. 꿈에서 포탄을 공중으로 쏘아 올리는데 여기 한 흑인이 맞아 사람 몸이 산산조각이 나면서 그 피가 비가 되어 내렸다고 했습니다. 꿈속에 같이 있던 동생이 생각나 고개를 들고 보니 동생이 의연하게 피비를 맞고 있어서 자기도 그 비를 맞으며 조각난 신체 파편들이 피로 바뀌는 장면을 지켜보았다고 합니다.

지금 이 땅은 하늘에서 피비가 내려 아무도 피할 수 없는 전장에 있는 심정 아닌지요? 포탄이 떨어져 몸이 찢기고 피가 산천을 물들이지는 않지만 우리 안의 아픔과 절규와 눈물이 기화해 구름이 된다면 이렇게 피비로 온 땅을 뒤덮을 것 같습니다. 온 몸으로 피를 맞아내는 의연함에 숙연해집니다.

　이 땅에서 멀리 떨어져 있다는 것만으로 꿈을 기억할 수 있는 안전이 확보되는 것일까요? 꿈 이미지조차 기억해 낼 수 없는 우리의 상황이 다시 한 번 충격으로 다가옵니다. 개개인이 기억해 내는 이미지조차 없는 이 상황에, 세월호 이미지 자체를 꿈이라 상상해 보려 합니다. 압도하는 이미지에 모두가 사로잡혀 있으니, 누군가 매의 눈으로 집단의 이미지를 꿰뚫어 보아야 할 듯합니다. 집단의 꿈에서 깨어나기 위해서 작업을 시도해 보려 합니다.

깨어서 꾸는 악몽
세월호

　세월호의 본래 뜻을 아시는지요? 작명의 천재였다는 유병언 씨가 붙인 이 배의 이름은 세상할 때 '世' 초월할 때 '越'을 써서 세상을 초월한다는 뜻입니다. 이른바 이 땅을 버리고 떠나는 배입니다. 가부장 종교가 한결같이 내세우는 이념의 토대가 바로 이 용어에 집약되어 있습니다. 이 세상은 불완전하고 그 너머의 세계나 구원에 에너지를 쏟아야 하니, 몸도 여성도 자연도 짓밟고 유린해도 된다는 정당성의 근거였습니다. 탐욕으로 과적한 배에 붙인 이름치고는 아이러니죠?

초월을 내세우는 이 '숭고'한 배가 가장 원시적인 심연의 바다로 빨려 들어가는 이미지는 집단 운명의 함의가 내포되어 있지 않을런지요? 저에게는 이는 단지 이 사건을 넘어서 더 커다란 시대적 표징으로 다가옵니다. '지금 여기'를 무시한 초월이나 구원은 가능할 수 없다는 선포 같습니다.

동시에 우리말로 세월은 시간의 영속적 흐름이라는 뜻입니다. 제 개인적으로는 이 사건으로 인해 이 땅에 사는 느낌이 달라졌습니다. 주변의 많은 사람이 세월호 전과 후로 세상이 달라진 것 같다고 말합니다. 막연한 느낌이기는 하나, 이렇게 큰 획으로 느껴지는 이유가 무엇 때문일까요? 나름 이 무의식적 느낌을 이해하기 위한 설명을 붙여 보려 합니다.

세월호와 함께
이 땅에서 침몰한 것들

많은 것들이 함께 가라앉았습니다. 세월호와 함께 '이 땅은 더 이상 안전하지 못하다'는 현실을 더는 부인할 수 없게 되었습니다. 안전사고가 잊을 만하면 터져 나오는 사회이지만, 그럴 때마다 '소수의 안전 불감인 사람들이 일으킨 사고야' '단속을 강화하면 개선되겠지' '선진국이 될수록 이런 후진성은 사라질 거야' 이렇게 되뇌며 만연한 안전 불감증을 애써 부인해 왔습니다.

세월호 침몰 후에 진행된 여론 조사에서 '앞으로는 세월호 같은 사고가 터지지 않을까요?'라는 질문에 '아니오'라고 확답하던 순간, 우리는 더 이상 불감을 강화해 온 위안의 말들을 포기해야 했습니다.

내가 사는 터전이 안전하지 못하면 근원적으로 '집'에 대한 느낌에 손상을 입습니다. 밖에서 일을 하다가도 세상을 떠돌다가도 지치고 힘들어지면 '집에 가서 쉬어야지!'가 인간이 오래도록 공유해 온 정서입니다. '푸욱~' 쉬고 나면 새 기운으로 충전할 수 있고 지친 마음을 온기로 채울 수 있는 집, 영어 표현 그대로 '달달한 나의 집 home sweet home'이 증발해 버렸습니다. 땅은 그 땅 그대로이나 '안락한 집' '안전한 땅'은 사라졌습니다. 유럽을 떠도는 수많은 난민들처럼, 심리학적으로 우리도 난민입니다.

안전한 집과 고국에 대한 열망이 가장 간절한 사람이 난민일 것입니다. 이제 우리는 어찌해야 할까요? 도대체 어디로 가야 안전할까요? 무엇을 해야, 어떻게 바꾸어야, 이 부초 같은 심정과 불안감을 극복할 수 있을까요? 어떻게 하면 우리 자녀들에게는 이런 땅을 물려주지 않을까요?

또 사라진 것이 있습니다. 침강하는 배의 이미지와 함께 '민낯'이라는 말이 자주 등장했습니다. 혼자 살겠다고 배를 떠나는 선장과 선원들의 모습에서, 팽목항에서 성난 민심이 두려워 차에서 내리지도 못하는 대한민국호 선장의 모습에서, 우리는 '민낯'을 선명하게 보았습니다. 이런 일이 가능한 사회의 일원인 우리의 '민낯'도 보았습니다. 해경들도 관제탑에서 일하는 사람들도 결정권 있는 정치인들도 모두 누구의 아버지들일 텐데, 이 사회의 아버지들 모습이 이선장의 그것과 별반 다르지 않았습니다. '아버지는 우리를 안전하게 지켜 주지 않는다'가 온 천하에 '민낯'으로 드러났습니다.

좋아하든 좋아하지 않든 가부장제나 가부장의 질서가 오래 이 사회를 지탱해 왔습니다. 권위를 지나치게 강조해 온 권위주의자들의 민낯은 초라하고 비겁했습니다. 진정한 권위는 그 어디에도 없었습니다. '선생님 말 부모님 말 잘 듣는 착한 아이들은 죽더라'는 아이들의 탄식 앞에 응대할 말을 찾을 수 없습니다. '어른으로 사는 죄sin of adultism'를 짓고 살아갑니다.

안전한 집도, 위험으로부터 지켜 주는 아버지도, 믿고 따를 수 있는 권위도 세월호와 함께 침강했습니다. 늪이나 블랙홀에 빠진 듯한 이 느낌이 오히려 마땅하게 여겨집니다. 세월호 전후로 큰 획이 그어져 버린 느낌도 마땅해 보입니다. 지금 우리는 허

고혜경

우적거릴수록 더 깊이 빠져드는 퀵 샌드quick sand에 빠진 듯합니다. 구원자가 나타나 해결하거나, '괜찮을 거야'라는 낙관의 속임수로는 벗어날 수 없습니다. '앞만 보고 가자'는 현실 부인의 즉효약도 이 깊은 수렁에서는 작동하지 않습니다. '일단 멈춤'이 지금 우리가 할 최선입니다. 그리고 지금 내가 있는 자리, 지금껏 우리가 쌓아 오며 믿었던 문명의 실체가 무엇인지, 정확하게 직시하는 냉철한 용기가 어느 때보다 필요한 시기입니다.

전복, 파국에
숨은 뜻

세월호 전복의 원인은 한마디로 과적이었습니다. '잘살아보세'를 노래하며 달려오는 동안 물질적 풍요, GNP 숫자, 물신숭배에만 매달려 왔습니다. 전일적 건강이나 삶의 질은 배부른 자들의 호사 정도로 취급했습니다. 전반적으로 가시적인 것, 측량 가능한 것만이 세계의 전부인 양 살아왔습니다. 내면의 건강도 안위도 무시되었습니다. 한마디로 '의식의 세계'만을 세상의 전부라 이해했습니다. 이는 비단 한국만의 문제는 아닙니다. 현대라는 문명의 특질이고, 과적으로 인해 빚어진 균형감 상실은 현대인 전체의 문제이기도 합니다.

심리학에서는 종종 무의식을 바다에 비유합니다. 심층심리학자 칼 융^{Carl G. Jung} 박사는 현대인의 문제를 한마디로 진단하면 무의식 세계와의 단절이라 진단합니다. 무의식이 추상적이고 잡히지 않는 단어로 들립니까? 예를 들어 설명해 보면, 고대 그리스에서 항해를 할 때, 맨 먼저 던지는 질문이 뭘까요? '어느 신이 이 항해를 인도해 줄까?'일 것입니다. 항해 도중 어려움에 처하면 '어느 신이 진노를 했지?'라고 묻습니다. 진보한 레이더나 신기술이 탑재된 배만으로 안전한 운항이 가능하지 않다는 사실은 뱃사람이면 누구나 아는 일입니다. 이 에너지를 신이라 이름 붙이든 아니든 우리 선조들은 측량하고 판단할 수 없는 그 너머의 힘들이 존재한다는 사실을 인정했습니다. 단순하게 말하면 이런 힘들을 통칭해서 무의식이라 할 수 있습니다. 누구는 자연이라 부릅니다. 인간의 오만과 과대망상은 대자연 앞에서 수시로 만신창이가 되지만 대부분의 시간 우리는 이런 힘을 망각하고 삽니다. 이런 근시안과 오만이 결국 과적을 낳았는데, 현대라는 세월은 한마디로 의식 세계의 과적의 시기입니다.

이 차원에서 세월호 이미지는 현대인들 이상의 침몰로도 볼 수 있습니다. '하면 된다'는 불굴의 신념은 신경조차 쓰지 않던 자연 앞에 한없이 무력합니다. 의식이 무의식으로부터 차단된 현대인이 온갖 신경증과 정신병에 시달리듯, 무의식이라는 전체에서 고립된 채 섬처럼 단절된 우리는 작은 세계에만 매달려

고혜경

집착하느라 과적을 일삼을 수밖에 없었습니다. 이 모든 게 와해되었고, 전복은 필연적 사건 같습니다.

의식에 과적한 배는 균형을 상실했고 전복은 침묵으로 일관하던 무의식의 세계를 열어 버립니다. 물 밑으로 꽂혀 꼬리만 해수면 위로 나와 있는 영상은 마치 장막이 찢겨 그 안에 깊이로 열리는 다른 세계를 드러내는 듯 했습니다. 그간 잊고 덮고 부인했던 역사적 상흔들이 마구 올라왔습니다. 사람들이 꿈을 기억해 내기 시작하면서 6·25, 5·18, 이리 폭발사건, 고문의 트라우마… 망각했다고 없어지는 것은 아니라는 사실을 이 시기 다시 한 번 상기하게 됩니다.

어느 스님이 세월호는 우리가 이 땅에 쌓은 공업의 결과라 했습니다. 저는 이런 단어는 익숙하지 않지만 이 땅에서 비롯된 수많은 상흔들이 차곡차곡 쌓여가고 있었다는 점은 설득력을 지닙니다. 애도도 해원도 없이 달리기만 바빴던 세월이었습니다. 그동안 그 무게만큼 보이지 않는 쪽에 미해결의 과제들이 쌓이는 게 정신의 법칙입니다. 쓰레기를 무분별하게 던져 땅을 오염시키고 묻어 버리면 땅만 파면 드러나듯이, 정신적 쓰레기도 마찬가지입니다. 이 모든 게 한꺼번에 터져 올라왔으니 어찌 블랙홀 같지 않겠습니까?

더 이상 '잊고 가자' '덮고 가자' '앞만 보고 가자'가 설득력이 없는 연유가 이 때문입니다. 개인이나 집단의 상흔도 심리학적인 미해결 과제도 다음 세대로 전가됩니다. 지금 우리가 겪는 자살률과 각종 정신병과 신경증들이 온전히 우리 몫만은 아닐 것입니다. 분명한 것은 '내 세대' '우리 세대'에 청소작업이 이루어지고 심리학적 채무가 어느 정도 청산되면, 다음 세대는 이보다 좀 가볍게 자기들의 삶을 살아갈 수 있다는 것입니다. 지금 이 땅에 '어른'인 우리가 할 일이 있습니다.

모든 것의 전복이란 충격의 여파도 엄청납니다. 하지만 저는 이 혼란의 시기에 참으로 귀한 것도 배웠습니다. 대파국이라는 말의 의미입니다. 본래 그리스어 'Katastrephein'라는 단어는 영어로 'catastrophe'로 씁니다. 이 단어는 세월호 사건처럼 세상 자체가 완전히 뒤집힌다는 뜻입니다. 여기까지는 우리도 알고 있는 사실입니다. 그런데 그리스에서 'Katastrephein'은 심오한 단어입니다. 우리들 각자가 자신의 본모습을 찾으려 한다는 뜻이 내포되어 있답니다. '끝장났어' '대비극이야'가 전부가 아니라 여기 참으로 귀한 지혜도 들어 있습니다. 고대 그리스인들처럼 이 양면을 다 기억하는 것이 무엇보다 중요한 시점입니다.

나를 찾는
가이드라인

블랙홀에서 깨어나 참나를 찾으려 할 때 무엇을 해야 할까

고혜경

요? 저는 아이들을 구하러 혹은 시신을 찾으러 들어가는 다이버들의 이미지에서 영감을 얻었습니다. 세월호는 무의식의 바다에 수장되었지만 같은 바다를 다이버들은 분명한 의도를 가지고 자발적으로 들어갑니다. 머리에는 불빛을 달고 배에서부터 드리운 줄을 잡고 심연으로 내려갑니다. 이들이 잡고 들어가는 줄을 생명선이라고도 부르고 가이드라인이라고도 하지요. 가이드라인은 지침입니다. 저는 잠수부 이미지에서 우리 모두를 위한 상징적 지침을 보게 됩니다.

배가 전복되어 무의식 세계가 열릴 때, 세월호처럼 이 세계에 삼켜 버려지지 않는 방법은 무엇일까요? 바른 태도로 무의식에 다가가는 것입니다. 의식의 과적이 전복의 원인이고 무의식이라는 뿌리와의 단절이 그 바탕이라 했습니다. 지금까지 우리는 성장이란 단어를 위로 올라가기growing up와 동일시했습니다. 그런데 뿌리와 차단된 우리에게 진정한 성장 혹은 건강한 성장은 아래로 깊이 들어가기growing down가 아닐런지요? 뿌리 깊은 나무는 쉬 흔들리지 않고 무의식 깊이에 건강한 닻을 내린 배는 쉬이 난파하지 않습니다.

신화를 보면 진정한 영웅은 반드시 거쳐야 하는 자리가 있는데 그곳이 지하세계, 즉 죽음의 세계입니다. 다이버들이 보여주듯, 무의식의 세계로 자발적으로 들어간다면, 깊이로의 여정은 가능할 것입니다. 이는 기존의 '나'가 죽어야만 하는 여정입니다. 이 지점이 바로 현대인들이 가장 두려워하는 부분입니다. 그렇지만 삶은 죽음의 깊이를 요한다는 것이 불변의 진리입니다. 진정으로 산다는 느낌은 죽음이 가장 가까이 있을 때 생생해집니다. 온전히 사는 삶과 죽음의 향취는 분리될 수 없습니다. 기꺼이 죽음의 세계로 걸어 들어가는 다이버들이 이 순간 가장 치열하게 살아 있고 또 삶의 의미에 대한 향취를 제일 강하게 풍기는 것처럼 말입니다.

공동체의 꿈,
빅 드림

저의 소극적 다이빙이 사람들 꿈을 탐색하는 일입니다. '빅 드림Big Dreams'이란 단어를 들어 보신 적이 있으신지요? 말 그대로 큰 꿈이라는 뜻인데 이는 심층심리학의 대부 칼 융 박사가 쓴 용어입니다. 다이버들이 실제 바다로 들어가듯, 인간 내면의 무의식 세계로 들어가는 탐색을 가장 처절하게 한 사람이 융 박사입니다. 결과는 현대인이 꿈세계를 탐색하도록 가장 정교한 내면의 지도를 선사해 주었습니다.

꿈에 관한 융 박사의 발견 중 하나가 대파국의 순간 사람들이 빅 드림을 꾼다는 것입니다. 꿈은 꿈꾼 사람 개인의 상황을 중심으로 전개가 됩니다. 그런데 이런 혼돈의 시기, 사람들 꿈은 심오한 원형적인 차원을 다루기에 각자의 꿈이 공동체 전체에 영향을 미친다고 합니다. 이것이 빅 드림의 의미입니다. 이 발견에 따르면 이 시점 우리 각자가 기억하는 꿈은 우리 사회 전체를 위한 꿈일 것입니다.

예전에는 이런 빅 드림을 기억해서 공동체나, 종족들과 나누는 것이 샤먼의 몫이었습니다. 이 시기가 블랙홀 같다고 했습니다. 꿈에 관심이 없는 사람들이 아니라 저랑 꿈 공부를 해오던 사람들조차 일주일 정도 꿈기억을 해내지 못한다고 했습니다. 이 시기 꿈을 기억하는 것은 대단한 용기가 필요합니다. 게다가 기억한 꿈을 통해 무의식의 지혜를 나누는 것은 영적 지도자들의 역할을 수행하는 것이기도 합니다. 세월호 사건이 터지고 일주일에서 열흘이 지나가자 꿈기억이 돌아왔고 그 꿈들을 여기 소개하려 합니다.

질주하는 버스와
허술한 건물

꿈기억이 올라오기 시작하면서 가장 빈번히 등장한 꿈이 두 종류였습니다. 하나는 위험천만한 버스의 질주입니다.

버스가 길도 없는 산, 백두대간 같은 곳을 마구 질주를 한다. 아래는 천길 낭떠러지인데 버스 안에는 학생들이 많이 타고 있다. 나는 그 흔들리는 버스 위에서 간신히 매달려 간다. 인도사람들이 여행하는 것처럼 타고 가는 것이다. 미친 듯이 달리던 버스가 어느 순간에 멈춘다.

꿈에서 차량 중 특히 대중교통은 집단과의 관계의 문제를 이야기 합니다. 이게 우리가 몸을 싣고 있는 대한민국호라면 이 기관은 미친 질주를 하는 듯합니다. 유사한 꿈을 한 초등학교 교사한테도 들었습니다.

버스를 타고 가는데 막 난폭한 운전을 해요. 버스 안에 어떤 남자가 있는데 얼굴은 모르겠고 이 남자가 학생들한테 계속 주사를 놓아요. 어떤 마약 같은 것인데 아이들은 주사를 맞으면 해롱해롱해요. 깨면 또 주사를 놓거나 약을 먹이고 해서 애들을 다 해롱해롱하게 만들어요. 이 꿈에서 깨면서 나는 거의 배 멀미 하듯이 토를 하면서 일어났어요.

세월호에서 죽어간 아이들도 그렇지만 어쩌면 우리는 지금 이 땅의 아이들한테 마약 같은 것을 주입하고 있지는 않은지요? '세상이 안전하지 않아요. 친구들이 죽었어요. 나도 이 상황이면 아빠도 해경도 아무도 구해주지 않을 거예요?'라는 물

고혜경

음으로 혼란해하는 아이들에게, '너는 공부만 해. 대학만 가면 다 해결돼' 이런 말을 하는 우리는 아이들이 깨어나지 못하게 막고 있지 않는지요?

더 큰 문제는 아이들 야성을 죽여간다는 사실입니다. 뭇 생명체는 예외 없이 가장 강력한 본능이 생사의 본능일진대, 각자 몸이 말하는 이 본능의 소리보다 부모님 말씀, 선생님 말씀을 더 잘 들어야 한다고 강조하는 우리 교육은 한참 잘못되어 보입니다. 우리가 인정하지 않는 이 사실들을 꿈은 훨씬 적나라하게 보여주고 있습니다.

그리고 또 흔한 꿈이 허술한 건물이 등장하는 꿈입니다.

- 건물이 있는데 안을 보니 골조가 한순간에 무너질 것 같다.
- 고층 빌딩인데 뒤 쪽으로 돌아가니 건물 뒷면에 골조가 다 드러나 있고 곧 무너질 것 같다.
- 남산 타워가 무너진다.

세월호 사건 후 2주가 지나면서 가장 자주 듣던 전형적인 꿈들입니다. 우리 문명이 구축한 건물이든 사회구조든 인프라가 붕괴직전이라는 위기감이 팽배해 있던 시기입니다.

사람 고기와
산업의 동력

집중적으로 꿈을 모으면서 제일 슬펐던 꿈이 이 꿈입니다.

자동차를 타고 가다가 엔진이 고장 나서 본넷을 열었더니 거기에 고깃덩이가 끼어 있다. 그런데 이 엔진을 돌리는 동력이 이 고기다.

영화 〈설국열차〉의 한 장면 같지 않으세요? 인간에 대한 대접이 사회라는 엔진을 돌리기 위한 부품 정도로 여겨질 때가 있지 않은지요? 비정규직, 부당 해고자, 외국인 노동자, 최저 임금도 받지 못하는 사람들…. 세월호는 사람의 값어치나 존엄이 무엇인지 근본적 질문을 던지게 된 사건이기도 합니다.

이 시기를
버티는 힘

오랫동안 꿈 공부를 해 온 사람들, 어떤 종류의 마음 수련이든 진지하게 해 온 사람들이 이런 위기의 순간 어떤 역할을 하는구나 싶었던 꿈들이 있습니다.

고혜경

엘리베이터를 탔는데 엘리베이터가 덜컥덜컥하며 위험하게 올라가요. 2층 버튼을 눌렀는데도 엘리베이터는 120층까지 올라가요. 마구 흔들리는데 안간힘을 써서 끝까지 버티었어요.

버스 위에 매달려 가는 것도 그렇고 떨어질 듯한 엘리베이터도 그렇고 버티면서 사는 삶 같아요. 꿈에서 엘리베이터처럼 수직으로 상승하고 하강하는 기구는 이 방향으로 움직이는 영과 영혼의 문제를 이야기합니다. 엘리베이터는 영성적인 갈구가 강한 분들에게 자주 등장하는 상징입니다. 120층까지 올라가는 흔들리는 상황을 버티어내는 것, 곳곳에 이런 힘들이 지금의 혼란기를 견뎌가는 힘으로 작동을 하는 게 아닐지요? 어쩌면 무의식 탐색이나 내면 공부를 해온 사람들이 다이버들처럼 의식으로 과적된 사회에서 그 생명줄을 구축하고 있었던 게 아닌가도 추측해 봅니다.

다음은 역시 꿈 공부를 해 오고 있고 두 딸의 아버지인 건강한 가장의 꿈입니다.

우주선이 땅에 착륙했어요. 우주선 안을 보니 사람들이 다 죽었어요. 우주선 밖으로 나가려는데 입구가 너무 좁아서 안간힘을 쓰고 끙끙 거리면서 용을 써서 내려오다 보니 입구가 넓어져서 완전히 내려왔어요. 다 내려와서 보니 다 죽은 게 아니라 키 큰 남자하고 그의 아이들이 살아 있는 거예요. 아이가 있어서 그 아이를 안아서 받았어요. 그리고 우주선 옆에 있는 신발을 주워서 그 아이에게 신겨 주었어요.

참 아름답죠? 돌본다는 것, 애들을 보호하고 챙기고 그 아이에게 신발을 신기는 이미지가 참 귀합니다. 앞에서 이 선장 같은 가부장 이야기를 강하게 했어요. 어린 아이에게 신발을 신겨 주려면 몸을 제일 낮추어야 가능하잖아요. 진정한 권위란 이런 모습이 아닐까요?

질서를 염원하는
창세의 노래

세월호 사건 이후 3~4주가 지나가면서 노래를 하거나 악기를 연주하는 꿈이 압도적으로 등장했습니다. 제가 수요일 오전에 하는 꿈 작업 팀은 15명입니다. 그중 10명이 꿈에서 노래를 하거나 악기를 연주했어요. 이는 평이한 때하고는 현격히 다른 양태입니다.

노래의 은유란 기본적으로 질서와 조화의 이야기예요. 태초에 마고성에도 음악이 있었습니다. 신화나 꿈에서 노래가 의미하는 바가 무엇인지 이해를 도와주는 북미 원주민 종족 가운데 호피 인디언 창조 신화를 소개하겠습니다.

태초에 위대한 영이 있었습니다. 이 위대한 영이 우주를 내려다보는데 아주 반짝이는 아름다운 별이 있었어요. 신화가 그렇지요. 아무도 없는 우주에 필요하면 반짝이는 두 사람이 생겨나요. 이 두 존재가 반짝이는 땅으로 내려옵니다. 한 사람은 은빛 갑옷을 입고 있고, 다른 사람은 붉은 갑옷을 입고 있어요. 은빛 존재는 북극으로 가서 세상에서 가장 신성한 땅 자리들을 지정합니다. 그런데 붉은 존재는 남극으로 가서 아무것도 안 해요. 가만히 앉아 놀고 있는데 갑자기 '쿵, 쿵' 하는 소리가 들려왔어요. 무슨 소리인가 귀 기울이니 이는 바로 위대한 영의 심장박동 소리였어요. 그러자 갑자기 드럼이 나타나고, 붉은 존재가 위대한 영의 심장 소리에 맞추어 연주합니다. 연주를 하는 동안 나무·풀·돌·바람… 세상이 창조됩니다.

왜 많은 창조 신화가 음악으로 시작하는지 알 듯하지 않습니까? 신화가 곧 노래이지요. 신화적 상상력을 토대로 살아가는 사람들에게 창조신화의 구송은 함부로 하는 일이 아닙니다. 창조신화는 한 해의 시작이나 새 왕조의 시작 등 새 질서, 새 변화를 촉구하는 시기에 구송됩니다. 그리고 또 가뭄이나 역병이 돌아 세상이 온통 혼란에 빠졌을 때, 즉 창세의 새 기운이 세상에 가장 절실할 때 구송합니다.

현대인들은 신화적 감성이 둔화되고 옛 기억을 잊었습니다.

그러나 꿈은 태초에 조상들이 행하던 의례의 기억을 잊지 않고 있는 듯합니다. 거의 동시에 등장하는 이 많은 노래나 음악의 꿈들이 혼돈의 순간, 새 질서를 기원하는 무의식이 행하는 의례일까요? 한 사람 한 사람의 노래가, 우리가 부르는 합창이 아닐까 합니다. 의식의 섬에 갇힌 채 단절된 우리이지만 이런 원형적 힘이 내면에서는 살아있다는 사실이 놀라울 따름입니다.

꿈이 행하는
의례

이 시기 가장 절실한 것이 의례입니다. 의례란 참여자들의 에너지를 전환transformation시키는 집단 행위입니다. 세월호 사건 후에 연일 사고가 터집니다. 마치 빗장이 풀려 감금된 에너지가 봇물처럼 새어나와 문제를 일으키고 다니듯 가스 폭발, 대형 교통사고, 싱크홀 발생…. 멀쩡한 곳이 없는 듯합니다. 이 땅은 사고 왕국입니다. 이런 에너지를 안전하게 변형시키는 것이 의례입니다. 수많은 종교가 있지만 국민 전체가 참여하는 애도와 통곡과 추도의 장은 마련되지 못했습니다. 그나마 꿈에서 진행되는 의례를 목격할 수 있었습니다.

수영장이었어요. 그런데 누가 빗을 주면서 수영장 물을 청소하

고혜경

라고 해요. 빗을 들고 수영장을 보니 머리카락이 둥둥 떠 있어요. 몸을 구부리고 빗으로 그 머리카락을 다 거두었어요.

친숙한 이미지 아닙니까? 익사한 사람을 위한 씻김굿을 할 때 들어가는 주요한 제차입니다. 무당이 빗으로 머리카락을 건지는데 이는 사자의 영혼을 건져 올린다는 의미입니다. 이 꿈을 꾼 사람은 독실한 크리스천이에요. 이런 민속학 지식은 없었던 사람이고요. 그런데도 그가 꾼 꿈에서는 혼을 건지는 의례 장면이 거행이 됩니다.

다음은 한 중년의 여자 분이 꾼 꿈입니다.

꿈에 얼기설기 철사를 엮어 만든 구가 있어요. 여기 노란 메모지가 잔뜩 붙어 있습니다. 세월호 이야기가 덕지덕지 붙어 있어 이걸 보고 있는데, 갑자기 바람이 확 불더니 모든 메모지가 날아가 버립니다. 노란 구만 남았어요. 군더더기가 떨어져 나간 듯해서 그 느낌이 좋고 구가 너무 아름다워요.

세월호와 노란 리본은 뗄 수 없는 이미지입니다. 아이들이 살아 돌아오기를 바라는 염원도 이들을 기억하겠다는 약속도 노란 종이에 쓰고 노란 리본을 달았습니다. 왜 노란색이었을까요? 연인이 전장에서 살아 돌아오기를 기다리는 여인의 희망품은 기다림으로 널리 알려진 노란 리본이기에 그런 뜻으로 누군가 시작했을지 모릅니다. 이 노란 리본을 의도를 가지고 시작한 사람이든 노란 물결에 동참한 사람들이든 이 색의 무의식적 동인은 작동했을 것입니다. 그렇지 않다면 노란 물결이 탄생할 수는 없었을 겁니다.

이른 봄, 온 세상이 파릇파릇해질 때 제일 먼저 피는 봄꽃은 노란색입니다. 병아리를 연상시키는 유치원 아이들 원복 색깔도 가장 흔한 게 노랑입니다. 새로운 시작, 그래서 가능성과 희망이라는 의미가 배태되어 있습니다. 따뜻하고 발랄한 색이고 멀리서도 가장 쉽게 눈에 띄니 눈길을 당기는 색이기도 합니다. 이 강렬한 색으로 만들어진 형상은 만다라 이미지입니다.

만다라가 친숙하신지요? 정신이 분열되고 세상이 응집력을 잃었을 때 하나로 모으고 중심으로 향하게 하는 집중의 힘을 지니는 도형입니다. 각 종교마다 고유의 만다라들이 있지요. 진정으로 귀한 우리의 이야기가 모여 화합과 조화를 이룬다면 봄꽃 같이 새로운 희망의 느낌을 뿜어낼 수 있지 않을는지요?

평범한 사람의 작은 의식 변화가
세상을 바꾼다

꿈 얘기를 하니 그래도 숨통이 좀 트이지 않으세요? 희망이

고혜경

라는 말은 과하게 사치스럽지만, 다만 최소한 살아갈 여지가 좀 생기지는 않았습니까? 처음 꿈을 배울 때 '지금까지 나는 표면이 전부인 줄 알았구나!' 하고 깨달았습니다. 눈을 안으로 돌리면 놀라운 세상이 열립니다. 안이 어디인지 막막하던 나에게 꿈이 내면세계, 무의식 세계 탐색을 위한 가이드라인이었습니다. 꿈하고 친해지면서 많은 선물도 받았습니다. 그중에 가장 귀한 선물이 나라는 존재는 내가 생각하는 것보다 훨씬 심오하고 삶은 내가 알고 있는 것보다 훨씬 신비롭다는 사실입니다.

이 준엄한 시기에 긍정을 이야기하는 것이 현실을 부인하게 만드는 사탕발림으로 비쳐질까 염려됩니다. 그렇지만 저는 추상적인 희망을 말하는 것이 아닙니다. 소개한 이미지에는 알고 있는 것보다 훨씬 신랄하게 현실을 고발하기도 하고 또 미처 인식하지 못하던 내재된 치유의 힘과 화합의 기운이 작동한다는 사실도 들어 있습니다. 이 모든 것이 각자의 내면 깊이에서 올라왔다는 사실을 기억하시기 바랍니다.

저는 날것의 소화 안 되는 세월호 사건을 내면에서 숙성해서 올라오는 이미지를 통해서 들여다보았습니다. 내면의 지혜와 힘을 믿기에 이 부분을 여러분에게 상기시켜 드리고 싶었습니다.

아직 많은 숙제가 남아 있습니다. 진상규명도 필요하고, 아직도 남아 있는 시신 수습도 해야 하고, 예를 갖춘 장례도 필요하고, 트라우마로 고통을 겪는 산 자들의 치유 작업도 필요하고, 또다시 이런 일을 되풀이하지 않기 위한 사회 구조 재정비도 필요합니다. 이 와중에 제일 희망적인 소리가 '나는 어떻게 바뀌어야 할까요?'였습니다. 나로부터 변화를 시작하고 원인도 나로부터 찾는 것이 성숙의 첫걸음입니다. 큰 변화는 언제나 책임 있고 성숙한 한 사람 한 사람이 모여서 이루어 낼 수 있습니다.

나의 작은 의식의 변화가 세상을 바꾸는 첫걸음이자 또 지름길임을 함께 기억했으면 좋겠습니다. 이를 위해 여러 길들이 있겠지만 꿈이 그 한 가이드라인이 되어 줄 것입니다. 대파국이라는 본래 의미처럼 이 비극적인 사건을 계기로 한 사람 한 사람이 깨어나는 꿈을 꾸어 봅니다.

• 2014년 '치유의 인문학' 제5강

고혜경

분노는 평화의 자원이다*

치유는 어루만짐을 넘는 새로운 인식

정 희 진

* 이 글은 필자가 강의했던 광주트라우마센터 '치유의 인문학' 녹취록과 〈안과 밖〉(영미문학연구회, 2014년 하반기, 제37호, 창비)에 실렸던 "분노의 당파성과 치유의 정치학"을 함께 참고하여 수정한 원고임.

백인들의 말은 대단히 매끄럽다^{smooth}.

옳은 것을 그르게 보이도록 만들 수도 있고,

그른 것을 옳게 만들 수도 있는 것을 보면.[1]

'분노는 평화의 자원이다'라는 제목에서 '평화'를 깨달음, 용서, 앎, 치유라는 말로 바꾸어도 무방하리라 생각합니다. 한국 사회에서 '선택' '자유' '동의' '대화' '평화' 같은 자유주의 담론은 약자에게 불리합니다. 때문에 이런 단어를 사용할 때는 반드시 위치성에 대한 논의를 동반해야 합니다. 누구의 자유인가, 누구의 분노인가에 따라 의미는 완전히 달라지기 때문입니다.

---

1 《그래도 삶은 계속된다 - 아메리카 인디언이 들려주는 지혜의 목소리》, 켄트 너번 지음, 김성 옮김, 고즈윈, 2010, 29쪽.

대개 사람들은 평소 목소리가 없던 사람들, 비가시화된 공간에서 성원권을 박탈당해 온 이들이 공적 영역에 등장하기만 해도 갈등과 혼란의 주범으로 인식합니다. 특히 분노만큼 당사자가 누구인가에 따라 사회적, 심리적 허용도에 엄청난 차이를 보이는 문제도 드물지요. 성별이 대표적인데 이는 가정폭력 상황에서 가장 분명하게 드러납니다. 남성은 여성을 열 대 때려도 스트레스 때문이라고 이해받지만, 여성의 정당방위는 한 대 혹은 비명만으로도 폭력으로 인지됩니다. 여성은 남성보다 덜 폭력적이고 덜 분노하며 고통에 대한 인내심이 강하다는 통념 때문입니다. 남편이 아내를 구타하다가 여성이 사망할 경우 남성은 여성을 때릴 권리가 원래 있으므로 살인이 아니라 '과실치사'이지만, 그 반대의 경우 여성이 남성에게 폭력을 행사하는 것은 비정상이므로 '계획된 살인'으로 보는 사례가 많습니다.

분노는 인간의 보편적 경험이지만 이처럼 누구의 행위인가에 따라 사회적 해석이 다른, 대단히 중요한 정의justice의 문제입니다. 분노에 대한 사회 구성원들의 태도를 보면 한 사회의 정치와 권력 관계를 파악할 수 있을 정도입니다. 분노는 위치성과 당파성을 띕니다. 분노에 대해 우리 대부분은 부정적입니다. 하지만 개인의 분노를 똑같이 다루어서는 안 됩니다. 다시 말해 모든 사람의 분노가 참아야 하고 조절해야 할 감정은 아니며, 분노, 혐오, 증오 등은 각기 누가 누구를 향해 갖는 것인

정희진

가에 따라 의미가 다르다는 뜻입니다.

분노, 상처, 고통은 '감정'이 아니라 '인지認知, recognition' 작용입니다. 감정으로써 분노를 언설하는 것은 감정과 이성을 나누는 이분법의 산물입니다. '분노는 감정이고 대화는 이성이다' 식의 사고방식은 아마도 분노에 대한 가장 일반적이면서도 잘못된 인식일 것입니다. '분노 = 폭력'이 아닙니다. '어떤 상황에서 누구의 분노'인가가 가장 본질적인 논쟁의 주제가 되어야 합니다. 그리고 그것을 정하는 과정 자체가 이미 정치적인 행위입니다. 분노를 이성적 판단을 상실하고 생각을 잃은(?) 상태로 본다면, 분노는 '문제적인 개인의 문제 행동'일 뿐이게 됩니다. 분노의 원인에서 사회적 맥락을 제거하고 탈정치화시키는 것이지요. 이때 억울한 사람들은 더욱 분노하게 되고 이른바 '한恨'이라는 '사유'가 몸에 새겨지게 됩니다. 다시 강조하면, 분노는 인식 과정이고 그 '해결'(치유)은 고통스러운 현실에 대한 다르게 해석하기의 과정, 인식의 교정, 새로운 앎knowledge의 과정입니다. 치유는 '어루만짐'을 넘는, 새로운 인식입니다.

분노의
당파성

분노 자체는 중요하지 않습니다. 분노의 맥락context이 중요하지요. 그리고 그 맥락은 말할 것도 없이 사회문화적입니다. 분노할 만한 사건의 기준은 삶의 기준이 무엇인가라는 질문과 비슷합니다. 삶에 대한 기대, 자신에 대한 기대, 윤리, 정치적 의식은 사회에 대한 대응, 적응, 살아가는 방식에 결정적인 영향을 미칩니다.

지금 우리 사회에 우울과 폭력이 만연하다는 데 이견이 있는 이는 드물 것입니다. 우울과 폭력은 겉보기에는 상반되지만 원인은 비슷합니다. 분노. 분노가 자신을 향할 때 우울이 되고 타인에게 전가되면 폭력으로 나타납니다. 상황마다 다르긴 하겠으나 분노의 시작은 억울함, 옳고 그름을 둘러싼 정의의 문제입니다. 억울함은 진실이 아니라 현실에서 '패배'한 사람의 심정입니다. 그러니 인생에서 억울함만큼 억울한 일도 없습니다.

물론 세상에 억울하지 않은 사람은 없습니다. 문제는 '누구의 억울함인가?' '정당한 억울함인가?'입니다. 분노 자체를 부정적으로 보는 것은 문제 해결과 가장 거리가 먼 태도입니다.

그런데 우리 사회에서는 가해자의 피해의식이나 권력자의 분노는 규범이고, 약자의 억울한 감정은 조절되어야 할 부정적 감정으로 간주합니다. 권력은 다수의 억울한 마음을 두려워합니다. 분노에 대한 부정적 이데올로기는 집요합니다. 분노를 표출해도 되는지를 고민하는 사람은 대개 여성이나 사회적 약자이지요. '남성'은 이런 의문 자체가 없습니다. 자기 뜻은 분노가

정희진

아니라 권리라고 생각하기 때문입니다.

　분노를 생각할 때 함께 떠오르는 문제가 바로 폭력입니다. 분노가 타인에게 전가될 때 폭력으로 나타납니다. 그런데 우리는 폭력은 어떤 경우든 나쁜 것이라고 배웁니다. 폭력의 배경이 되었던 분노는 참거나 조절해야 마땅하고 그래야 성숙한 인간 대접을 받습니다. 참 비현실적인 규범이 아닐 수 없습니다.

　폭력과 평화만큼 정의하기 어려운 말도 없을 것입니다. 폭력의 사전적 개념인 '타인의 의지에 반한 일방의 행위'는 실상 갈등을 해결하는 데는 도움이 되지 않는 경우가 많습니다. '폭력은 무조건 안 된다'는 정의롭지도 못하나 또한 불가능한 규범이기도 합니다. 폭력은 물리적 행위 자체, 즉 '폭暴'의 문제라기보다는 '력力', 사회적 힘(권력 관계)을 둘러싼 의제이기 때문입니다. 개인의 처지에 따라 폭력(보복)을 정의라고 확신하는 경우도 있고 남에게 피해를 주면서 자기만 편한 상황을 '마음의 평화'라고 생각하는 이들도 있습니다. 평화는 더욱 복잡합니다. 평화 논의의 영역은 '6자 회담에서 힐링까지' 광범위합니다. 폭력이나 평화의 개념은 다양할 뿐 아니라 인식자의 처지(사회적 위치성)에 따라 정반대의 의미가 될 수 있다는 점에서 개념화 자체가 정치적 과정이 됩니다.

　거듭 말하지만, 분노 표현을 조절하거나 참아야 하는가의 문제는 부차적입니다. 누구의 어떤 분노인가가 중요합니다. 가진 자가 더 갖지 못해 분해하는 것 이외의 모든 분노 표현을 우리는 격려해야 합니다. 분노는 자연스러운 자기 존중과 정의의 표현이며, 폭력은 마틴 루터 킹의 표현대로 가장 지적인 행위입니다.

무엇이 정의인가는 복잡한 문제지만 지금 사회는 성별, 지역, 계급, 장애, 성적 지향성, 연령 같은 사회적 모순으로 인해 사회적 약자와 피해자 집단의 분노'만이' 분노가 됩니다. 이들의 분노를 가해자의 피해의식과 함께 일반화하여 인간의 보편적 감정으로 보는 데에서 문제가 시작됩니다. 모든 이에게 '참으라'는 것은 힐링이 아니라 킬링입니다. 당한 것도 억울한데 참아야 하는 '도덕'까지 요구받으니까요.

분노는
인지 과정

분노는 감정이면서 또 감정이 아닙니다. 분노가 감정으로 드러나는 데는 상황 경험 – 인지 – 생각과 판단 – 사고의 체현 embodiment 등 여러 단계를 거칩니다. 실상 분노는 최후의 지식인 셈이지요. 분노는 인식이지 통념적인 의미의 감정이 아닙니다. 분노는 의식意識입니다. 의식은 '意'와 '識'의 인식 경로가 다르기 때문에 어려운 단어라고 생각합니다. 분노가 감정으로 '교정'되

정희진

는 과정에는, 이성의 우월성이 작용합니다. '감정대로 행동'하지 않고 이성적인 판단을 했다는 것입니다. 대개 '이성적으로 행동하라'는 말은 여러 가지 감정 가운데 특히 분노에 해당합니다. 대중의 분노는 체제를 위협하기 때문입니다.

분노가 감정이라는 인식의 시작은 정신과 육체의 구분입니다. 주지하다시피 근대의 거의 모든 이분법의 시작은 몸과 정신의 분리인데, 감정은 '몸부림'이라는 말처럼 몸과 의식의 경계에서 그 지위가 애매합니다. 사회주의의 경우에는 좀 달랐지만 자본주의 사회에서는 정신노동과 육체노동의 구분에서 시작하여 정신노동에 가까울수록 고급 노동으로 위계화됩니다. 당연히 순전한 정신이나 투명한 육체 따위는 존재하지 않습니다. 소설가는 (머리가 아니라) 손으로 글을 쓰며, 성산업에 종사하는 여성은 두뇌와 감정 능력을 최대한 동원해야 살아남을 수 있습니다. 정신과 육체의 구분은 감정을 '감정적으로 인식'하기 위한 장치일 뿐입니다.

감정, 의식, 생각, 이성, 마음…. 이는 모두 몸의 다른 표현입니다. 모두 몸 자체이자 몸의 부위들입니다. 이들이 몸 밖으로 나가는 것이 죽음입니다. 흔히, '머리로는 이해했는데, 몸이 안 따른다'는 언설은, 치유의 여정 앞에 놓인 인식의 거대한 일괴암一怪岩, monolithic입니다.

머리는 몸이 아닌가? 몸의 일부가 아니라면, 참수해도 사람은 살아 있을 것입니다. 몸을 초월한 어떤 추상이 가능하다는 사고에서 모든 위계적 이분법이 시작됩니다. 감정과 이성[2], 현실과 재현(언어), 이론과 실천…. 결국 이는 정치적인 것과 비정치적인 것으로 나뉩니다. 그래서 계급 '의식'이고 지역 '감정'입니다. 감정은 탈정치적인 것입니다.

그중 분노는 가장 부정적인 감정 중의 하나로서 반이성적인, 폭력적 태도로 간주됩니다. 분노는 가장 저급한 몸적인 현상이 됩니다. 몸과 마음의 분리는 몸이 실체라는 착각에서만 가능합니다. 몸은 기억, 이해理解, 습관, 미디어입니다. 환상사지phantom limb 현상처럼 '기억으로서 몸'을 잘 보여주는 사례도 없을 것입니다. 그러나 우리는 머리가 손발에 비해 우월하다는 사고방식에서 자유롭지 못합니다. 인간의 모든 것은 머리에 있고 나머지는 글자 그대로 수족에 불과합니다. "철학은 인간 해방의 머리이며 프롤레타리아는 그 심장입니다." 포이어바흐Ludwig Feuerbach의 이 믿음이 한층 세련되어 보입니다.

단어, 의식화consciousness raising와 세뇌洗腦, brain wash의 차이는 '몸으로서 생각'의 개념을 잘 이해할 수 있는 사례입니다. 내가 생각하기에 이 둘의 의미는 같지만, 뉘앙스와 이 말을 사용하는

---

2 이성과 감정의 상호 쌍물(雙物) 관계의 형성은 더 이상 새롭지 않다. 감정은 이성의 우월성을 위해 고안되었다. 《인식과 에로스》, 로빈 메이 쇼트 지음, 허라금/최성애 옮김, 이화여자대학교 출판부, 1999

정희진

집단의 차이는 아주 큽니다. 한마디로 진보 진영에서 쓰는 '의식화'를 보수 언론에서는 '세뇌'라고 합니다. 말 뜻 그대로는 뇌를 씻는다는 뜻입니다. 여기서 중요한 것은 진보, 보수의 문제가 아닙니다. 둘 다 일종의 의지에 의한 뇌의 '조작operation', 말 그대로 수술手術입니다. 몸이 아니라 외부로부터 작용하는 것입니다.

외부에서 들어온 생각을 바꾸는 것은 '쉬운' 일입니다. 그래서 '변절'도 쉽습니다. '변절'에 대해 부정적으로 생각할 이유가 없습니다. 우리는 변절한 이들에게 두 가지 버전의 표현을 씁니다. '그럴 줄 몰랐다'와 '원래 그런 사람이었다'. '그럴 줄 몰랐다'는 실망은 생각의 변화가 어렵다고 보는 경우이고 후자는 그렇지 않을 때 하는 말입니다. 사실, 기분mood의 변화로 인한 생각의 변화는 순식간에도 일어납니다.

예전에는 내게 젠더 문제가 가장 중요했지만 지금은 건강이 가장 중요한 문제로 '생각이 바뀌었습니다'. 여기서 가리키는 생각은 몸과 관련 없이 보통 우리가 생각하는 생각입니다. 마음의 영역이지요. 이에 비해 변태metamorphosis나 번신翻身이나 변신變身 같은 개념은 몸 자체가 변화, 변형되었다는 의미입니다. 이 개념에서는 변절이 불가능합니다.

분노는 인식입니다. 때문에 현재 우리 사회에서 통용되는 '마음을 다스린다'는 의미의 힐링만으로 해결될 문제가 아닙니다. '(내)마음을 다스린다'? 누구(나)가 누구(나의 마음)의 마음을 다스릴 것인가? 자아의 분열이 올 뿐입니다.

분노는 분노할 수밖에 없는 현실에 대한 인지 반응$^{re/action}$입니다. 참거나 시간이 지나면 풀리는 문제가 아닙니다. 하지만 분노에 대한 이 시대 멘토들의 조언(?)은 가관입니다. 분노를 인식의 문제라고 생각하지 않기 때문에 '멈춰라, 마음을 다잡아라, 마음을 잡고, 분노 이후에 벌어질 일을 생각하라, 분노를 조절하라' 등의 비문^{非文}, 넌센스이 그럴듯하게 횡행하는 것입니다. 나는 이런 극세속^{極世俗}의 언설과 반지성이 베스트셀러가 되는 현실에 분노합니다. 이것은 억울한 사람들의 분노와 그 분노를 비난하는 기득권 세력에 굴복하는 억울한 이들을 이중으로 괴롭히는 행위입니다. 고통당하는 이들의 지갑을 털고 분노, 즉 사유를 차단하는 것입니다. 이것은 위약 효과 수준의 위로라고도 할 수 없는 부정의입니다.

치유의
정치학

개인의 몸은 당대 사회의 체현입니다. 개인의 상처나 고통은 당연히 사회의 영향으로 인한 것입니다. 인간의 삶에서 사회적이지 않은 것, 언어 밖의 인식, 관계 영역을 떠난 문제는 없습니

정희진

다. 개인의 상처든 집단 트라우마든 정치적인 이슈인 것이지요. 그러나 유난히 상처나 분노, 감정과 같은 단어들(문제들이 아니라)은 개인적인 차원의 것으로 간주당하고 민주주의의 영역에서 배제되어 왔습니다.

이성의 허상과 관념성, 정치 개념의 협소함, 공사 구분 이데올로기의 성별화, 개인과 사회의 대립적 사고는 고통과 치유를 지성의 영역에서 추방했습니다. 기능주의와 구조주의(사회학)는 대립하지만, 이 부분에서는 공통 분모를 형성해 왔습니다. 그들이 세운 정치와 구조의 개념은 현실을 '있는 그대로' 반영한 것이 아닙니다. 수많은 인간사, 특히 사적 영역이라고 구획해 놓은 부분을 탈정치화, 비가시화한 결과입니다.

앞서 말한 대로 이성과 감정의 대립은 근대의 대표적 통념입니다. 스테판 G. 메스트로비치Stjepan Gabriel Mestrovic의 '탈감정' 개념은 감정이 없는 메마른 사회가 아니라 감정이 조작되고 변형된 사회를 말합니다. 탈감정은 이성적 태도가 아니라 부정의라는 것입니다. 부정의에 대한 정상적인 인식이 왜 분노와 증오와 같은 감정 차원으로 격하되는지, 그리고 그 인식이 왜 저항으로 연결되지 않는지는 이 시대 중요한 정치적 과제입니다.

현대 자본주의 사회는 사람들이 감정을 직접 경험하지 않도록 하는 다양한 문화 장치(미디어)에 의해 더욱 강화됩니다. 타자 지향적인 개인들에게는 희생할 만한 초월적 가치가 없습니다. 남아 있는 유일한 가치는 생존입니다. 외부 세계와 자신의 관계는 주로 매스커뮤니케이션의 흐름에 의해 매개됩니다. 삶은 변화하지 않고, 남아 있는 것은 다른 사람들에게 오는 신호에 세심한 주의를 기울이는 과정뿐입니다. 도처에서 오는 신호를 받아들이지 않으면 안 됩니다. 발신지는 여러 곳이며 변화도 무척 빠릅니다. 필요한 것은 행동 규범이 아니라 메시지에 주의를 기울이고 메시지를 유포하는 일에 참여하는 데 필요한 정교한 장치입니다.

이러한 과정, 다시 말해 감정의 기계화와 매개화 과정을 통해 감정은 전통적인 의미의 몸의 생각이라기보다는 재현 representations이 되었습니다. 문화산업은 석화石化된 방식으로 추상화된 감정을 사용합니다. 추상적 감정의 대표적인 예는 연대가 아니라 연민, 동정pity입니다. 동정하지만 공감하지는 않습니다. 그러므로 탈감정 사회는 대립 없는 사회입니다.

현대의 문제는 문화적 빈곤이 아니라 감정적 빈곤인데, 문화는 넘치고 그 대가로 감정은 느끼는 것이 아니라 재현된 상품이 됩니다. 탈감정은 직접적인 감정이 아니라 재생된 감정입니다. 느끼고 생각하지 않고 상품으로 전달됩니다.[3] 감정이 감정 자체가 아니라 재현(된 상품)이 된 시대. '사회운동' '연대' '공

---

3 《탈감정사회》, 스테판 G. 메스트로비치 지음, 박형신 옮김, 한울아카데미, 2014, 102쪽.

정희진

감', 이 모든 개념을 재구성해야 할 상황입니다.

나는 '타인의 취향'이라는 말이 참 불편합니다. 취향 자체가 정치적일뿐더러, 타인의 취향에 비해 타인의 생각이나 감정에 대한 이해는 거의 적대적이기 때문입니다. 모든 분노는 반드시, 절대적으로, 그리고 충분히 이해되어야 합니다. 물론 이것이 모든 분노가 정당하다거나 모든 분노에 동의한다는 의미는 아닙니다. 그러나 분노하는 이가 왜 그러는지는 이해해야 합니다. 분노를 이해해야 분노에 대한 논의, 즉 분노의 맥락, 정당성을 이해할 수 있고 이럴 때에야 조절, 조정이 가능합니다.

드러난 현상만을 다루는 '분노 조절 프로그램'에 나는 분노합니다. 이는 기본적으로 분노하는 사람을 비정상으로 여기고 분노를 최소한 바람직하지 않은 행동으로 전제하는 것이니까요. 중요한 것은 분노에 대한 이해이지, 분노를 '다스리는 것'이 아닙니다. 분노를 다스릴 때, 즉 생각을 멈출 때, 사람은 진짜 미치고 맙니다.

어떤 영화의 한 장면입니다. 어떤 남자가 오랫동안 계획해 왔던 '정당한 복수'를 미루자 그의 멘토가 이런 말로 공감해 줍니다. "복수가 끝나면 더 이상 살 이유가 없을까 봐?"

주인공도 나도 고개를 끄덕였습니다. '다 지나간 일, 잊고 새 삶을…' 운운은 진부함 이전에 불가능합니다. 어떤 이에게는 복수, 죽음, 삶이 차이가 없습니다. '그때 이미 죽었기 때문'입니다.

　원래 복수는 정의였습니다. '눈에는 눈, 이에는 이'는 보복과 형벌을 상징합니다. 그러나 사실은 그렇지 않습니다. 눈에는 눈, 이에는 이는 복수의 대명사처럼 보이지만 실은 공감을 위한 언어입니다. 알려진 대로 함무라비 법전에 규정되어 있고 성서에도 맥락은 다르지만 유사한 구절이 많습니다. 실행은 어렵지만(?) 우리도 일상적으로 쓰는 말입니다. 구약에는 "사람이 이웃에게 상해를 입혔으면 그가 행한 대로 상대에게 행할 것이니, 뼈를 부러뜨렸으면 상대의 뼈도 부러뜨려라, 상처에는 상처로, 눈에는 눈으로, 이에는 이로 갚을지라"(레위기 24:17-20)[4]라는 말이 나옵니다. 신약의 마태복음(5:38)은 악을 상대하지 말라는 문맥에서 달리 표현합니다. "오른 뺨도 내주고⋯ 속옷을 달라거든 겉옷도 내주고⋯ 오 리를 가자거든 십 리를 가 주고."

　구약의 출애굽기(21:22-25)에는 "서로 싸우다가 여인을 낙태케 하였으면 해가 없더라도 남편의 청구대로 벌금을, 피해가 있었으면 생명에는 생명으로⋯ 화상에는 화상으로, 상처에는 상처wound로, 구타에는 구타로"라고 나오죠.

　신명기(19:21)에는 "상대를 불쌍히 여기지 마라. 목숨에는

4　모든 성서 구절 출처는 한국천주교 주교회의, 〈성경〉, 한국천주교중앙협의회 : 서울, 2005.

　　　　　　　　　　　　　　　　　　　　　　정희진

목숨, 손에는 손, 발에는 발"까지 나옵니다. 글자 그대로만 본다면, 임신한 여성에게 해를 끼친 자의 "목숨을 뺏으라take"는 출애굽기의 구절이 인상적입니다.

공통된 요지는 같은 상처 입히기. 인과응보의 소박한 형태입니다. 어떤 성서학자들은 마태복음의 '오른 뺨 대 주기'가 고상해 보이지만, 레위기의 율법이 더 공정하다고 해석합니다. 이 원칙은 '지나친 정의감', 즉 복수의 한계를 정한 것입니다. 당한 것 이상으로 보복하려는 사태를 막기 위한 법입니다. 받은 대로만 돌려주어야지 그 이상은 안 된다는 것입니다. 이처럼 성서의 원뜻은 정의 실현에 있음에도 불구하고, 이 말은 보복과 전쟁을 부추기는 잔인한 의미로 변했습니다. 신체형身體刑에 대한 묘사가 현대인에게 거부감을 주지만 이는 근대 사법제도와 차이가 있을 뿐입니다.

'평화주의자'들은 이에 반대합니다. 대화와 법으로 해결해야 한다고 주장합니다. 분노를 관리하라고 권합니다. 타임아웃, 나 전달법, 분노 조절 프로그램 등이 있지 않습니까. 하지만 '평화주의자'인 내 생각은 다릅니다. '눈에는 눈, 이에는 이'는 분노와 무관합니다. 다만 이는 분노라는 현상의 당파성과 공감에 관한 고찰입니다.

어차피 복수는 불가능합니다. 가해자의 입장에서는 다행이 아닐 수 없습니다. 인간은 사회적 존재지만 사는 양식은 개체입니다. 가해는 개별적으로 가해집니다. 세월호는 한국 사회의 문제지만 그 고통은 각자의 몫입니다. 고통을 공감하는 최선의 방법은 똑같이 경험하는 것입니다. 상대에게 인식의 기회를 제공하는 것입니다.[5] 그러나 몸의 개별성으로 인해 고통은 '절대로' 타인과 공유할 수 없습니다. 인간은 서로 도울 수 있지만 공감은 불가능합니다. 이것이 외로움입니다. 혼자 태어나 혼자 죽는 것과 비슷합니다.

공감의 불가능성은 공감에 대한 무수한 성찰을 낳았습니다. 상처는 그 부위를 열어버리는 것, 재해석dis/covery되는 것이지 회복re/covery되는 것이 아니며 그 과정에서 몸은 재구성re/member 됩니다. 물론 어려운 일이며 개인의 힘만으로는 불가능합니다. 많은 이들의 연대와 투쟁이 뒤따라야 합니다.

이른바 진보 진영의 근대의 생산주의, 발전주의와도 싸워야 합니다. 이들은 상처 받은 이를 걸림돌로 생각합니다. 과정보다 목적 달성이 우선이기 때문입니다. '지금 여기'보다 '빨리 거기'에 도착해야 하기 때문입니다. 지금 우리 사회는 '너는 아프니? 나는 안 아픈데'를 넘어, '왜 아프다고 울고 난리냐'고 말하며 상처와 고통을 루저의 특징으로 간주합니다. 시장에 넘치는

---

5 사실 사람들은 알고 있다. 응보가 정의라는 것을. 며칠 전 지역 도서관 행사에 갔는데 한 여성이 "화를 표현해야 할지, 참아야 할지"를 질문했다. 나는 바로 답했다. "무조건, 마음대로, 즉시 표출하세요. 눈에는 눈, 이에는 이가 맞아요." 그녀는 물론 청중들은 놀라면서도 즐거워했다(?).

정희진

힐링을 다룬 책들 가운데 정도의 차이는 있으나 문제를 피해자의 마음 탓으로 돌리는 책들이 많은 이유도 이 때문입니다. 상처가 '어디에 있는지' 모르기 때문입니다.

한국 사회처럼 고통에 대한 연구가 희소한 사회도 드물 것입니다. 이러한 연구를 하기 위해서는 일단 '어두운 세계dark emotions'에 대한 긍정이 있어야 하고 악, 고통, 폭력의 현실을 직면해야 합니다. 이것은 다른 어떤 사회적 이슈보다 엄청난 사유와 노동이 요구되지만 그리 환영받는 연구가 아닙니다. 사람들은 현실을 선정적이거나 극단적인 문제라고 생각하기 쉽습니다. 또 실제로 악을 강함으로 인식하거나 피해자를 대상화하기 쉽습니다.

마지막으로 이 글 처음에 인용한 북미 원주민의 말에 내 방식으로 경의를 표하고 싶습니다. 말의 매끄러움, 나는 이것이 혹세무민, 식자연識者然하는 이들이 저지르는 사회악이라고 생각합니다. 우리 사회에서 통용되거나 상품화된 치유의 언어들은 대개 '부드럽습니다'. 치유가 매끄러운 과정일 리 없기 때문입니다.

• 2014년 '치유의 인문학' 제8강

온 세상을 다 얻는다고 해도
혼을 잃으면 무슨 소용인가

위험천만한 시대를 사는 법, 헬레니즘 시대의 윤리

이강서

'많은 표현들 가운데 왜 하필 치유의 인문학인가?'

시중 서점에 가면 인문학 앞에 별의별 수식어가 붙은 수많은 책들이 나와 있습니다. 공장 인문학, 병원 인문학, 지금 시작해도 늦지 않은 인문학, 지금 시작하면 후회하는 인문학. 그런데 하필 광주트라우마센터에서 선택한 표현은 치유의 인문학입니다.

　　인문학의 특성, 인문학의 성격은 여러 가지입니다. 그러나 저는 비교적 오래전부터 인문학의 중요한 특성, 성격 중의 하나를 '치유'라는 점에서 보아 왔습니다. 그런데 마침 광주트라우마센터가 '치유'를 선택한 겁니다.

인문학을 통해
치유를

얼 쇼리스Earl Shorris라는 미국의 사상가가 있는데, 그 사람은 미국에서 활동하면서 노숙자, 마약중독자, 성매매여성, 장기복역수, 사형수 이런 사람들하고 끊임없이 상담을 하고 그 사람들과 대화를 했습니다. 한 사형수와 대화를 나누는 중에 그 사형수가 눈물을 글썽이면서 말하더랍니다. "내가 젊어서 나도 다른 사람들처럼 음악회를 갈 수 있었고 연극을 볼 수 있었다면 오늘 이처럼 사형수가 되지 않았을 텐데."

그 말을 듣고 얼 쇼리스는 뼈저리게 느꼈고, 그가 중심이 되어 '클레멘트 코스'라는 과정이 만들어졌습니다. 지금은 이것이 전 세계에 퍼져 있고, 우리나라에도 물론 들어와 있습니다. 우리나라도 서울에 성공회대학이 중심이 되어 서울역 노숙자를 대상으로 성프란시스코대학을 운영하고 있습니다.

과연 어떤 변화가 생겼을까요? 그전까지 마약중독자나 20~30년째 교도소에서 장기 복역하는 사람들의 마음을 바꾸는 일은 정말 어려웠습니다. 하지만 얼 쇼리스는 해 냈습니다.

다른 건 없습니다. 그는 절대로 인문학을 그 사람들을 위해서 쉽게 말해 주지 않습니다. 고대 소포클레스Sophocles, 아이스킬로스Aeschylos 같은 사람이 쓴 비극 작품, 플라톤이라는 사상가가 쓴 《심포시온Symposion》 같은 어려운 책을 그 사람들과 함께 읽고 그저 자기 생각을 말하고 느끼게 했습니다. 그랬더니 그렇게 바뀌기 어려웠던 사람이 바뀌었습니다. '이렇게 살면 안 되겠다'는 생각, '과연 나는 자유인으로서 살고 있는가'라는 생

이강서

각, '이제 다시 새로운 삶을 살겠다'는 생각, 이런 생각이 들게 했다는 거죠. 그들에게 '치유'를 선사한 것입니다.

한 사람을 더 소개하겠습니다. 루 매리노프 Lou Marinoff 라는 사상가입니다. 역시 미국 사상가로, 《철학으로 마음의 병을 치료한다》(원제:Plato not prozac)는 책을 썼습니다. '프로잭'은 항우울증 치료제의 대명사입니다. 현대인은 거의 대부분 작든 크든 약하든 강하든 사실은 정신적인 아픔을 다 겪고 있습니다. 물론 의학에서 말하는 정신병은 나름 엄밀한 진단이 있을 것입니다. 그런데 인문학자, 철학자가 볼 때에는 사실은 우리 모두 정신적으로 많은 아픔을 겪고 있습니다. 그래서 항우울제인 프로잭, 약을 사용할 것이 아니라 철학 Plato 을 공부하자는 것입니다.

우리는 몸이 아프면 병원에 가서 치료를 받고 약국에 가서 약을 먹습니다. 그런데 마음이 아프면 어떻게 하죠? 물론 마음이 아파도 병원에 가고 약도 먹고 교회나 성당이나 절에도 가고 상담도 받습니다. 그런데 잊으면 안 되는 중요한 것 중에 하나가 인문학을 하는 것입니다. 인문학 중에서도 철학을 하는 것, 그것이 중요한 하나의 방법이 될 수 있다는 겁니다.

이런 관점에서 인문학의 중요한 성격 가운데 하나인 치유는 안타깝게도 아직도 충분히 조명되지 못했습니다.

제가 이렇게 인문학의 치유적 성격에 주목하게 된 것은 소크라테스 때문에 그렇습니다. 대한민국의 많은 사람에게 소크라테스의 유언이 무언가, 소크라테스가 죽기 직전 뭐라고 하고 죽었는가, 하고 물으면 이상한 대답을 합니다. "악법도 법이다. 그래서 악법도 실증법인 한, 지켜야 하고 그래야만 준법 사회가 된다." 전 세계에서 대한민국에서만 들을 수 있는 말입니다.

영어로 백조의 노래, 스완송swan song이라는 표현이 있습니다. 고대로부터 죽기 직전에 부른 백조의 노래가 가장 아름답다, 그래서 한 인간이 생명의 최후의 순간에 하는 말, 그것을 비유적으로 백조의 노래라고 표현해 왔습니다. 대부분의 사람들은 중요한 철학자, 사상가에 대해 관심이 많습니다. 저 사상가는 맨 마지막에 뭐라고 하고 죽었을까? 굉장히 두꺼운 책도 쓰고 여러 가지 이론을 남겼는데, 도대체 죽기 직전에 뭐라고 했을까? 특히 사상가에 대해 그런 질문을 많이들 합니다.

괴테는 제법 오래 살았지요. 제 기억으로 아마 80 가까이 살지 않았나 싶습니다. 독일 문학을 대표하는 사상가인 그는 죽기 직전 "빛을, 좀 더 빛을!"이라는 짧은 말을 남겼답니다. 철학의 대명사처럼 알려진 칸트도 독일어로 아주 짧게 인상적인 말을 남겼습니다. 간단한 독일어로, "Es ist gut!"

《순수이성비판》《실천이성비판》《판단력비판》이라는 어려운 책을 남겨서 후학들이 그 책을 이해하려고 고생하는데, 죽기 직전에는 짤막하게 이야기했습니다. "Es ist gut!" 좋다! 어

이강서

떻게 살아야 맨 마지막 순간, 백조의 노래로 "좋다!" 하고 죽을
수 있을까요?

소크라테스의
스완송은?

소크라테스는 마지막에 어떤 말을 했을까요? 무려 후보가 세
가지입니다. 첫 번째가 "악법도 법이다." 오늘 이후로 정확하게
아셔야 할 것이, 소크라테스는 '악법도 법'이라고 한 적이 없습
니다. 지구상에서 대한민국에서만 그렇게 알려져 있고, 심지어
그렇게 가르칩니다. 소크라테스는 악법도 법이라고 한 적이 절
대 없습니다.

소크라테스는 단 한 줄의 글도 쓰지 않았습니다. 그의 제자
플라톤이 소크라테스의 최후의 장면을 여러 대화편에 걸쳐서
낱낱이 써 놓았지요. 그래서 만약에 "악법도 법이다"라는 말이
나오려면 제자인 플라톤이 쓴 《크리톤Kriton》(소크라테스가 죽기
전에 감옥에서 제자와 나눈 대화를 담음)에 나와야 합니다. 그런데
아무리 찾아봐도 없습니다. 어떤 사람은 '악법도 법이다'라는
표현은 없지만, '악법도 법이다'라고 해석할 만한 취지의 글은
있다고 말합니다. 그런 식으로 하자면 세상에 안 될 말은 하나
도 없다고 저는 봅니다.

두 번째 유력한 후보는 "아스클레피오스Asklepios에게 닭 한 마리 갚아 달라"입니다. 이것도 유명한 말입니다. 이 말을 두고 그가 남겼다는 '악법도 법이다'와 짝을 이뤄 두 문장이 '서로 통한다'며 맞장구를 칩니다. 소크라테스가 닭 한 마리 빚을 갚아 달라는 것과 준법정신은 전혀 관계가 없습니다.

아스클레피오스는 그리스 신화에서 의학의 신, 의신, 치유의 신입니다. 소크라테스가 죽기 직전에 남긴 이 말에서 소크라테스의 죽음에 대한 생각을 엿볼 수 있습니다. 고대 그리스 사람들은 병에 걸렸다가 온갖 간곡한 희망과 바람 끝에 자기의 병이 나으면 아스클레피오스에게 자기 육체의 병을 낫게 해 주어 감사하다며 재물을 바쳤습니다. 닭 한 마리. 그것이 그리스의 관행입니다.

소크라테스는 곧 있으면 죽습니다. 인간은 몸과 정신으로 되어 있습니다. 인간의 육체는 죽으면 썩습니다. 사라집니다. 그럼에도 불구하고 인간의 정신, 인간의 혼, 영혼은 불멸합니다. 죽지 않습니다. 곧 죽음을 앞둔 소크라테스는 '인간의 혼은 평생 육체라는 감옥, 육체라는 무덤에 갇혀 있다. 그런데 이제 죽음을 통해 육체라는 감옥, 무덤으로부터 내 영혼이 해방된다, 치유된다' 생각했을 것입니다. 그래서 치유의 신에게 닭 한 마리 갚아 달라는 비유적 표현을 쓴 겁니다.

소크라테스의 백조의 노래 세 번째 후보입니다. 이 말은 우리나라에서 비교적 덜 유명합니다. 저는 이 세 번째 후보야말

이강서

로, 소크라테스의 마지막 말, 백조의 노래라고 봅니다. 그가 사형선고를 받고 독약을 마시기 직전 상황에서 나왔을 법한 말입니다. 제자들이 말합니다. "선생님 이제 독약 마실 시간이 거의 다 됐습니다. 저희들에게 마지막으로 남길 말씀이 있으면 해 주십시오." "지금만 말하는 게 아니라, 예전에도 꾸준히 이야기해 왔다. 너 자신의 혼을 돌봐라."

'epimeleisthai tes psyches', 즉 '혼을 돌본다'는 세 번째 후보가 치유와 밀접한 연관이 있습니다. 세월이 많이 흘렀습니다. 이천 몇 백 년이 흘렀습니다. 현대 초, 덴마크 출신의 실존 사상가 키에르케고르가 소크라테스에 관해 박사학위 논문을 썼습니다. 그런데 키에르케고르가 한 유명한 말 중에 이런 말이 있습니다. "온 세상을 다 얻는다고 해도 네 혼을 잃으면 무슨 소용이 있을까?"

정말 가슴을 울리는 표현입니다. 성서에도 이와 유사한 말이 있습니다. 예수가 처형을 당하기 위해 십자가를 매고 올라갑니다. 좌우에 여인들이 서서 눈물을 흘립니다. 예수가 말합니다. "나를 위해 울지 말고 네 자신을 위해 울어라." 다른 말로 표현해 봅니다. "나를 위해서 울지 말고 네 영혼을 위해서 울어라. 네 혼을 돌봐라."

그래서 저는 "아스클레피오스에게 닭 한 마리 갚아 달라"라는 표현을 소크라테스 최후의 말로 보는 것은 적절치 않다고 봅니다. 독약을 마시고 숨을 거두기 직전에 한 말이니까 순전히 시간적으로만 보자면 소크라테스의 유언으로 보입니다. 그렇지만 시간적으로 맨 마지막이라고 스완송이 아니지 않을까요? 후세에 끼친 의미의 크기로 보아 "네 혼을 돌보아라"가 소크라테스의 스완송이라고 생각합니다.

인간 각자의 현대

인간 각자는 모두 자신의 현대를 삽니다. 소크라테스는 소크라테스의 현대를 살았고, 플라톤은 플라톤의 현대를 살았습니다. 여러분과 나는 여러분과 나의 현대를 삽니다. 그런데 자신의 현대를 가리켜서 태평성대라고 부르는 사람은 한 명도 없습니다. 모든 인간은 자기의 시대가 역사상 말할 수 없는 격동의 시대고 위기의 시대고, 과도기의 시대고 전환기의 시대고 어쩔 줄 모르는 시대라고 합니다. 이유는 뭡니까. 자기가 몸담고 있는 시대이기 때문에 그렇습니다.

인간은 두 개의 시대를 살 수 없습니다. 인간은 오로지 하나의 시대를 삽니다. 그것이 각자의 현대입니다. 그럼에도 불구하고 긴 시간이 지나서 역사가들이 볼 때에는 상대적으로 그래도 안정적인 시대가 있었고, 역사를 기술할 때 하루, 일주일 단위

이강서

로 얘기하는 격동의 시대가 있습니다. 프랑스 혁명의 전후기가 그렇습니다. 그런가 하면, 200~300년인데 그저 몇 줄로 넘어가도 되는 시대가 있고. 그것은 지나가서만 할 수 있는 말입니다. 그러므로 태평성대라고 하는 것은 자기가 몸담고 있는 시대를 부르는 말이 될 수 없고, 오로지 상당히 세월이 지나서 그 시대에 속하지 않은 사람들이 회고적으로 말할 때만 할 수 있는 말입니다.

그럼에도 불구하고, 긴 역사 속에서 서양에서, 역사가들이 위험천만한 시대, 한 개인이 삶을 꾸려가기 어려웠던 시대라고 부르는 두 시대가 있습니다.

보통 역사가들은 고대, 중세, 근대, 현대 이렇게 네 시기로 표현하는데, 고대로부터 중세로 넘어가는 시기의 과도기가 있고, 중세로부터 근대로 넘어가는 시기의 과도기가 있습니다. 과도기가 왜 위험천만한 시대일까요? 과도기는 두 개의 질서가 공존합니다. 고대는 천년, 중세도 천년입니다. 무려 천년에 걸쳐 고대를 지배했던 중추적인 질서가 더 이상 통용되지 않습니다. 게다가 중세 천년을 지배할 새로운 질서는 아직 확립되지 않은 상태이고요. 허공에 떠 있는 것이지요. 때문에 고대로부터 중세로 넘어가는 시기, 중세로부터 근대로 넘어가는 이 과도기가 역사가들이 볼 때에는 개인, 한 인간이 살아내기에 가장 위험천만한 시대라는 겁니다.

과거에 눈 돌려
갈 길을 찾다

고대에서 중세로 넘어가는 시대를 헬레니즘 시대라고 합니다. 이 헬레니즘 시대는 역사상 급격한 변화 속에서 고대 천년의 질서가 허물어지고 더 이상 유효하지 않은, 그러면서 중세천년을 지탱할 새로운 질서는 아직 확립되지 않은, 이러한 시대입니다. 굉장히 위험천만한 시대입니다. 한 개인으로서는 말입니다.

바로 이 위험천만한 시대를 한 개인이 살기 위해 얼마나 애썼는지 돌아보고자 합니다. 그저 지금과 아주 먼 과거의 일을 돌아보는 것이 목표가 아닙니다. 그들의 삶 전체가 현대 한국 사회 우리 모두의 삶과 밀접한 연관이 있습니다. 지금 한국 사회는 위험천만합니다. 욱해서 스스로 목숨을 끊고, 남을 해칩니다. 오늘 강연을 마치고 댁으로 돌아가는 길가에서도 아슬아슬 조마조마합니다. 누군가는 지금의 한국 사회를 두고 '위험사회'라는 용어를 쓰기도 했습니다. 왜일까요? 분노조절장애, 충동조절장애 때문입니다. 그렇다면 나를 쏙 빼고 남에게만 분노조절장애가 있을까요? 아닙니다. 우리도 마찬가지입니다.

최근 뉴스에서는 보복운전 문제가 자주 나옵니다. 교차로를

이강서

지나는데, 자기 진로를 좀 방해했다, 그러면 앞차를 가로질러 가서는 차를 세우고 트렁크에서 야구 방망이를 꺼내 앞차 창문을 부숴 버립니다. 경찰에서 조사를 해 보니 이 사람들이 심각하게 뭐 이상이 있는 사람이 아니었습니다. 정말 지극히 평범한 우리의 이웃이었습니다.

그렇다면 우리 시대를 다루지 왜 서양의 헬레니즘 시대를 다루느냐며 느닷없다 할 수 있습니다. 그리하는 것은 과거에 눈을 돌려서 현대에 도움되는 시사점을 찾기 위해서입니다. 숲에서 길을 잃었어요. 아주 깊은 숲, 날은 매우 어둡습니다. 도리가 없습니다. 그때까지 온 길을 되돌아 봐야 합니다. 그것 말고는 다른 방법이 없습니다. 우리가 과거의 역사를 들춰보는 것도 이와 같습니다.

현대 한국사회는 분노를 참지 못하고 욱해서 스스로를 해치고, 또 남에게 엄청난 피해를 미치는 일이 일상화되어 있습니다. 이런 상황에서 가장 어려웠다는 헬레니즘 시대에는 어떤 윤리적 노력을 했는지 알아보는 것은, 오늘의 우리에게 큰 시사점을 줄 것입니다.

헬레니즘 시대에는 스토아Stoa학파, 에피쿠로스Epikouros 학파, 회의학파 이렇게 세 가지 흐름이 있었습니다. 이 세 학파를 헬레니즘 시대의 중요한 세 가지 유파로 보고, 그 특징을 몇 가지 살펴보려 합니다.

헬레니즘 시대는 급격한 변화의 시간들이었습니다. 고대 천년 동안 한 인간의 삶의 중심은 폴리스라고 하는 것이었습니다. 전 세계 도시 이름 가운데 '폴리스' '폴' '플'자가 붙은 게 많은데, 전부 고대 그리스 폴리스라는 희랍어에서 왔습니다.

현대 그리스는 경제적으로 엄청난 위기에 있습니다. 서양의 거의 모든 중요하고 의미 있는 것의 시원은 대부분 고대 그리스입니다. 만약에 현대 그리스가 고대 그리스로부터 비롯된 것에 대해 로열티, 저작권, 상표권 추적을 하면 국채를 다 갚을 수 있을 것입니다. 그만큼 중요한 것 대부분이 고대 그리스에서 나왔으니까요.

미국에 인디애나폴리스Indianapolis라는 도시가 있습니다. 고대 그리스 개념 '폴리스'를 쓰고 있습니다. 이탈리아에도 삼대 미항 나폴리Napoli(옛이름으로 네아폴리스)가 있습니다.

'나이키'는 그리스 신화에 등장하는 승리의 여신 '니케Nike'의 영어식 발음이니 이 회사에도 권리 주장을 할 수 있습니다. 일본의 세계적인 카메라 올림푸스는 그리스 중북부에 있는 산 '올림포스Olympos'의 영어식 발음입니다.

그뿐만이 아닙니다. 민주주의, 올림픽, 어떻게 할 겁니까? 149개국이 올림픽이라는 단어를 수도 없이 씁니다. '올림픽'이라는 말이 어디서 나왔습니까? 고대 그리스에서 나왔습니다. BC 776년 제1회 올림픽을 열었어요. 모든 폴리스의 청년들이 올림피아라는 곳에 4년에 한 번씩 모여서 평화를 지향하고 전투를 중지하고 누가 더 빨리 달리나, 누가 더 높이 뛰나, 누가 더 힘이 세나 가늠해 보자며 정정당당하게 겨뤘습니다. 그렇게 시작해 AD 393년까지 무려 293회나 올림픽을 치렀어요. 그러니 앞으로 올림픽 게임 이야기를 할 때마다 권리를 주장하는 겁니다. 이보다 가장 흔한 말, 철학과 수학 모두 다 그리스에서 시작된 말입니다.

울타리가 무너지면
개인은 어떻게 살아야 하는가?

헬레니즘 시대에 세 가지 큰 변화가 일어납니다. 고대 천년 동안은 철저한 폴리스 중심이었습니다. 하지만 헬레니즘 시대로 들어서면서 이것이 무너집니다. 코스모폴리스^{kosmopolis}가 등장한 것입니다. 폴리스로부터 코스모폴리스으로의 이행, 이것이 첫 번째 변화입니다. 폴리스는 더 이상 인간의 사유의 무대가 아닙니다. 특정한 폴리스를 벗어난 전체 세계로 변모합니다. 코스모폴리터니즘, 세계시민주의가 등장한 것이지요. 바로 이 헬레니즘 시대에는 더 이상 아테네, 스파르타가 중심이 아니고 전체 세계가 인간 삶의 무대이고, 사유의 무대가 됩니다. 아주 획기적인 변화입니다. 이러한 획기적인 변화는 한 개인으로서는 감당하기 어려운 변화이기도 합니다.

둘째로 국가로부터 개인으로의 이행입니다. 고대 천년 동안 결국 그리스 철학은 국가가 중심이었습니다. 국가를 위해 개인을 탐구한 것에 지나지 않았습니다. 보편은 국가였어요. 아리스토텔레스도 마찬가지입니다. 물론 개인도 다루었죠. 하지만 개인을 다룬 것 또한 어떤 국가가 좋은 국가인가, 이것을 생각하기 위해서였습니다. 이렇게 압도적으로 국가가 사유의 중심이었는데 서서히 바뀌었습니다. 이제 국가가 아니라 개인이 중심입니다.

셋째로 이론으로부터 실천으로의 이행입니다. 고대 천년 동안 훌륭한 이론들이 쏟아져 나왔지요. 플라톤의 이데아 이론, 아리스토텔레스의 형상·질료 이론 등이 대표적입니다. 이제 더 이상 이론이 문제가 아닙니다. 시대가 어수선하고 혼란스럽습니다. 이럴 때 중요한 것은 어떻게 살아야 하는가의 문제, 곧 실천입니다.

헬레니즘 시대는 천년에 걸친 고대와는 완전히 다른 세상이 되었습니다. 폴리스라는 울타리가 무너진 상태에서 한 개인은 어떻게 살아야 하는가, 이 같은 문제가 대두되었습니다. 그래서 강연 부제를 헬레니즘 시대의 윤리라고 잡았습니다.

이강서

헬레니즘 시대 철학,
'그리스 철학의 저녁노을'

플라톤, 아리스토텔레스 철학의 정점은 형이상학입니다. 무엇이 이 세계의 참인가, 그런 주장은 헬레니즘 시대에 가면 사치스러운 질문이 되고 맙니다. 나 혼자 사는 것도 버거운데, 무엇이 이 세계에 참으로 있는가를 생각하는 것은 사치입니다. 고대 천년 동안 철학자들이 중요하게 문제 삼았던 무게중심이 바뀌었습니다. 니체는 이 같은 헬레니즘 시대의 철학을 가리켜 '그리스 철학의 저녁노을'이라고 말했습니다.

고대가 끝나가고 새로운 시대로 접어들었습니다. 얼마 전까지는 햇볕이 쨍쨍 빛나는 대낮으로, 플라톤과 아리스토텔레스 철학이 정점에 있던 시대입니다. 그런데 이제 그 시대는 저물었습니다.

어떻게
마음의 평화를 누릴 것인가?

과도기 철학이라 할 수 있는 스토아학파가 몇 백 년에 걸쳐 진행됩니다. 과도기라 하여 결코 짧은 시간이 아닙니다. 스토아학파는 초기, 중기, 후기로 구분할 수 있습니다. 그 가운데 우리가 주목해야 할 것은 후기 스토아학파에서 세 명의 거장입니다. 그 세 사람의 거장을 통해 스토아학파가 어떤 생각을 했는지 너무도 잘 알 수 있습니다.

첫 번째는 세네카Seneca로, 로마의 폭군 네로Nero 황제의 스승이기도 합니다. 초기에는 상당한 존중을 받았으나, 결국 최후는 자살을 강요받다시피 해서 죽음을 맞이합니다. 황제의 사부로 타의 추종을 불허하다 결국 자살을 강요받아 죽게 되는 세네카. 이 복잡한 시대에 한 인간이 어떻게 살아야 되는가를 고민하는 것이 헬레니즘 시대의 윤리인데, 그 최후를 보면 얼마나 깊은 고민이 있었을지 미루어 짐작할 수 있습니다.

두 번째는 마르쿠스 아우렐리우스Marcus Aurelius로, 황제 중에서도 오현제라 해서 '다섯 지혜로운 황제'로 일컬음을 받는 사람 중에 한 명입니다. 영화 〈글래디에이터〉 초반에 등장하는 자애로운 선왕이 바로 그 황제이지요. 마르쿠스 아우렐리우스는 그 당시 인간으로서는 가장 최상층의 일인자입니다. 그럼에도 불구하고, 마음의 평화를 유지하기 어려운 위험천만한 시대에 어떻게 살 것인가에 대한 고민은 마찬가지였을 것입니다. 황제에게도 굉장히 어려운 일이었던 것이지요.

마지막으로 철학자 에픽테토스Epiktetos로, 그의 신분은 노예입니다. 노예로 태어났더라도 어진 주인을 만났으면 덜 고생했을 텐데 그는 하필 악독하기 짝이 없는 주인을 만난 탓에 너무

이강서

맞아서 평생을 불구로 살아야 했습니다. 이 사람이 헬레니즘 시대를 사는 한 인간으로서 어떻게 마음의 평화를 누렸을까요?

스토아학파의 이 같은 인적 구성은 주목할 만합니다. 한 사람은 황제고 한 사람은 노예입니다. 노예가 마음의 평화를 얻기란 쉽지 않습니다. 그것은 황제도 마찬가지이지요. 그러므로 신분제도의 맨 아래 있는 노예부터 맨 위에 있는 황제에 이르기까지 한 인간으로서 이 어려운 시대를 어떻게 살아낼 것인지 고민했음을 알 수 있습니다.

스토아학파 철학자 가운데에서도 이 세 명의 철학자를 언급한 이유는, 이들이 각각 《수상록》 《명상록》이라고 하는 책을 냈고, 이 책들이 오늘날 최근 한국에서 다시 널리 읽히고 있기 때문입니다(세네카, 《세네카 인생사전》, 뜻이있는사람들 / 마르쿠스 아우렐리우스, 《아우렐리우스의 명상록》, 소울메이트 / 에픽테토스, 《에픽테토스의 인생을 바라보는 지혜》, 소울메이트). 최근 한국 사회가 이 세 명의 철학자가 쓴 책에 주목한다는 것은, 한국 사회의 현상을 여실히 보여준다 할 수 있습니다.

최근 '피정' '템플스테이' 등의 프로그램이 많아진 것도 많은 사람이 마음의 평화, 마음의 안정을 누리기 어려운 시대에 살고 있기 때문입니다. 틱낫한Thich Nhat Hanh의 책 《화》가 널리 팔린 것도 그런 관점에서 이해할 수 있습니다. 너나 할 것 없이 비슷한 병증을 앓고 있습니다. 어쩔 줄 모르는 시대, 바로 오래

전 헬레니즘 시대 이 철학자들이 우리와 다르지 않습니다. 그러므로 이 사람들이 어떤 사유, 어떤 과정을 거쳤는가를 관심있게 보면 현대를 살아가는 우리도 도움을 얻을 수 있을 것입니다.

이제 철학 내용으로 한번 들어가 봅니다. 스토아학파는 과거의 철학과는 달리 논리학, 자연학, 윤리학 등을 주로 탐구했습니다. 그런데 강점은 맨 마지막 윤리학에 있어요. 자연학을 왜 하는가? 윤리학을 제대로 하기 위해서입니다. 논리학을 왜 하는가? 자연학을 제대로 하기 위해서입니다. 그들은 자신들의 철학을 과수원에 비유했습니다. 논리학을 과수원의 울타리, 자연학은 과수원의 과일나무, 그리고 윤리학은 열매라고 말입니다. 그들이 논리학, 자연학, 윤리학이라는 이 세 가지 세부 전공에 주목했지만 그들 철학의 궁극적인 목표는 단연 윤리학이라 할 수 있습니다.

원뢰에도 깨지지 않는
바위가 되리라

스토아학파의 사유는 '어지러운 때에 마음의 평화 찾기'로, 핵심 개념은 '아파테이아apatheia'입니다. 아파테이아는 합성어로, '없다'는 뜻의 '아'(a)와 '파토스'가 합쳐진 말입니다. '파토

이강서

스가 없다'인데, 파토스의 뜻이 꽤 여러 개입니다. 파토스가 로
고스와 한 짝을 이루면, 우리는 이것을 '감성'이라고 이해합니
다. 아파테이아는 파토스가 없는 상태. 파토스는 명사로서 '겪
음', '겪는다는 것'을 뜻합니다. 인간은 살면서 외부세계로부터
엄청나게 많은 것들을 겪게 됩니다. 그 인간이 겪게 되는 수많
은 것으로부터 자유로운 상태, 이것이 아파테이아입니다.

시시각각 밀려드는 수많은 분노·좌절·슬픔·기쁨, 이 엄청
난 것으로부터 내가 주인인 상태, 내가 흔들리지 않는 상태, 이
상태를 아파테이아라 합니다.

파토스는 영어로는 '패션passion'으로, 패션은 열정, 정열, 수난
이라는 뜻입니다. 멜 깁슨 감독의 영화 〈패션 오브 크라이스트
The Passion Of The Christ〉(2004)에서 '패션'이 수난의 의미로 쓰였
고, 이것이 곧 희랍어 파토스입니다.

시시각각, 별의별 것이 우리들에게 닥쳐옵니다. 이들로부터
자유로워지고 이들의 주인이 되는 일은 대단히 어렵습니다. 오
래전 '어! 이건 스토아학파 시네' 하고 깊이 와 닿은 시 한 편이
있습니다. 청마 유치환의 〈바위〉입니다.

　　내 죽으면 한 개 바위가 되리라

　　아예 애련에 물들지 않고

　　희로에 움직이지 않고

비와 바람에 깎이는 대로
억년 비정의 함묵에
안으로 안으로만 채찍질하여
드디어 생명도 망각하여
흐르는 구름
먼 원뢰
꿈꾸어도 노래하지 않고
두 쪽으로 깨뜨려져도
소리하지 않는 바위가 되리라

즐거움·기쁨·분노·좌절 등이 끊임없이 닥쳐와 나를 흔들어 댑니다. 그럼에도 '나'는 미동도 하지 않고, 떡하니 버티고, 천둥번개도 이겨 내고 세찬 비바람이 몰아쳐도 똑같은 자리에 끊임없이 있습니다. '원뢰에도 깨지지 않는 바위가 되리라'는 싯구에 스토아학파적인 아파테이아가 잘 표현돼 있다고 봅니다.

족한 줄 알고
물러서는 것

목표인 아파테이아에 어떤 방법으로 도달할 수 있을까요? 스토아학파 사람들은 '아우타르케이아autarkeia'를 제안합니다. '족

이강서

한 줄 알고 물러서는 것'이지요. 이는 인간에게 굉장히 어려운 방법입니다. '견인불발堅忍不拔.' 어떤 처지에서나 수그러들지 않고, 자신의 할 일을 다 하면서, 당당하게! 아파테이아를 목표로 하는 스토아학파적 삶을 잘 그려 낸 말이다 싶습니다.

또 스토아학파 사람들은 놀랍게도 그 오래전부터 환경친화적 삶, 생태친화적 삶, 자연에 따르는 삶을 추구했습니다. "모든 것은 모든 것 속에 있다." 그들이 예로 든 '포도 한 방울' 비유입니다. 넓은 바다에 붉은 포도주 한 방울이 떨어졌어요. 스토아학파 사람들은 그 포도주 한 방울이 바다 전체를 바꾸고 우주 전체에 영향을 미친다고 말했습니다. 그 넓은 바다에 포도주 한 방울 떨어져 봤자 금방 희석돼 사라질 거라 보통 생각합니다. 그러나 스토아학파 사람들 생각은 달랐습니다. 생태학에 관심이 많은 분들은 생태학 제1법칙을 아실 겁니다. 똑같습니다. '모든 것은 모든 것과 연관되어 있다.' 놀라운 일입니다. 현대의 엄청난 지혜로운 것들이 사실 알고 보면, 고대에 이미 발견한 것들입니다. 스토아학파 정신이 그것을 잘 보여 주고요.

"캡틴,
　오 마이 캡틴!"

두 번째, 에피쿠로스학파입니다. 에피쿠로스학파는 스토

아학파와 경쟁관계에 있던 학파로, 한국에서 너무도 많은 오해를 받고 있는 학파이기도 합니다. 지금껏 에피쿠로스학파 하면 자연스레 '쾌락주의'를 떠올리셨을 텐데, 이 시간 이후로는 지우셨으면 합니다. 에피쿠로스학파에 대해 제대로 알고 나면 이렇게 경건한 쾌락주의가 있을 수 있나 놀라실 겁니다.

"카르페 디엠!$^{Carpe\ diem}$"이라는 라틴어는 익히들 아실 겁니다. 이 말은 에피쿠로스학파에서만 씁니다. 다른 학파에서는 카르페 디엠을 쓰면 안 됩니다. 이것은 완전히 고유한 에피쿠로스학파에서만 쓰는 말이기 때문입니다.

미국 교육의 문제점을 날카롭게 지적한 영화 〈죽은 시인의 사회〉에서 '카르페 디엠'을 대중적으로 퍼뜨린 듯합니다. 명문 웰튼고등학교에 이 학교 출신 키팅 선생(로빈 윌리암스 분)이 영어 교사로 부임합니다. 그는 학생들을 향해 '오늘을 살라'고 가르치며 참 인생을 향해 눈을 뜨라고 역설합니다. 그의 가르침에 동요돼 7명의 아이들이 동아리를 만들고 그 모임을 통해 자신들의 참모습을 찾아갑니다. 하지만 그들의 부모까지 눈을 뜬 것은 아니었고, 결국 그 가운데 유수한 법률 회사 사장의 아들인 학생이 자신의 꿈이 꺾이게 되자 권총 자살이라는 방법으로 세상을 등집니다. 다음 수순은 자연스레 키팅 선생님의 퇴직이었지요. 그가 짐을 꾸려 교실을 나가려는 순간, 학생 한 명 한 명이 책상에 올라가면서 고백합니다. "캡틴, 오 마이 캡틴!" 이때 캡틴은 글자 그대로는 한 팀의 주장이요, 배의 선장을 의미합니다. 우리 젊은 사람들의 인생 항로에서 선장이 하는 역할은 참으로 큽니다. 그리고 그 동아리 이름이 바로 '카르페 디엠'이었습니다.

이날을
붙들어라

이것도 역시 번역이 두 가지인데, 직역하면 "seize the day", 즉 '이날을 붙들어라'입니다. 그런데 이상한 번역들이 난무합니다. "현재를 즐겨라enjoy the present." 그러면서 이렇게 덧붙입니다. "이날을 붙들어라. 언제 또 오냐. 부어라, 마셔라. 노세 노세 젊어서 노세."

카르페 디엠은 전혀 그런 뜻이 아닙니다. 이날을 붙들라는 말은, '이날에 충실하라'는 의미입니다. 스토아학파에서는 족한 줄 아는 것(아우타르케이아)을 통해서 아파테이아에 도달합니다. 에피쿠로스학파에서는 '헤도네hedone'를 통해서 '아타락시아ataraxia'에 도달합니다.

영어에서 우선 'tranquility'라는 용어를 썼습니다. 영어권 학자들이 에피쿠로스학파를 이해하려 무지 애를 쓰며 선택한 용어가

tranquility입니다. 이는 보통 '고요, 정적'을 뜻합니다. '고요'와 '정적'에서 한 글자씩 따서 만든 '적요寂寥'라는 한자어가 있습니다. 적요. 이는 보통 고요한 게 아닙니다. 무지막지하게 고요한 것입니다. 이번 기회에 곰곰이 생각해 보십시오. 정적을 얼마나 잘 견디고 얼마나 기꺼이 고요를 누리십니까?

현대인 대부분이 잠깐 동안의 고요조차 견디지 못합니다. 누군가 옆에 있어야 하고, 끊임없이 수다를 떨어야 합니다. 그러다 어찌어찌하다 5분 혹은 10분만 혼자 있어도 무지하게 두렵고 무서운 마음을 감당할 수가 없습니다. 고요와 정적을 견디지 못하는 시대, 고요와 정적을 견디지 못하는 문화가 현대문화입니다.

그런데 실은 그 적요와 친하게 지내고 적요의 시간을 더 많이 가짐으로써 자기 마음의 평화를 누릴 수 있습니다. 바로 '아타락시아'입니다. 에피쿠로스학파가 주장하는 것이지요.

너무도 고요한 바다, 아타락시아

많은 학자들이 에피쿠로스학파가 말한 아타락시아를 이해하기 위해 바다에 비유했습니다. 너울도 치고 파고가 높은 그런 바다가 아닌, 잔잔한, 햇빛이 금물결을 수놓은 그런 바다 말

이강서

입니다. 5분여만 바라보아도 너무도 평화로워 스르르 눈꺼풀이 내려오고 마는 고요한 바다, 그것이 아타락시아입니다. 에피쿠로스학파가 목표로 삼은 것은 그렇게 고요한 바다와 같은 상태를 유지하는 것, 아타락시아인데 문제는 방법입니다. 그 방법이 바로 '헤도네'입니다.

에피쿠로스학파에 대한 오해가 시작된 출발점이 이 '헤도네'입니다. 현대 영어로 헤도니즘hedonism, 그리고 그러한 사람을 헤도니스트hedonist라고 합니다. 현대 영어로는 '쾌락주의', '쾌락주의자'로 번역합니다. 그런데 고대 당시 헤도네가 과연 '쾌락'을 의미했을까요?

에피쿠로스학파와 관련해서 헤도네를 쾌락으로 번역하는 순간, 에피쿠로스학파를 이해하는 길은 사라져 버립니다.

그들은 헤도네를 세 쌍으로 구분했습니다. 정적 헤도네와 동적 헤도네, 정신적 헤도네와 육체적 헤도네, 지속적 헤도네와 순간적 헤도네. 이렇게 세 쌍의 헤도네를 구분하고는 동적 헤도네, 육체적 헤도네, 순간적 헤도네는 철저하게 없애고, 오로지 정적 헤도네와 정신적 헤도네, 지속적 헤도네만을 추구해야 한다는 것이 그들의 주장이었습니다. 이것이 참 에피쿠로스학파입니다. 그러니 '헤도네'는 곧 '쾌락'이라고 연결 지어서는 안 되는 것입니다.

만약에 동적 쾌락, 육체적 쾌락, 순간적 쾌락이 아닌, 정적 쾌락, 정신적 쾌락, 지속적 쾌락이 있다면, 여러분만 누리지 마시고 저에게도 좀 알려 주십시오. 저도 한번 즐겨 보게 말입니다. 우리가 아는 모든 쾌락은 동적이고 육체적이고 순간적입니다.

청소년이 게임에 빠져서는 엄마 지갑을 뒤져 가지고 온 돈으로 1박 2일을 밥도 먹지 않고 게임만 했습니다. 무슨 쾌락입니까? 거부할 수 없는 동적 쾌락이고, 육체적 쾌락이고, 하룻밤이면 끝나버릴 순간적 쾌락입니다.

쾌락의
역설

쾌락주의의 역설이라는 말을 들어 보셨습니까? 여름날, 뙤약볕 아래서 흙먼지 들이마시면서 한 시간 동안 운동장에서 체육을 했어요. 그러고 나서 마시는 수돗물! 어떻습니까? 정말 달고 시원합니다. 그런데 그 순간 누군가가 뒤에서 고개를 강제로 받치고는 "계속 마셔, 두 시간, 세 시간 계속 마셔!" 한다면 그보다 고통스러운 일도 없을 것입니다. 똑같은 수돗물입니다. 조금 전까지 꿀맛이었어요. 그런데 계속 마시라고 하면 고통스럽습니다. 그것이 쾌락의 역설입니다. 인간이 쾌락을 계속 추구하면 그것은 필연코 고통이 된다는 것, 그것이 쾌락의 역

이강서

설이에요.

　이렇게 보면 에피쿠로스학파의 헤도네는 쾌락이 아닌 즐거움입니다. 정신적 즐거움과 육체적 즐거움, 지속적 즐거움과 순간적 즐거움 이렇게요. 에피쿠로스학파는 가능한 한 고통과 괴로움을 멀리하라고 가르칩니다. 인간을 지배하는 고통과 불안으로부터 해방을 꿈꾸는 것이지요.

　우리에게 닥쳐오는 고통과 불안은 정말 다양합니다. 연령별로 다르고 처한 상황에 따라 다릅니다. 그런데 그 수많은 고통과 불안 중에서 인간에게 으뜸가는 고통과 불안은 어디서 올까요? 죽음입니다.

　에피쿠로스학파는 죽음에 대해 깊이 생각합니다. 죽음과 관련된 책에는 에피쿠로스의 말이 빠지지 않고 들어갑니다. 어떤 경우는 첫머리에 에피쿠로스의 말을 인용함으로써 시작하기도 합니다.

　"내가 살아있을 때 죽음은 아직 오지 않았다. 죽음이 왔을 때 나는 이미 없다. 그런데 왜 죽음을 두려워한단 말인가?"

　에피쿠로스의 이 말을 처음 본 순간 경악을 금치 못했습니다. '세상에 이렇게 멋진 말이 있다니!' 그런데 시간이 지나니 '그래서? 말은 참 멋있는데 그렇다고 해서 죽음에 대한 불안과 고통이 가시는가?' 하는 생각이 뒤를 잇더군요.

에피쿠로스는 불안과 고통의 근원은 죽음으로부터 오는데, 우리는 다행히 죽음을 직면할 일은 없다고 말합니다. 그러니 당당하게 살라는 것입니다.

저는 스토아학파의 아파테이아와 에피쿠로스학파의 아타락시아가 크게 다르지 않다고 봅니다. 다만 도달하는 목표는 완전히 상반됩니다. 아파테이아는 족한 줄 알고 절제해서 도달하는 소극적 방법입니다. 헤도네는 누리는 것입니다. 정적, 지속적, 정신적 즐거움을 누리면서 아타락시아에 도달하는 것이지요. 어떤 게 고수 같습니까?

썩 좋은 비유는 아니지만, 술 마시는 일에 비유할까 합니다. 어떤 친구는 술에 취해 흐트러진 모습을 보이기 싫어 아예 술자리에 참석을 안 합니다. 이는 스토아학파적 삶이지요. 에피쿠로스학파의 삶은 일단 마십니다. 대신 실수하지 않습니다. 제가 생각할 때, 아파테이아와 아타락시아의 목표가 크게 다르지 않아 보입니다. 부동심이 됐든 평정심이 됐든. 다만 거기에 도달하고자 하는 과정과 방법은 완전히 상반됩니다. 이 중에서 어떤 것을 택할 것인가, 그것은 여러분 각자 선택의 몫입니다.

이강서

피론의
돼지

　이 그림은 유명한 〈피론^{Pyrrhon}의 돼지〉라는 작품입니다. 회
의학파의 대표 철학자가 피론으로, 회의학파를 달리 피론주의
라고도 부릅니다.

　회의학파도 마음의 평정, 마음의 평화, 마음의 안정에 대해
탐구했습니다. 어느 날 회의학파 철학자 무리들이 호수로 뱃놀
이를 갔습니다. 그런데 사위가 갑자기 어두워지더니 천둥번개

가 치고 비바람이 불었습니다. 잔잔하던 호수도 큰 물결을 일으켰고, 그들이 탄 배는 뒤집힐 듯이 흔들렸지요. 회의를 통해서 '마음의 평화를 얻어라' 하고 그토록 가르쳤지만, 배가 뒤집힐 듯 흔들리니 제자들마다 "나 죽네. 나 좀 살려 줘!" 하며 야단법석이었습니다. 그날 무슨 연유에선지 새끼 돼지들을 배에 함께 태웠는데, 공포에 질려 난리법석을 떠는 제자들과 달리 돼지들은 아무 일도 없다는 듯 '꿀꿀꿀' 먹이를 평화롭게 먹더라는 겁니다. 태풍은 얼마 안 있어 잠잠해졌고, 스승으로서 제자들을 향해 할 수 있는 말이 뭐가 있겠습니까? "에이, 이 돼지만도 못한 놈들아."

그래서 만들어진 유명한 말이 '피론의 돼지'입니다. '피론의 돼지'라는 말은 회의학파, 피론학파의 상징이 된 용어입니다.

이문열의 단편 소설 〈필론의 돼지〉는 회의학파의 피론의 돼지를 잘 살린 작품입니다. 작품 배경은 열차 안입니다. 3년 군 생활을 마치고 전역하는 군인들이 단체로 제대 열차를 탔습니다. 예비역 박 병장과 김 병장이 서로 장래 희망을 이야기합니다.

"너는 어떻게 할래?"

"나는 아버지 과수원 일을 도와야지. 넌 어떻게 할래?"

"대학에 복학해서 열심히 대학을 마쳐야지."

그러다 중간에 정차한 기차역에서 술 취한 공수부대원들이 탔습니다. 계급이 일병이나 상병인데 오며 가며 예비역들의 어깨를 툭툭 치면서 "형씨, 좋겠네" 하고 시비를 걸어 왔습니다. 속이 부글거렸지만 다들 망설일 뿐 나서지 못하는데, 그중 체격이 큰 박 병장이 마침내 일어섰습니다. "이것들이, 뭐하는 거야?"

하지만 이내 묵사발로 깨져서 귀퉁이에 처박히고 말았습니다. 보통 때는 헌병도 왔다 갔다 하는데 웬일인지 한참 동안 헌병 그림자도 안 비칩니다. 완전히 폐쇄된 열차 안에서 말입니다. 주인공은 고민에 휩싸입니다. 나도 나가서 죽기 살기로 하면, 저것들 제압은 문제없어 보입니다. 그런데 박 병장이 묵사발이 돼 나가떨어지는 것을 보니 한편 겁도 납니다. 잠시 비굴하면 고운 얼굴로 집에 돌아갈 수 있습니다. 아무 일 없었다는 듯이 말입니다.

이문열은 〈필론의 돼지〉에서 체제 폭력의 문제를 짚었습니다. 폐쇄된 객차 안에서 무력하기 짝이 없는 개인. 이 세상은 모든 것이 이치에 따라 흘러가지는 않습니다. 이 세상에는 대단히 많은 부조리가 있습니다. 더군다나 국가가, 체제가 폭력을 가할 때 개인으로서는 어찌할 도리가 없습니다. 이와 같은 문제를 탐구한 이들이 바로 회의학파입니다.

최종 진리에 대한
판단 유보

회의학파에는 '에포케epoche'라는 개념이 있습니다. 에포케라는 말은, 시간이 많이 지나 현대 철학에서도 다시 살아났습니다. 현상학이라고 하는 현대 철학의 중요한 조류가 있는데 그 현상학의 첫 번째 개념이 '에포케'입니다.

우리 인간은 선입관, 고정관념, 편견이 많은 종족입니다. 이것을 없앤다는 건 무지하게 어렵습니다. 이 사람들이 가장 중요하게 생각하는 개념은 에포케입니다. 에포케는 판단 중지, 판단 보류, 판단 유보인데 무엇에 대한 판단을 보류하느냐 하면, 최종적 진리입니다. 그들은 우리 인간은 너무도 쉽게 '이것이야말로 최종적 진리이다, 이것이야말로 아무런 반론이나 도전이 불가능한 최종적 진리다'라고 믿는다고 지적합니다. 이것이 문제의 출발입니다.

제아무리 수많은 탐구를 했다 해도 '그 이상은 없다, 최종적 진리이다'라는 판단은 해서는 안 된다고 말합니다. 우리 안의 모든 분노와 좌절이 거기에서 비롯된다고 말합니다. 저는 이것을 현대 한국 사회에서 실감합니다.

한국의 TV 방송사마다 '토론' 프로그램을 내보냅니다. 관심 있는 주제라 시간 맞춰 채널은 맞추지만, 끝까지 본 프로그램은 단 한 번도 없습니다. 끝까지 봤다가는 심장마비로 죽을 것만 같아서였습니다. 패널이 너무도 기계적입니다. 어떤 주제든 마찬가지입니다. 패널의 직업군도 늘 같습니다. 법률가, 언론인, 여야당 국회의원, 대학교수…. 그렇게 200분 동안 주거니 받거니 주거니 받거니 계속 이어집니다. 그렇게 긴 시간 토론을 했으면 조금이라도 서로 근접해서 떠나야 토론입니다. 하지만 상대방이 무어라 하는지 듣지는 않고, 자기가 준비해 온 말만 다 하고 갑니다.

토론은 성인이 돼 학습하는 것이 아닙니다. 가정에서 학교에서 사회에서 직장에서 어려서부터 일상화되어야 합니다. 명절에 온 가족이 모일 때면 종교 이야기, 정치 이야기는 분쟁의 소지가 될 수 있으니 되도록 피하라고 언론에서까지 안내를 합니다. 즐거운 날에 밥상 엎는 일이 일어나서야 되겠느냐는 것이지요. 하지만 한두 번 엎어지기도 해야 합니다.

우리나라에서 왜 토론다운 토론이 이루어지지 않는 것일까요? 회의학파의 에포케 정신을 접할 필요가 있습니다. 에포케 정신은 이런 겁니다. 최종적 진리에 대한 판단 유보. 우리는 완전한 존재가 아니요, 무한한 존재 또한 아닙니다. 또 인간이 알고 있는 '앎' 또한 굉장히 편협합니다. 그러므로 최종적 진리라고 하는 것을 쉽사리 내세워서는 안 됩니다.

'~이다' '~하다'라고 단정 지어 말할 때면 백번 물러서서 또 다시 생각해 보고 '~일는지도 모른다' '~할지도 모른다'라고 고쳐 말해야 합니다. '자기가 진리이다. 그리고 이외에는 없다'고 단정 지으면, 그 말에 스스로가 얽매이고, 자신을 굉장히 어렵게 만듭니다. 거기에 대한 도전을 감당하기도 어렵습니다.

회의학파 철학자 아르케실라오스Arkesilaos가 인상적인 말을 했습니다. "우리는 인식할 수 없다. 실로 인식할 수 없다는 것조차 인식할 수 없다."

인간은 무지하기 짝이 없습니다. 그리스 신화 가운데 비극적 이야기들은 대부분 전지한 신과 무지한 인간이 맞서는 데서 빚어집니다. 오이디푸스. 상상하기조차 싫은 신탁, '자기 아버지를 죽이고 어머니와 결혼한다.' 평생 그 신탁대로 되지 않도록 하려고 살지만, 결국 신탁대로 되고 맙니다. 신은 다 알고 있는 것이지요. 신의 전지에 대한 인간의 무지. 이것이 그리스 비극의 공통된 주제 중 하나입니다.

이 어지러운 시대에 자기가 최종적 진리를 유일하게 알고 있다고 생각하는 한, 고통은 멈추지 않는다는 독특한 관점을 내세운 학파가 회의학파입니다.

현대 한국 사회에 헬레니즘 시대의 윤리를 더 널리 소개하고 싶습니다. 한 인간의 삶과 관련해 헬레니즘 시대의 윤리가 굉장히 중요한 지침이 되리라고 보기 때문입니다.

이 시대를 사는 저 역시 마음의 평화를 누리는 일이 굉장히

이강서

어렵습니다. 삶이라는 것이 불확실함과 고난의 연속이니까요. 그래서 사유와 성찰이 본질인 인문학이 필요한 것입니다.

독일의 여성 철학자 한나 아렌트Hannah Arendt는 굉장히 악독한 나치전범 아이히만이 압송돼 예루살렘에서 재판받는 것을 옆에서 지켜보고《예루살렘의 아이히만》(한길사)이라는 책을 썼습니다. 이 책에서 핵심 역할을 하는 것이 '악의 평범성'이라는 개념입니다. 아이히만은 강제수용소에서 이루 말할 수 없는, 상상할 수 없는, 인간의 탈을 쓰고 할 수 없는 엄청난 일들을 저질렀습니다. 그러나 재판정에서 보니 그는 정말 평범하기 짝이 없었습니다. 무슨 악마의 얼굴을 하고 있지도 않았고, 어디서나 만날 법한 그저 평범한 모습이었습니다. 그것을 '악의 평범성'이라고 표현합니다. 이때 한나 아렌트가 말합니다. "사유 없었음. 성찰이 없었음."

아이히만은 말합니다. "나는 나치 정권의 명령을 받고 사는 사람이었다. 나는 조직의 일원이었다. 그리고 나는 국가를 위해서 최선을 다했다."

한 개인만 그렇습니까? 그 시대를 함께 산 독일 민족, 독일 시민 모두 마찬가지입니다. 뭉뚱그려서 결국 뭐에서 찾을 수 있을까요? 사회학자나 경제학자나 정치학자는 다른 데서 찾을 수 있겠죠. 그러나 인문학자가 찾으려고 하는 것은 '사유 없었음, 성찰 부족함'입니다.

철학의 긴 역사 가운데 헬레니즘 시대를 선택한 것은 앞서 말했듯 그 시기가 전환기요, 과도기로 지금 우리의 삶의 조건과 크게 다르지 않아서입니다. 그 시대 사람들이 우리와 유사한 격동의 삶, 전환기의 삶을 살면서 어떤 '사유'를 했는지 볼 수 있기를 바랍니다. 오늘 이후로 혹시라도 여러분이 에포케나 아타락시아와 연관해 그런 것이 자신의 삶에서 조금이라도 응용 가능성이 있음을 발견한다면, 그것은 여러분 삶에 굉장히 큰 도움이 될 것입니다.

• 2015 '치유의 인문학' 제6강

이강서

내 손에서 생산 수단 놓는 순간,
비극은 시작된다

생태 위기 벗어날 유일한 길, 흙으로 돌아가자

황대권

생태 위기를 어떻게 벗어날 것인가? 우리 모두 생태 위기 시대에 살고 있습니다. 하지만 과연 여기서 어떻게 벗어날 수 있을지 참 어렵기만 합니다. 수많은 석학이나 유명한 사람이 나와서 이렇게 하자 저렇게 하자 많은 이야기를 했습니다. 하지만 세상은 여전히 변한 게 없습니다. 저는 현실은 낙관적으로 살지만, 미래에 대해서는 굉장히 비관적인 사람입니다. 여러분은 현 시대가 생태 위기 시대라는 것을 아마 다들 알고 있을 것입니다. 이미 상식이 된 지 오래라 오히려 무감각해진 측면이 있습니다.

바다, 강, 지하수, 토양이 다 오염돼 있고, 유전자도 오염돼 있습니다. 오염된 환경 속에서 오염된 식품을 날마다 먹다 보니 인성도 다 파괴되었습니다. 사실 사회가 험악해지는 제일 큰 원인 가운데 하나가 먹거리 때문입니다. 우리는 식품을 먹는다고 생각하겠지만 사실은 화공약품을 먹는 거나 다름이 없습니다. 에이즈나 에볼라 같은 치료 불가능한 바이러스도 출현하고 있습니다. 거기에 각종 핵실험과 원전사고로 인해 방사능이 전 지구를 뒤덮고 있습니다. 이러한 생태 환경 파괴는 생물종 다양성의 급격한 감소로 나타나고 있습니다.

생태 위기의
현실

남극의 오존층엔 구멍이 '빵' 뚫려 있습니다. 오존층은 우주에서 오는 강력한 우주선들을 차단시켜 주는데, 구멍이 뚫려 지상으로 바로 떨어집니다. 그것을 자꾸 맞으면 세포가 파괴됩니다. 온실효과. 이것도 교과서에서 많이 봤을 것입니다. 이산화탄소나 불화수소 같은 것들이 대기 중에 잔뜩 깔려 있으면 태양빛이 그 안에 갇혀서 대기가 점점 뜨거워집니다.

지구가 더워지고 있는 것은 틀림없는 사실입니다. 북극과 남극의 빙하가 해마다 기록적으로 녹고 있습니다. 아프리카 최고봉 킬리만자로 산 정상은 만년설로 덮여 있었는데 그게 거의 다 녹아 버렸습니다.

인간들이 버린 비닐이나 플라스틱 조각은 비가 오거나 바람이 불면 이리저리 떠다니다가 결국 바다로 흘러듭니다. 이들 플라스틱 조각이 해류를 따라 바다 위를 계속 떠돌다가 자기들

끼리 뭉쳐서 섬이 됩니다. 이러한 사실이 최초로 보고된 것이 십 년 정도 됐습니다. 한 요트맨이 하와이 북쪽 해상에서 어느 날 자고 일어났더니 자신의 요트가 플라스틱 쓰레기 한 가운데 떠 있더랍니다.

그 쓰레기섬이 얼마나 어마어마한지 인공위성에 잡힐 정도로 넓게 퍼져 있다고 합니다. 한반도 일곱 배 크기만 한 플라스틱 섬이 떠다니고 있다니 상상만 해도 끔찍합니다. 더 끔찍한 사실은 이것을 고기들이 먹고, 위장이 막혀서 죽어 가고 있다는 것입니다. 또한 플라스틱이 물속에서 마찰하면서 생겨난 미세한 가루들이 바다에 퍼져 있습니다. 이게 다 독성물질입니다. 어찌 보면 바닷물은 플라스틱 가루로 만든 스프라고 할 수 있습니다.

이것보다 더 심한 것은 바로 황사입니다. 몇 년 전만 해도 우리는 황사 때문에 굉장히 힘들어했습니다. 그런데 언제부터인가 황사 대신 미세먼지라는 말을 쓰고 있습니다. 황사보다 더 미세한 가루라 폐에 들어가면 배출조차 되지 않습니다. 황사가 나쁜 이유는 그 안에 인체에 해로운 중금속과 곰팡이균이 섞여 있기 때문입니다. 또한 황사가 빈발하는 곳은 생물종의 감소가 현저하게 진행되고 있다는 보고도 있습니다.

우리 땅에도 심각하게 아픈 물이 있습니다. 바로 녹조입니다. '녹조라떼'라는 말 들어보셨죠? 전임 대통령인 이명박 씨가 4대강을 막아서 강물을 전부 녹조라떼로 만들어 버렸습니다. 녹조는 물속의 플랑크톤이나 조류 등이 급격히 증가하여 발생하는데 이렇게 되면 햇빛이 차단되고 산소 부족으로 물고기가 대량 폐사하기도 합니다. 물속의 죽은 생물이 부패하면 수질이 더욱 악화되어 결국 강물 생태계가 파괴되고 맙니다.

인류의 미래를 위협하는
방사능과 GMO

인류의 미래를 위협하는 가장 큰 두 가지가 있는데, 하나가 방사능이고 하나가 GMO(유전자 변형 생물체)입니다. 아마 이 두 가지 때문에 인류는 향후 백년을 넘기지 못할 것입니다. 방사능과 GMO는 공통점이 있습니다.

첫째가 한번 오염되면 전 지구가 오염된다는 것입니다. 방사능은 물리적 오염이고, GMO는 생물학적 오염입니다. 체르노빌 핵발전소가 폭발하자 며칠 뒤 1,600킬로미터 떨어진 스웨덴에서 방사능 낙진이 검출되었습니다. 미국에서 생산된 GMO 식품은 지금 이 순간에도 '자유무역협정'에 따라 전 세계에 수출되고 있습니다.

두 번째 공통점은 한 번 유출되면 되돌릴 수 없다는 것입니다. 판도라의 상자처럼 한 번 상자를 빠져나오면 다시 주워 담

황대권

을 수가 없습니다. 땅속에 잠자고 있던 우라늄을 꺼내 태워서 핵발전을 하고 나면 '죽음의 재'가 나오는데 이것은 짧게는 몇 만 년에서 길게는 몇 억 년 까지 없어지지 않습니다.

세 번째가 생물의 몸 속에 지속적으로 축적된다는 것입니다. 모든 생물은 먹이사슬에 의해 먹고 먹히는 관계에 있는데, 이 독성 물질들은 최종 포식자의 몸에 가장 많이 축적됩니다. 지구상에서 최종 포식자가 누구입니까?

한국은 해마다 800만 톤 정도의 GMO 작물을 수입하고 있습니다. 그러나 슈퍼마켓 진열장에 가 보면 식품 어디에도 GMO 표시가 없습니다. 국민의 안전을 위해 당연히 표시해야 하는데도 정부는 모른 체하고 있습니다. GMO 식품 수출국의 압력이 있겠지만 그보다도 거의 모든 식품에 어떤 형태로건 GMO 식재료가 들어가 있기에 표시할 수가 없는 것입니다.

방사능도 마찬가지입니다. 사람들이 후쿠시마 사고는 두려워하지만 후쿠시마 인근에서 생산된 식품은 아무런 두려움 없이 먹고 있습니다. 방사능이 기준치 이하라고 아무런 제재 없이 수입하고 있습니다. 심지어 돈에 눈이 먼 장사치들이 후쿠시마 앞바다에서 잡힌 생선을 저가에 들여와 국내산으로 팔고 있습니다. 방사능에 오염된 산업폐기물을 공짜로 들여와 시멘트에 섞어 파는 업자들과 크게 다르지 않습니다.

방사능과 GMO. 이 두 가지 모두 우리 눈에 보이지 않습니다.

바로 그게 가장 심각한 문제입니다. 어디 숨어 있는지 알 수가 있어야지요.

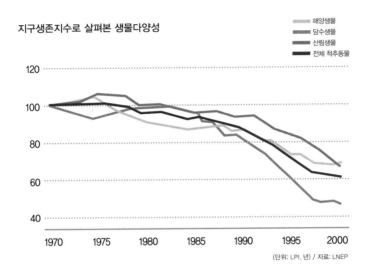

지구생존지수로 살펴본 생물다양성

해양생물
담수생물
산림생물
전체 척추동물

120

100

80

60

40

1970 1975 1980 1985 1990 1995 2000

(단위: LPI, 년) / 자료: LNEP

위의 표는 생물종 다양성 그래프입니다. 위에서부터 해양생물, 담수생물, 산림생물, 척추동물 순입니다. 1970년에 100퍼센트라고 하면 2000년에 40퍼센트입니다. 30년 사이에 절반 이상 줄어들었습니다. 이 그래프를 계속 그려 나가면 어떻게 될까요? 앞으로 백년이 오기 전에 대부분의 생물종들이 사라질 가능성이 있습니다. 지금 이 순간에도 날마다 수백 종씩 사라지고 있습니다.

황대권

생태계가 건강하게 유지되는 첫 번째 비밀이 바로 종의 다양성입니다. 생물종이 다양할수록 생물들 사이의 먹고 먹히는 교류활동이 활발해져 생태계가 활성화됩니다. 먹이활동이 저조하거나 없으면 생태계가 죽어 있는 것입니다.

생태계가 파괴되었다는 것은 우리가 살고 있는 집이 파괴되었다는 말과 같습니다. 집이 파괴되면 맨몸으로 비바람을 맞아야 하는데 그런 조건에서 과연 얼마나 오래 버틸 수 있겠습니까?

그래서 지구환경을 걱정하는 사람들은 생태계를 살리기 위해 여러 가지 활동을 하면서 일반시민들에게도 다음과 같은 생활습관을 붙이도록 권유하고 있습니다. 예컨대 절전전구를 사용하자, 에어컨을 쓰지 말자, 전기플러그를 뽑자, 개인 컵을 사용하자, 자전거를 타자, 패스트푸드를 먹지 말자, 수입식품을 먹지 말자, 일회용 물품을 사용하지 말자 등등 얘기하자면 끝이 없습니다. 여러분은 이 모든 것을 지키고 있습니까? 저렇게 하면 생태 위기에서 벗어날 수 있을 것 같습니까? 이 모든 실천 목록을 매일같이 행하기도 힘들지만 한다 해도 과연 환경이 좋아질지에 대해 회의가 듭니다. 진짜 중요한 건 놔두고 뭔가 변죽만 울리는 느낌이 듭니다. 그래서 나는 오늘 다른 해법을 제시하려고 합니다.

생태 위기의
원인

환경파괴는 역사 이래 늘 있어왔지만 지금과 같은 생태위기는 대량생산 대량소비를 특징으로 하는 산업사회 이후의 일입니다. 산업사회의 형성과정은 환경파괴의 역사와 정확히 일치합니다. 그렇다면 산업사회로 이행하는 단계에서 어떤 일로 인해 환경을 파괴할 수밖에 없게 되었는지를 살펴보아야 합니다. 산업사회 이전은 대체로 농경사회였습니다. 농경사회에서는 인간이 흙에 의지하여 살았기 때문에 토지의 조건과 기후상태에 따라 생산과 소비가 대단히 제한적이었습니다. 그러나 특정지역에서 과잉 생산된 물품과 누구나 원하는 희귀물자를 가지고 장사를 하는 사람들이 큰돈을 벌자 이들을 중심으로 경제관계가 재편되기 시작했습니다. 그들은 장사로 번 돈을 가지고 더 큰 돈을 벌기 위해 농업에 대량생산 체제를 도입하고 여기에서 나온 원자재를 가공하기 위해 대규모 공장을 지어 본격적으로 산업시대를 열어갔습니다. 이 과정에서 인간이 자연과 결별하는 결정적인 사건이 일어납니다. 인간이 흙을 떠나 도시로 가버린 것이지요. 이후로 어떤 일이 벌어졌는지 우리는 지난 세기에 직접 목격한 바 있습니다.

그렇습니다. 위기의 근본원인은 인간이 흙을 떠난 데 있습니

황대권

다. 흙 또는 대지는 생태계의 근본이기 때문에 대지를 잘 관리하면 생태계도 건강했습니다. 그러나 흙을 버린 인간에게 대지는 그저 사고파는 부동산에 지나지 않았습니다. 결국 어머니 대지와 자연이 파괴되고 인간은 돌아갈 본향을 잃게 됩니다. 현대인의 불안과 소외감, 신경증은 대부분 돌아갈 곳을 잃은 떠돌이에게 나타나는 필연적 증상입니다. 따라서 현대의 모든 병적 증상과 모순을 해결하기 위해서는 흙으로 돌아가는 것이 가장 확실하고 근본적인 처방이 됩니다.

생태 위기에서
벗어나기 위한 실천

제가 산 속에 들어간 이유는 산이 좋아서이기도 하지만 세상 사람들이 그렇게 살기를 바라는 마음이기도 합니다. 모두가 다 산에서 살자는 얘기가 아닙니다. 자기 나름대로 흙과 친해질 수 있는 삶을 모색해 보자는 것입니다.

흙과 친해지는 여러 가지 실천 가운데 가장 중요한 게 농사입니다. 각자 자기 직업에 충실하면 그만이지 무슨 뚱딴지같은 소리냐고 하실 수도 있습니다. 지구 생태계가 망가지지만 않았어도 이런 소리 안 합니다. 지금의 기후변화로 보아 머지않은 장래에 식량 수입이 곤란해지는 날이 반드시 옵니다. 휴대폰을

씹어 먹을 수 없는 한 여기에 대비를 해야 합니다. 식량자급율
이 25퍼센트도 안 되는 나라에서는 더욱 절실합니다. 자기 먹
을 것을 자기가 일부라도 해결해야 합니다.

이렇게 얘기하면 모두가 도시에 몰려 사는데 농사지을 땅이
어디 있냐고 물을 것입니다. 맞습니다. 이 문제를 풀어야 사회
가 변하고 생태계를 회복할 수 있습니다.

나는 젊은 시절 미국에서 세계의 혁명 운동사를 공부한 적이
있습니다. 혁명이라고 하면 대부분 정치체제의 변혁만을 생각
하는데 사실 혁명의 가장 중요한 핵심은 바로 토지혁명에 있습
니다. 토지를 경작자에게 골고루 분배하는 것이 혁명의 알파요
오메가입니다. 어떤 혁명도 토지 문제가 해결되지 않으면 사회
변화는 없습니다.

한국 토지 소유의
실태

우리나라 토지 현실이 어떤지 아십니까? 한국이 100명이 사
는 마을이라면, 73명이 1퍼센트, 그리고 5.5명이 74퍼센트의
토지를 갖고 있습니다. 이런 토지 구조를 내버려 둔 채 무슨 사
회를 고치겠다고 떠드는지 참 개탄스럽습니다. 물론, 농사를 짓
지 않고도 먹고살 수 있는 시대이기에 토지 사정이 더욱 악화

된 측면이 있습니다. 하지만 이제는 사정이 달라졌습니다. 토지가 다시 사회 변화의 대주제로 떠올랐습니다. 토지 정의를 실현하지 않으면, 대천재 철학자 대통령을 가져도 소용없습니다. 토지 문제를 해결해야 합니다.

아까 말씀드렸듯이 근대 이후의 모든 비극은 인간이 흙을 떠나면서 시작됐습니다. 생산의 3대 요소는 노동, 토지, 자본입니다. 현대 세계는 자본가들이 노동과 토지를 돈으로 다 사 버렸습니다. 그러고서는 임노동자를 노예처럼 부려먹는 사회가 자본주의 사회입니다. 자본주의 사회 이전에는 어땠습니까? 이것이 다 섞여 있었습니다. 말하자면, 농민들은 생산 수단인 토지와 농기구를 자기가 갖고 있었습니다. 그런데 시대가 변하면서 자기 땅을 다 빼앗기고 연장도 빼앗기고 도시로 가서 월급 받는 노동자로 전락하게 됩니다. 여기서부터 모든 비극이 시작됩니다. 즉, 내 손에서 생산 수단을 놓는 그 순간 나는 누군가의 노예로 전락하지 않을 수 없습니다.

내가 내 삶의 주인이 되려면 생산 수단을 놓치면 안 됩니다. 그 생산 수단 가운데 토지가 가장 중요합니다. 토지는 곧 생태계로 연결되기 때문입니다. 생태계가 망가졌다는 것은 땅이 병들었다는 얘기와 같습니다. 부재지주不在地主가 경작자처럼 땅을 돌볼 수 있겠습니까? 어림없는 소리입니다. 그들은 그저 땅값이 오를 때만 호시탐탐 기다릴 뿐입니다. 지금 세상이 이렇게 망가진 것은 흙의 소중함을 모르는 자들이 세상을 지배하고 있기 때문입니다.

내 땅에서 농사든 뭐든 생명을 길러 보면 흙이 얼마나 소중하고 고마운 존재인지 알게 됩니다. 당장에 땅이 없어 농사를 지을 수 없다면 아파트 베란다에 화분이라도 키워 보십시오. 그 안에 콩 한쪽이라도 키워 보면 흙이 얼마나 대단한지 알게 될 것입니다.

내가 감옥에서 마가린 통에 흙을 담아 풀 하나 심어 키운 것이 생태운동가가 된 시작이었습니다. 아무것도 없는 감옥에서 마가린 통에 흙 한줌 넣어 자라는 풀을 보고 세계관이 바뀌었습니다. 흙의 소중함을 알게 되면서 말입니다.

이것은 누구나 할 수 있는 일입니다. 거창한 사상 이론도 필요 없습니다. 한 줌의 흙 속에 일억 마리 이상의 미생물이 들어 있습니다. 상상이 가십니까? 인간은 그저 무궁무진한 생명세계의 한 구성분자일 뿐입니다. 이론가들이 흙이 중요하다고 얘기하면 절대 와 닿지 않습니다. 내가 내 손으로 키워 봐야 '아하!' 하고 알게 됩니다.

저는 흔히 말하는 먹물이지만 '49퍼센트의 이론과 51퍼센트의 실천'을 제 삶의 모토로 삼고 살았습니다. 이론이 아무리 좋아도 스스로 실천해 보지 않고는 남에게 함부로 얘기하지 않습니다. 농사도 마찬가지입니다. 이미 식량 작물의 대부분이

황대권

GMO와 방사능에 의해 오염되어 있습니다. 자기 입에 들어가는 것은 자기가 해결할 수 있어야 합니다. 그래서 실천이 중요하다고 얘기하는 것입니다. 지구 생태계와 식량 문제의 심각함을 알고 있는 분이라면 최소한 자기 먹을 것을 해결할 줄 아는 능력을 가져야 합니다.

결론은 '흙으로 돌아가자'입니다. 이것이 생태 위기를 벗어나는 가장 확실한 길입니다. 수많은 사람이 수많은 이론을 말하고 있지만, 그 모두의 핵심은 결국 '흙으로 돌아가자'는 것입니다. 흙으로 돌아가는 길은 여러 가지가 있습니다. 아까 말했듯이 화분에 콩 한쪽을 키워 보든가, 아파트의 화단을 텃밭으로 만든다든지 또는 주말 농장을 이용하거나 시골에 들어가 사는 것 등 다양합니다. 어쨌거나 어떤 방법을 써서든지 흙으로 돌아가는 방법을 찾아야 합니다. 이것 없이는 절대로 생태 위기를 벗어날 수 없습니다.

• 2015년 '치유의 인문학' 제1강

가장 중요한 것은 길에 있다

생각 과잉의 현대인, 여행자 삶 살아야

문요한

강연을 앞두고 느끼는 기분은 마치 여행지에 처음 도착했을 때의 느낌과 비슷합니다. 긴장감과 설렘이 섞여 있다고나 할까요? 한편으로는 낯선 상황으로 인해 스트레스가 되기는 하지만 그 스트레스 때문에 즐거움이 배가되는 것 같습니다. 어쩌면 이 이중의 감정에 여행의 묘미가 담겨 있는 게 아닐까 합니다.

　　저는 2014년 8월부터 안식년을 갖고 주로 여행을 다니고 있습니다. 하던 일을 접는다는 것은 쉽지 않은 결정이었지만 그렇게 할 수 있도록 영향을 준 크고 작은 일들이 있었습니다. 그 뿌리를 찾아 올라가면 대학교 때 편집 일로 가끔 가던 인쇄소가 생각납니다. 그곳은 가격도 저렴하고 품질도 좋은데 안타깝게도 1년 중 3분의 1은 문을 닫았습니다. 사장님이 자주 여행을 다녔기 때문입니다. 그래서 그 인쇄소에는 다른 곳과 달리 여행지에서 수집한 각종 배지들과 기념품들이 가득했습니다. 여행 카페 같다고나 할까요. 그 시절에 인쇄소 아저씨의 삶을 보면서 막연히 저도 그렇게 살고 싶다는 동경을 가졌던 듯합니다.

사람마다 좋아하는 여행지는 다릅니다. 그런데 이를 미리 알기는 어렵습니다. 좋을 것이라고 예상했던 곳에서 오히려 실망하고, 별로 기대하지 않았던 곳에서 의외로 즐거움을 느꼈던 경험이 있지 않으신가요? 그러므로 좋은 여행을 하려면 다양한 여행을 통해 자신이 좋아하는 여행지를 이해하고 자신에게 맞는 여행 방식을 만들어 가야 한다고 생각합니다. 삶도 그렇고요.

제 경우에는 두 달 동안의 유럽 여행 중에서 알프스에서 보냈던 시간이 가장 좋았습니다. 설산을 바라보며 걷는 동안 큰 기쁨을 느꼈습니다. 도시에서 태어나 줄곧 도시에서 자라온 데다가 평소에 산을 자주 다니지 않았기에 다소 의외였습니다. 어쩌면 그러한 문명의 두터운 껍질 속에 자연에 대한 그리움이 씨앗처럼 감추어져 있었던 것이 아닌가 싶습니다.

그렇게 산에 대한 기쁨을 발견하고 한국에 돌아온 후 계속 산에 대한 그리움이 떠나지 않았습니다. 문명의 힘보다 자연의 힘이 저의 내면을 지배해 버렸던 시간이었다고나 할까요. 결국 그 그리움을 어찌할 수 없어 유럽여행이 끝나고 한 달이 좀 지난 후 네팔 안나푸르나로 떠났습니다. 그런데 한 달여의 트레킹을 마치고 자연에 대한 열병은 좀 진정이 되었을까요? 아니, 더욱 불타올랐습니다. 걷잡을 수 없을 만큼요. 원래는 네팔 여행으로 여행은 마무리하려고 했는데 어떻게 할 수가 없더군요. 지금 막 사랑에 빠져 버린 사람처럼요. 좀 더 야생 속에서 혼자만의 시간을 갖고 싶어 지난 3월 4일에 두 달 동안 남미 안데스 산맥을 걷기 위해 출발했습니다.

그 과정을 보면 제가 알프스, 안나푸르나, 남미 안데스라는 여행지를 선택한 것처럼 생각되지만 여행을 마친 지금 돌아보니 그것은 저의 선택이 아니었습니다. 내가 여행지를 고른 것이 아니라 여행지가 나를 선택한 것이었습니다.

우리는 '왜' 여행을 하는가?

사람들의 버킷리스트를 보면 꼭 들어가 있는 것이 여행입니다. 여행은 인류 공통의 희망입니다. 왜 우리는 이렇게 여행을 갈망하는 걸까요? 정신과 의사를 하다 보니 가끔 "동물도 자살을 하나요?" "동물도 정신병에 걸리나요?"와 같은 질문을 받습니다. 어떨까요? 원래 야생 속의 동물들은 아주 특별한 경우를 빼놓고는 이상한 행동을 하지 않습니다. 그런데 야생을 떠난다면 이야기가 다릅니다.

동물들의 이상행동이 나타나는 가장 흔한 곳은 동물원입니다. 우리에 갇힌 동물들은 빙글빙글 돌거나, 몸을 좌우로 흔드는 것과 같은 이상한 행동을 보입니다. 이를 '정형행동stereotypy'이라고 합니다. 그리고 자기 털을 뽑거나 벽에 머리를 부딪히거나 자기 살을 물어뜯기도 합니다.

이런 자기파괴적 행동이 나타나는 이유는 간단합니다. 동물들이 살아야 할 자연과 단절된 채 갇혀지내기 때문입니다. 우리나라 동물원의 비생태적 환경에 대한 기사가 나오면 많은 사람이 빗발치듯 항의합니다. 엄연한 동물학대이며 그럴 바에는 동물원을 없애라고 목소리를 높입니다. 맞습니다.

그런데 이는 과연 동물들만의 이야기일까요? 우리가 살고 있는 이 도시는 과연 얼마나 생태적일까요? 굳이 수치로 이야기하지 않더라도 우리 사회의 정신건강 문제는 갈수록 심각해지고 있습니다. 복합적이지만 중요한 원인 가운데 하나는 우리가 살아가는 환경이 비생태적이고 자연과 단절되어 있다는 점입니다.

동물원 동물들의 정신건강 문제가 심각하다 보니 동물학자들과 관계자들은 이를 해결하고자 많은 실험과 연구를 했습니다. 그 결과 점점 많은 동물원에서 '풍부화 프로그램enrichment programs'을 도입하게 되었습니다. 이는 동물원을 좀 더 생태적 환경으로 만들고 동물들에게 여러 가지 자극을 주기 위해 고안

문요한

된 것입니다. 동물원의 동물들은 뛰어놀 수 있는 자유와 새로운 자극을 주는 것만으로도 눈에 띄게 건강해졌습니다.

그렇게 보면 여행은, '도시 동물원'에 갇혀 사는 우리들이 스스로 정신건강을 유지하려는 예방 활동이자 치유 활동에 가깝습니다. 그런 일탈조차 없다면 우리도 정형행동이나 자기파괴적 행동을 보이지 않으리라는 법이 없겠지요. 우리는 우리가 살고 있는 환경이 어떤 곳인지 살펴봐야 합니다. 우리가 살아가고 있는 환경 자체가 변화되지 않는 이상 우리 사회의 정신건강에도 변화가 없을 것입니다.

인류학자들은 인류가 아프리카에서 기원하여 전 세계로 퍼져 나갔다 말합니다. 아프리카를 시작으로 유럽과 아시아로 나아가고 시베리아와 알래스카 사이의 베링해협을 건너 아메리카 대륙으로 이동했습니다. 어마어마한 대이동입니다. 여러 호모 속Homo genus 중에서 새로운 환경을 두려워하지 않고 적극적으로 이동해 나간 호모 사피엔스가 바로 우리 인류의 직접 조상이 된 것입니다.

즉, 인간은 본디 그 속성상 정착보다는 이동에 맞게 설계되어 있다고 볼 수 있습니다. 그러다가 1만여 년 전부터 정착하며 살게 됩니다. 하지만 정착의 역사는 인류 역사에서는 불과 500분의 1에 불과합니다. 그렇기에 우리가 한곳에 오래 머물러 있으면 우리의 유전자는 어디론가 움직이고 떠나가라고 자꾸 이야기하는지도 모릅니다. 우리 안에 있는 이동의 본능이야말로 여행에 대한 갈망의 뿌리인 셈입니다.

여행을 다니면서 가끔 화가 날 때가 있습니다. 정말 아름다운 풍경을 마주했는데 사유지라서 함부로 출입할 수 없다는 팻말을 마주했을 때입니다. 지금 사회에서는 땅을 누군가 사유화한다는 것이 상식이지만, 이동의 시대를 떠올려 보면 땅에 어떻게 주인이 있겠습니까! 우리 사회에 자본주의의 폐해와 물질만능주의가 갈수록 악화되지만 그 기원을 생각해 보면 결국 정착의 시대가 열리면서 사적 소유가 시작되었습니다. 땅이 사유화되고 사유재산이 축적되기 시작한 것입니다. 그렇다면 역으로 우리 삶에 이주성이 커진다면 소유에 대한 욕망도 낮아지지 않을까 싶습니다.

유전자로 사람을 다 설명할 수 없지만 '자유' 유전자라는 것이 있습니다. 도파민 수용체를 연구하는 학자들에 의해 발견되었는데요. 바로 'DRD4 7R'입니다. 이 유전자를 가진 사람들은 새로움을 추구하고 모험을 즐기도록 태어났다고 볼 수 있습니다. 위에서 말한 이동의 속성이 강한 사람들이지요. 이 유전자는 '모험 유전자' '호기심 유전자' '방랑벽 여행자'라고도 불립니다. 그렇기에 이 유전자를 가진 사람들은 역마살이 낀 듯이 한곳에 정착하기 보다는 끊임없이 새로운 곳을 찾아다니겠지요.

문요한

그에 비해 이러한 유전자가 없는 사람일수록 새로운 변화를 싫어할 것입니다. 물론, 유전자만큼 그 사람이 어떤 환경에서 자라느냐도 중요하겠지요. 그리고 이러한 유전자가 꼭 새로운 공간으로의 이동으로만 표현되는 것이 아니라 남녀관계나 사상의 영역으로 발현될 수 있습니다. 즉, 자유 유전자가 있는 사람들은 바람기가 더 있을 수도 있고, 새로운 사상에 관심을 보이고 정치적으로 진보적이기 쉽겠지요. 하지만 여성에게 남성성이 있고, 남성에게 여성성이 있는 것처럼 인간에게는 정착성과 이주성이라는 두 가지 성향이 분리되어 있는 것이 아니라 결국 둘 다 있으며 비율의 문제라고 볼 수 있을 것 같습니다.

예술에서도 인간의 양면성, 즉 이주성과 정착성에 대해 다룬 작품은 참 많습니다. '오디세우스의 노래'라는 뜻의 호메로스의 대서사시 〈오디세이아〉가 대표적이라고 할 수 있는데요. 이타케의 왕 오디세우스는 트로이 전쟁 때문에 막 결혼한 페넬로페를 두고 10년 동안 이 전쟁에 참여합니다. 그리고 긴 전쟁이 끝난 후 집에 돌아오면서 10년간의 모험을 하게 됩니다. 책에서는 포세이돈의 화를 불러일으켜서 시련을 겪는 것이라 써 있지만 가만히 보면 갖가지 염문을 뿌리며 즐거운 여행을 한 데 대한 핑계일는지도 모릅니다.

그에 비해 그의 아내 페넬로페는 아들을 키우며 20년간 남편을 기다립니다. 주위의 남자들은 그런 그녀에게 계속 청혼을 하고 궁전에서 행패를 부립니다. 계속 안 된다는 말을 되풀이하기 지쳤는지 그녀는 어머니의 수의를 짜고 나면 결혼을 승낙하겠다고 이야기를 합니다. 하지만 아침이 되면 밤새 짠 수의를 풀고, 다시 밤이 되면 수의를 짜는 일을 거듭하며 그녀는 계속 한자리에서 오디세우스를 기다립니다. 지극정성이지요.

이 이야기는 곧이곧대로 보면 남자는 밖으로 나돌고, 여자는 가정을 지켜야 한다는 아주 고리타분한 이야기일 수 있겠지만 사실 두 주인공은 남과 여를 의미한다기보다 우리 안의 이주성과 정착성을 상징한다고 볼 수 있습니다. 오디세우스는 이주성을 상징하고 페넬로페는 정착성을 상징하는 것이지요. 결국 삶이란 떠남과 머묾의 두 리듬이 교차하는 것이며, 내면의 북소리가 울리면 전쟁에 나간 오디세우스처럼 우리도 새로운 세계로 나아가고, 그 새로운 세계에서 페넬로페처럼 뿌리를 내리고 정착해야 하는 것이 아닐까 싶습니다.

결국 중요한 것은 두 리듬의 균형입니다. 늘 일상을 거부하고 새로운 곳만을 찾아다니는 '반복혐오증'도 문제이고, 변화를 두려워하고 현실에 안주만 하는 '일탈공포증'도 문제라고 할 수 있겠지요. 그렇다면 질문을 던져 봅니다. 정착성과 이주성 가운데 자신은 몇 점인가 생각을 해 보세요. 변화를 싫어하

문요한

고 안정만을 추구하면 1점, 햄릿형입니다. 그리고 변화만을 추구하고 안정을 싫어하면 7점, 돈키호테형입니다. 그 둘 사이가 어느 정도 조화를 이룬다면 가운데인 4점입니다. 여러분은 몇 점일까요?

뇌의 균형을
찾기 위해서

네팔과 남미 배낭여행을 다니면서 여러 사람들을 만났습니다. 1991년도에 배낭여행을 갔을 때랑 다른 점들이 여러 가지 있었는데, 그중 하나는 자기소개가 길어졌다는 점입니다. 젊은 이들 가운데 상당수가 자기가 태어난 곳, 자기가 공부하는 곳, 일하는 곳 등이 달랐습니다. 예를 들면, 어떤 사람은 네덜란드에서 태어나 중·고등학교를 일본에서 보냈고 현재 직장은 홍콩인 거죠. 또 어떤 사람은 마드리드에서 태어나 파리에서 대학을 다니고 지금은 칠레에서 일을 하고 있습니다.

무엇을 말해 주는 것일까요? 이는 우리 사회가 더 이상 고정된 사회가 아니라 유동적인 사회로 변화되고 있음을 보여 줍니다. 지난 1만 년 동안 이어져 온 정착의 역사에 큰 균열이 생겨나고 있는 것입니다. 우리 사회에 이주성이 커지고 있는 셈이지요. 사실 세상이 워낙 빠르게 변화하기 때문에 과거와 같은 관점으로 세상을 보면 현기증이 느껴집니다. 새로운 변화에 미처 적응을 하기도 전에 또 다른 큰 변화가 밀려오니 어떻게 삶을 살아가야 할지 그 방향성이 무척 혼란스럽습니다. 특히, 정착성이 강하거나 완벽주의적인 성향이 강한 사람들은 이러한 변화가 공포로까지 느껴질 수 있습니다. 변화가 일상이 되고 불확실성이 지배하고 있기 때문입니다. 결국 삶을 살아가는 방식 자체가 근본적으로 바뀌지 않으면 안 됩니다.

미사일을 보면 현대의 미사일은 과거와 비교했을 때 그 작동 과정이 근본적으로 달라졌습니다. 과거의 전쟁에서는 목표물이 고정되어 있기에 '준비-조준-발사'였습니다. 그만큼 조준이 관건이었습니다. 하지만 현대의 경우에는 목표물이 이동하기에 '준비-발사-조준'으로 바뀌었습니다. 미사일에 추적 장치가 달려 있어 계속 움직이는 목표물을 쫓아가는 것이 중요해진 것입니다. 이 시대가 그렇습니다. 확고한 방향을 세우고 완벽한 계획과 준비를 해서 시작하면 늦습니다. 이 시대에 필요한 것은 먼저 시작하고 시행착오를 통해 궤도 수정을 해 가는 것입니다.

여행도 그렇습니다. 장시간 여행을 하려면 모든 계획과 준비를 다 할 수 없습니다. 계획대로 되지도 않을뿐더러 계획대로 된다고 하더라도 그것이 꼭 좋은 결과로 이어지지 않습니다. 여행 스케줄이 또 하나의 구속과 강박이 되지 않도록 우리에게

문요한

는 유동적인 여행이 필요합니다. 여행은 우리에게 불확실성을 받아들이고 시행착오를 통해 앞으로 나아갈 수 있는 즉흥성의 힘을 선사해 줍니다. 이는 이동사회로 나아가고 있는 우리 사회에 꼭 필요한 능력이기도 하고요.

몇 년 전, 고갱의 전시회에 간 적이 있었습니다. 전시회 중에 가장 눈길을 끄는 작품은 〈우리는 어디에서 왔는가? 우리는 누구인가? 우리는 어디로 가는가?〉였습니다. 이 그림은 고갱이 딸을 잃고 자살을 시도하기 전 작품으로, 그가 최선을 다해 그린 역작으로 알려져 있습니다. 그 그림 앞에서 한참을 서 있었지만 그림의 제목에 대한 답을 찾기가 어려웠습니다. 그런데 이번 여행을 통해 그 답을 찾았습니다. '우리는 자연에서 왔고, 자연의 일부이며, 자연으로 되돌아가는 것'이라고 생각되었습니다.

앞에서 이야기한 것처럼 인간 역시 자연입니다. 수구초심이라는 말처럼 우리는 고향에 대한 그리움을 가지고 있습니다. 여기에서 말하는 고향이란 각자가 태어난 지명을 말하는 좁은 의미의 고향도 있지만, 좀 더 넓게는 인류 보편의 고향이 있습니다. 바로 자연입니다. 그러므로 진짜 향수병은 사는 곳을 벗어나 낯선 곳으로 갈 때 느끼는 마음이 아니라, 영원한 고향인 자연과 단절된 채 그 사실조차 모르고 살아갈 때 찾아오는 것입니다.

지난 여행을 통해 저는 잃어버린 '생명애' 혹은 '자연애'를 되찾았습니다. 생물학자 에드워드 윌슨이 말한 '바이오필리아 biophilia'입니다. 사람은 오랫동안 다른 생명체와의 공진화를 통해 살아왔기에 다른 생명체와 자연에 대한 근원적인 친화감을 가지고 있다는 것입니다. 그렇기에 우리 마음속에는 자연으로 회귀하고자 하는 영혼의 소리가 있습니다.

나는 여행을 하면서 자연에서 많은 힘을 얻었습니다. 대자연은 나를 향해 미소 짓고 있었고, 나를 품어 주었으며, 나에게 관심 가지고 계속 말을 건네는 느낌을 받았습니다. 그 시간들 속에서 자연이란 어머니의 다른 이름이라는 것을 알았습니다. 그 대상이 무엇이든 간에 '모성motherhood'을 만나게 되면 우리 안에는 안식과 치유가 일어납니다. 그런 의미에서 자연은 가장 위대한 치유자입니다. 왜 상처 받은 사람들이 여행을 떠나고, 여행 안에서 지난 상처가 아물었다고 하는지 이해가 되었습니다.

뇌 발달을 보면 뇌는 뒤에서 앞으로 발달합니다. 출생 후 어릴 때는 뒤쪽 뇌가 중점적으로 발달합니다. 이는 감각의 발달을 의미합니다. 아이들은 감각의 발달을 통해 세상을 알아 갑니다. 다음으로 청소년이 되면 변연계를 중심으로 중간 뇌가 발달합니다. 이는 감정의 발달을 의미합니다. 그리고 마지막으로 뇌의 앞쪽인 전두엽이 발달합니다. 이는 사고, 계획, 판단,

문요한

조절력을 담당합니다. 우리가 가장 인간적인 뇌라고 하는 부분입니다.

하지만 우리에게는 사고의 뇌만 중요한 것이 아니라 감각과 감정의 뇌 모두 중요합니다. 결국 발달에서 중요한 것은 균형입니다. 뇌의 발달 측면에서 보면 건강함이란 감각과 감정과 사고의 균형적 발달이라 할 수 있습니다. 그렇기에 정신적으로 어려움을 가진 사람은 균형을 잃고 한쪽 뇌만이 너무 발달하거나 혹은 발달하지 못한 상태라고 볼 수 있습니다. 청소년기 아이들의 경우에는 이성뇌가 발달하지 못한 채, 감정뇌만 지나치게 발달되어 있기에 질풍노도의 시기인 사춘기를 겪게 됩니다. 하지만 이는 정상적인 발달과정이라고 볼 수 있습니다.

그에 비해 많은 성인들은 이성뇌의 과잉으로 뇌의 균형이 무너져 있습니다. 생각이 너무 많은 것입니다. 결국 생각에 생각이 꼬리를 물고 이어지면서 무엇 하나에 집중하지 못하고 마는 '마인드 원더링mind wandering'에 빠집니다. 생각 과잉은 우리를 현재에 머무를 수 없게 만듭니다. 생각이 비대해지면 자꾸 과거로 흘러가거나 미래로 달아납니다. 여행을 가서 좋은 경치를 즐기는 것이 아니라 돌아가는 길에 차가 막히지 않을까 걱정하고, 맛있는 음식을 먹으면서도 그 맛을 음미하는 것이 아니라 저녁에 할 일을 떠올립니다.

일을 하면서는 여행을 꿈꾸고 여행을 가서는 두고 온 할 일을 떠올리는 등 현대인의 마음은 늘 방황합니다. 동명의 원작 소설을 영화화한 〈그리스인 조르바〉에서 조르바가 주인공인 '나'에게 한 말은 바로 우리들에게 한 이야기입니다. "당신은 너무 많이 생각해요, 그게 당신 문제예요."

결국 힐링이란 뇌의 특정 기능의 과잉 상태에서 벗어나 전체적인 균형을 되찾는 것입니다. 생각 과잉에 빠져 있는 현대인에게 중요한 것은 생각을 내려놓는 것입니다. 물론 쉽지 않습니다만 이를 위해 중요한 것은 생각을 내려놓으려고 노력하기보다는 감각에 집중하는 것입니다. 이를 위해 우리는 몸을 움직여야 합니다. 운동은 감각 기능을 활성화시켜 뇌 전체의 균형을 찾는 데 좋습니다.

스트레스를 받거나 안 좋은 일이 있을 때 운동을 하거나 산책을 해 본 적이 있으세요? 자신을 괴롭히는 생각과 감정이 한결 가벼워지는 것을 느낄 수 있습니다. 그러므로 걷기 여행은 생각 과잉을 바로잡아 줄 수 있는 아주 좋은 방법입니다.

우리가 온전히 감각을 느낄 수 있을 때 우리는 현재에 존재하게 됩니다. 아이들은 안 좋은 일이 있어도 빨리 잊습니다. 생각 기능이 많이 발달되어 있지 않기에 과거의 일을 후회하거나 다가오지 않은 미래에 대해 미리 걱정하지 않습니다. 아이들은 감각적인 즐거움을 추구하며 현재를 삽니다. 그렇기에 아이들

문요한

은 불행을 빨리 잊을 수 있고 내일의 행복에 저당 잡히지 않으며 바로 오늘 행복할 수 있습니다.

불행한 사람들의 특징 가운데 하나는 과거의 불행을 생생하게 기억해 낸다는 것입니다. 트라우마를 받으면 시간감각이 뒤엉켜 버립니다. 시간이 흘러가지 않고 그때의 감각이나 감정이 계속 남아 있게 되는 것입니다. 이분들은 그 기억을 떠올릴 때 마치 그 시공간 속에 다시 있는 것처럼 느끼기에 생생하게 기억을 합니다. 이를 내적 심상이라고 합니다. 하지만 과거의 고통스러웠던 기억을 떨쳐내는 분들은 외적 심상으로 바라봅니다. 즉, 과거의 기억과 현재의 경험이 분리되어 '현재의 나'가 '과거의 나'를 거리를 두고 바라보는 것입니다. 쉽게 말해, 내적 심상은 스크린 속의 주인공이 되어 과거의 일을 재경험하는 것이라면, 외적 심상은 스크린 밖의 객석에서 관객이 되어 과거에 있었던 일을 바라보는 것입니다. 그 당시의 감각과 감정이 덜 떠오를 수밖에 없습니다.

그런데 과거를 떠올리는 두 가지, 즉 내적 심상과 외적 심상은 뇌의 특성 차이입니다. 안타깝지만 불행한 일을 겪더라도 누군가는 잘 잊어버리도록 태어난 반면, 어떤 이는 평생 기억하도록 결정된 것입니다. 그럼, 어쩔 수 없는 것일까요? 그렇지 않습니다. 훈련을 해야 합니다. 내적 심상이 발달한 분들은 스크린에서 벗어나 관객으로 바라보는 훈련을 해야 합니다. 외적 심상으로 바라보는 것이죠. 반면에 과거에 좋았던 일들은 스크린 안으로 들어가 내적 심상으로 떠올리도록 훈련하는 것이 필요합니다. 좋은 기억을 보다 음미하는 것이지요.

여행하는 동안 우리는 어린아이가 됩니다. 생각은 덜하고 아이들처럼 오감이 살아납니다. 아이들처럼 잘 잊어버리는 '쾌망快忘' 능력이 생깁니다. 안 좋은 일이 있다고 해서 오래 담아 두지 않습니다. 잘 잊어버리고 남은 시간에 집중합니다. 심지어는 안 좋은 기억조차 추억으로 만들어 냅니다. 그 당시에는 고생스러웠다고 하더라도 시간이 지날수록 재미있는 에피소드나 무용담이 됩니다.

남미를 여행하다 보니 험한 일을 당한 여행객들을 만나곤 합니다. 소매치기를 만나 짐을 털리기도 하고, 사기를 당하기도 하고, 무장강도를 만나 몸을 다치거나 큰돈을 빼앗기는 일조차 있습니다. 그런데 그 엄청난 일을 겪은 여행자들이 마치 남 이야기하듯이 태연하게 그 이야기를 하곤 합니다. 최근에 겪은 일인데도 말이지요. 만일 이 일이 여행 중에 일어난 일이 아니라 일상에서 벌어진 일이었다면 그렇게 이야기하지 못했을 것입니다. 그것은 여행이 안 좋은 기억 속에 빠져 후회와 자책을 하는 대신 생각을 덜 하고 빨리 잊고 남은 시간에 집중하도록 가르쳐 주기 때문입니다.

문요한

자신에 대한
믿음을 되찾는 여행

어디선가 들었는데 '그 경험을 하면 반드시 삶이 바뀌게 되는 3가지'가 있다고 합니다. 먼저 임사臨死 체험입니다. 사람들은 죽음 직전까지 가면 삶이 달라집니다. 왜일까요? 삶의 중심 가치가 달라지기 때문입니다. 즉, 삶이 죽음에 맞닿으면서 뭐가 정말 중요한지 깨닫게 된 것입니다. 암 선고, 죽을 뻔한 교통사고 또는 아주 가까운 사람의 죽음 등과 같은 삶의 불행을 통해 우리는 무엇이 정말 중요한지 돌아보게 됩니다. 죽음을 통해 덜 중요한 것과 더 중요한 것을 구별할 수 있게 되고 가치의 자리바꿈이 이루어집니다. 지금의 행복이 중요하다고 느낀다면 더 미루지 않고 삶을 즐기게 될 것이며, 건강과 가족이 중요하다고 인식하면 건강과 가족에 대해 더 많은 관심과 시간을 보낼 것입니다.

두 번째 경험은 우주 비행이라고 합니다. 우주에서 지구를 바라보면 그 풍경을 잊을 수 없게 되는 것이죠. 그 황홀한 풍경 속에서 내가 얼마나 작은 존재인지 깨닫고, 자신의 생각이나 신념 등이 사소해지며 모든 것이 다 연결되어 있다는 강한 일체감을 경험합니다. 과학자들인 우주비행사들이 나중에 사회활동가나 성직자가 되는 이유가 바로 여기에 있습니다. 마지막으로 세 번째 경험은 돌고래와의 헤엄이라고 하는데 이건 그 이유를 잘 모르겠습니다.

여행이란 새로운 세계를 경험하는 것입니다. 그렇기에 익숙한 세계와 낯선 세계가 충돌도 하고 접촉하고 교류하는 것이 여행입니다. 이 만남은 수평적이며 상호적입니다. 처음 남미로 여행을 갔을 때 1인실 숙소를 사용했습니다. 그런데 정말 심심했습니다. 그리고 경비를 아낄 수가 없었습니다. 결국 며칠 만에 다인실로 옮겼습니다. 처음에는 왠지 불편했지만 이내 재미있어졌습니다. 말이 통하든 안 통하든 사람들과 어울리고 같이 여행을 하는 것이 즐거워졌습니다.

저는 내성적인 편이라 혼자 있는 것을 좋아합니다. 그러나 여행 기간 동안 특별히 노력하지 않아도 성향이 달라지는 것을 느낄 수 있었습니다. 사람들에게 먼저 다가서기도 하고 평소보다 더 잘 어울리게 된 것입니다. 여행을 할 때 자아의 투과성이 커지기 때문입니다. 여행의 시간 동안 외부와 더 잘 교류하도록 자아의 경계가 낮아지고 열리게 되는 것입니다.

생각해 보세요. 산에 가면 모르는 사람과도 인사를 나눕니다. "안녕하세요." "수고하세요."

도시에서는 같은 아파트에 살아도 인사를 잘 하지 않지만 자연에서는 생면부지의 사람과도 이렇게 인사를 나눕니다. 누가 시켜서인가요? 아닙니다. 그 변화는 자연스럽습니다. 사람들에게 마음의 문을 여는 것! 그것이 바로 자연과 여행이 주는 힘입니다. 자연에 있을 때 우리의 자아는 개방됩니다. 개인만 생각하던 태도에서 벗어나 다른 사람과 어울릴 수 있는 틈이 열립니다.

그리고 여행에서의 만남은 도시에서의 만남과 달리 이해타산적이지 않습니다. 계산적인 접근에서 벗어나 타인의 존재에 대해 관심을 갖게 됩니다. 왜 여행을 하는지, 여행을 통해 무엇을 느끼고 있는지, 어디로 갈 것인지 그 사람 자체에 관심을 갖게 됩니다. 인간 대 인간의 만남이 일어납니다. 영어나 스페인어를 잘 못 하기 때문에 한계가 있었지만 그럼에도 여행자라는 동질감 하나만으로도 관계의 즐거움을 느낄 수 있었습니다.

이런 기분 좋은 일도 있었습니다. 유럽 여행을 갈 때 가족들과 함께 암스테르담행 비행기를 탔는데, 어찌된 영문인지 저혼자 가족과 동떨어진 자리에 배정됐습니다. 그런데 제 좌석 옆에는 거구의 외국인이 앉아 있어 누군가에게 자리를 교체해달라고 부탁하기가 무척 난감한 상황이었습니다. 그런데 아내옆 좌석의 여성이 그런 상황을 이해하고 가족과 같이 앉으라며선뜻 자리를 바꿔 주었습니다. 그것도 환한 미소를 지으면서말이지요.

이후 네팔을 가기 위해 저 혼자 비행기에 올라탔습니다. 저는 도착 후 바로 트래킹을 시작할 생각이었기에 컨디션을 위해 미리 좋은 자리를 예약해 놓았습니다. 그런데 어떤 남자가 와서 자리를 바꿔 달라는 겁니다. 제 옆자리에 그분의 아내가 앉아 있었던 것이죠. 그런데 그분의 자리는 비행기 제일 뒤편에 있는 화장실 앞이었습니다. 순간 곤란하다고 말하고 싶었습니다. 그런데 그때 유럽 여행길의 비행기에서 저에게 자리를 양보하던 그 여성의 미소가 떠올랐습니다. 결국 자리를 바꿔 드렸습니다. 마음이 편안했습니다.

만약 양보하지 않았다면 가는 내내 마음이 불편했을 것입니다. 아마 어쩌면 그 부부도 그 일을 잊지 못하고, 여행 기간 동안 다른 누군가에게 친절을 베풀었을지 모릅니다. 선행은 선행을 낳기 때문입니다. 돌아보면 언어도 서툴고 혼자 여행을 다니느라 곤란한 일들을 많이 겪었습니다. 그런데 신기하게도 그럴 때마다 다른 여행자들의 도움을 받을 수 있었습니다. 그리고 저 역시 어려움에 빠진 여행자를 만나면 작은 도움이라도 주게 되었습니다.

여행은 부정적 경험을 받아들이는 능력, 즉 심리적 수용력을 넓혀 줍니다. 우리는 여행을 할 때 자신이 여행하는 날은 날씨가 좋아야 하고, 안 좋은 일이 있어서는 안 되고 좋은 일만 생길 거라는 기대감을 가집니다. 그러나 긴 여행일수록 좋은 일만 있을 수는 없습니다. 길을 잘못 들어 엉뚱한 곳으로 가거나

문요한

예약된 숙소가 취소되는 등 황당한 일이 벌어지고, 모진 비바람과 같은 악천후에 시달릴 수도 있고, 도난이나 사고를 경험할 수도 있습니다.

하지만 여행에서 겪는 불편함과 고통은 자칫 밋밋함으로 이어질 수 있는 여행에 생동감을 부여하고 오히려 즐거움을 위한 조미료가 되어 주기도 합니다. 그런 일이 있었기에 더 고생스럽지만 지나고 나면 즐거운 추억으로 기억되는 것입니다. 따라서 여행을 통해 우리는 삶을 살면서 겪는 고통이나 어려움 등을 받아들이고 이를 풀어 갈 수 있는 능력을 키울 수 있습니다.

정신과 의사를 하다 보니 종종 억지로 상담 오는 사람들을 보게 됩니다. 주로 가족들에게 이끌려 마지못해 오는 것이지요. 저는 상담에 대한 저항이 큰 사람들을 만나면 가족들에게 말합니다. 상담 보내지 말고 여행을 보내라고요. 여행이 가지고 있는 치유의 힘을 믿기 때문입니다.

저의 대학 시절은 힘들었습니다. 정체성의 혼란도 많이 겪었고 삶의 방향에 대한 의문이 끊이지 않았습니다. 과연 의사가 되는 것이 맞는지 대학 시절 내내 방황했습니다. 본과 3학년 때 두 번째 휴학을 하면서 여행이 돌파구가 될 것이라 기대했습니다. 그리고 유럽 배낭여행을 떠났습니다. 그런데 두 달여의 배낭여행을 하고 나서 그 고민에 대한 답을 얻었을까요? 아니, 얻지 못했습니다. 앞서 말했듯이 여행을 하다 보니 별로 고민할 시간이 없었습니다. 생각도 아주 단순해졌습니다. '오늘 뭐 먹을까? 어디서 잘까? 내일 어디로 갈까?' 뭐 이런 생각들이 주였습니다. 삶의 방향에 대해 고민할 시간이 없었습니다.

저만 그런 것이 아닌가 봅니다. 고민에 대한 해답을 찾기 위해 여행을 떠난 분들 중에서 정작 그런 답을 찾아 온 사람을 거의 보지 못했습니다. 신기한 것은 그럼에도 불구하고 다들 여행이 좋았다고 이야기합니다. 왜 그럴까요? 스스로 바랐던 고민의 답은 아니지만, 예상하지 못했던 것들을 많이 느끼고 배울 수 있었기 때문입니다. 그중에서도 자신에 대한 믿음이 주요한 수확이지 않을까 싶습니다. 여행 과정 동안 스스로 많은 것들을 선택하고 많은 문제들에 부딪히지만 이를 피하지 않고 하나하나 해결해 나가는 여정 자체가 자신에 대한 믿음을 더욱 굳건하게 만들어 줍니다.

사람이 심리적으로 큰 어려움을 겪으면 퇴행이 일어납니다. 어려지는 것입니다. 과거의 어떤 시점으로 되돌아갑니다. 그럼 과연 인생의 어느 시점으로 가게 될까요? 삶의 가장 아름다운 시간으로 돌아갑니다. 가장 사랑받았던 때, 가장 즐거웠던 시절, 가장 심리적 자원이 풍부했던 시간으로 돌아가 그 시간 속에 머무릅니다. 그 시간 속에서 위로를 받고 다시 현실에 맞설 힘을 얻습니다. 그러므로 퇴행을 하는 것은 이상한 것이 아니라 아주 건강한 자기 치유 기능이라 할 수 있습니다.

문요한

문제는 일시적 퇴행이 아니라 퇴행이 되어 그 시기에 고착되는 것입니다. 혹은 퇴행을 할 아름다운 시간이 그 사람의 인생에 없을 때가 문제입니다. 저는 자라면서 힘들 때 어린 시절에 살았던 집을 찾아갔습니다. 초등학교 저학년까지 살았던 넓은 정원이 있는 집과 그 집 앞 골목에는 유년기의 행복이 배어 있었습니다. 그곳에 가서 옛집을 기웃거리고 그 골목을 거닐다 보면 현재의 스트레스는 어느덧 잊히고 마음은 한결 편해졌습니다.

여러분들도 초등학교 동창이나 옛 친구들을 만날 때 무척 즐겁다면 그 시절이 아름다웠기 때문입니다. 아름다운 기억들은 우리의 삶을 고양시켜 주기도 하고 깊은 위로를 건네 주기도 합니다. 여행이 그렇습니다. 여행 또한 우리 삶의 아름다운 시간입니다. 좋은 여행의 기억은 시간이 지날수록 더욱 빛이 나고 삶에 힘을 줍니다. 그런 의미에서 저는 여행을 '삶의 베이스캠프'라고 정의하고 싶습니다.

고산 등반을 할 때에는 베이스캠프가 꼭 필요합니다. 정상에 바로 가는 것이 아니라 단계를 거쳐 나아가야 하며, 기상이 안 좋거나 컨디션이 안 좋을 때에는 일시적으로 후퇴해서 다시 재도전을 해야 하기 때문입니다. 인생도 등정과 비슷합니다. 우리 모두에게는 각자 넘어야 할 산이 있습니다. 그 높이는 다 다르겠지만 우리는 인생의 산을 넘기 위해 삶의 베이스캠프를 만들어야 합니다. 사람마다 베이스캠프가 다 다르겠지만 저에게는 여행이 삶의 베이스캠프와도 같습니다. 20대의 배낭여행이 서른 고개를 넘어가는 데 큰 힘이 되어 주었듯이, 지난 10개월 동안의 여행이 지금 제 앞에 놓인 쉰 고개를 넘어가는 데 큰 힘이 되어 줄 것이라 믿습니다. 집까지 팔아 가면서 여행을 다녀왔으니까요.

여행과 변화는 우리가 가진 본성의 일부분입니다. 우리가 밥을 안 먹고 살 수 없듯이, 여행은 잠시 미룰 수는 있지만 계속 참을 수는 없다고 봅니다. 계속 참다 보면 병들게 되기 때문입니다. 다만 사람에 따라서는 꼭 여행의 형태는 아닐 수도 있습니다. 여행의 본질인 새로움의 충족은 다른 활동으로도 가능할 수 있기 때문입니다. 그렇지만 자연과 연결되어야 우리는 온전히 건강할 수 있으며, 여행을 통해 우리는 삶과 자신을 돌아볼 수 있기에 이왕이면 자연 속으로 여행을 떠나라고 권하고 싶습니다.

한 걸음씩
넓고 깊어지기 위해

지금까지 여행에 대한 좋은 이야기만 풀어놓았습니다. 하지만 사실 모든 여행이 다 좋을 수만도 없고 모든 여행자가 여행

문요한

이 주는 선물을 다 받을 수는 없습니다. 예술가들 중에서는 여행을 통해 삶의 고통을 창조의 에너지로 전환할 수 있는 영감을 선사 받은 사람들이 많습니다. 철학자 니체도 그중 한 사람인데요. 니체는 저서 《인간적인 너무나 인간적인》에서 여행자의 등급을 나눕니다. 그 내용을 요약하고 약간 첨삭을 가해 정리한다면 다음과 같습니다.

1단계는 '둘러보기seeing'입니다. 이 단계는 명소 위주로 둘러보고 사진 찍기에 급급합니다. 여행이라기보다는 스쳐 지나가는 것에 가깝습니다. 2단계는 '관찰observing'입니다. 이는 관찰 단계로 여행지의 역사와 문화 등을 공부하고 자세히 보는 것입니다. 3단계는 '각성awakening'입니다. 이 각성 단계는 머리만이 아니라 가슴으로 여행을 하기에 오감으로 체험하고 사람들과 관계 맺음으로써 상호침투가 활발하게 일어나며 결국 새로운 자각으로 이어집니다. 4단계는 '체득acquiring'입니다. 이는 여행을 통해 얻은 깨달음이 여행이 끝난 후에도 삶과 유리되지 않고 자기 삶의 일부가 되는 것을 말합니다. 5단계는 마지막으로 '생활living' 단계입니다. 이는 여행과 일상이 분리되지 않으며 삶 자체를 여행으로 바라보고 여행자로서 삶을 살아가는 단계입니다.

우리의 여행이 꼭 어느 한 단계에 국한되는 것은 아니지만 상위 단계에 대한 비율이 높아지면 좋을 것 같습니다. 만일 여행자의 정신으로 삶을 살아가게 된다면 어떻게 될까요? 우리는 불확실성이나 새로운 변화를 두려워하지 않고 두려움과 설렘을 간직하며 새로운 세계를 적극적으로 탐색하며 살아갈 것입니다.

상담을 하다 보면 유독 변하지 않는 사람들이 있습니다. 그런 사람들의 공통점은 자신의 생각이나 신념에 대해 비판적 사고를 할 줄 모르는 사람들입니다. '내 경험이 옳다, 내 생각만이 옳다'라며 자기 세계를 고집하는 사람들이지요. 만일 우리가 여행자로서 삶을 살아간다면 우리는 외부 세계로의 여행만이 아니라 내면으로의 여행 또한 깊어질 것입니다. 그리고 자기를 좀 더 잘 이해하고 나와 다른 세계를 받아들이고 새로운 의식에 접근하는 것이 가능해지리라 생각합니다.

앞으로 저의 삶이 어떻게 펼쳐질지 아직 모릅니다. 다만 여행자로서의 삶의 모습은 놓지 않고 싶습니다. 안나푸르나 트래킹을 할 때 가장 높이 올라간 곳이 해발 5,416미터였습니다. 올라가면서 걱정을 많이 했습니다. 그러나 결국 '한 걸음씩, 한 걸음씩' 하는 마음으로 내딛다 보니 넘어갈 수 있었습니다. 우리가 각자 넘어야 할 인생의 산도 그렇지 않을까 싶습니다. 끝으로 제가 좋아하는 책의 한 구절을 소개하고 마칠까 합니다.

"인생이란 한 번에 한 걸음씩 가는 여행이란다. 때로는 쉬울 때

문요한

도 있지만 우리의 여정에서 힘든 경우가 너무나 많지. 그래도 그렇게 한 걸음씩 내딛으면서 이 여행을 이루어 나가야 해. 한 걸음의 보폭이 어느 정도의 거리가 되어야 한다든지, 우리가 목표한 길로 정확하게 나아가게 해야 한다는 규칙은 어디에도 없어. 우리의 발걸음이 항상 힘차야 한다는 법도 없지. 인생은 그저 한 번에 한 걸음씩만 걸으라고 요구하고 있거든. 아무리 크고 거센 폭풍이 닥치고 험한 역경이 덮칠지라도 가장 연약한 발걸음 하나도 결코 쓰러뜨리지 못하는 법이야."

- 조셉 M. 마셜의 《그래도 계속 가라》(조화로운삶) 중에서

• 2015 치유의 인문학 제4강

치유의
인문학

초판 1쇄 인쇄 2016년 11월 14일 **초판 1쇄 발행** 2016년 11월 21일

지은이 진중권, 서경식, 박노자, 박상훈, 조국, 고혜경, 정희진, 이강서, 황대권,
문요한
펴낸이 연준혁

출판 6분사 분사장 이진영
편집장 정낙정
편집 박지수 조현주 이경희
디자인 urbook
제작 김점준

펴낸곳 (주)위즈덤하우스 **출판등록** 2000년 5월 23일 제13-1071호
주소 경기도 고양시 일산동구 정발산로 43-20 센트럴프라자 6층
전화 (031)936-4000 **팩스** (031)903-3895
홈페이지 www.wisdomhouse.co.kr **전자우편** wisdom6@wisdomhouse.co.kr

값 14,800원
ⓒ 진중권, 서경식, 박노자, 박상훈, 조국, 고혜경, 정희진, 이강서, 황대권, 문요한
ISBN 978-89-6086-296-8 03810

국립중앙도서관 출판예정도서목록(CIP)

치유의 인문학 / 지은이: 진중권, 서경식, 박노자, 박상훈,
조국, 고혜경, 정희진, 이강서, 황대권, 문요한. — 고양 :
위즈덤하우스, 2016
      p. ;   cm

ISBN 978-89-6086-296-8 03810 : ₩14800

인문 과학[人文科學]

001.3-KDC6
001.3-DDC23   CIP2016026939